U0090830

古典文學研究輯刊

二十編

曾永義 主編

第18冊

越南如清使漢文文學研究（下）

嚴豔 著

國家圖書館出版品預行編目資料

越南如清使漢文文學研究（下）／嚴豔 著 -- 初版 -- 新北市：
花木蘭文化事業有限公司，2019〔民 108〕
目 4+202 面；19×26 公分
（古典文學研究輯刊 二十編；第 18 冊）
ISBN 978-986-485-892-7（精裝）
1. 南洋文學 2. 文學評論 3. 清代
820.8　　108011765

ISBN-978-986-485-892-7

古典文學研究輯刊
二十編　第十八冊　　ISBN：978-986-485-892-7

越南如清使漢文文學研究（下）

作　　者　嚴　豔
主　　編　曾永義
總 編 輯　杜潔祥
副總編輯　楊嘉樂
編　　輯　許郁翎、王筑、張雅淋　美術編輯　陳逸婷
出　　版　花木蘭文化事業有限公司
發 行 人　高小娟
聯絡地址　235 新北市中和區中安街七二號十三樓
　　　　　電話：02-2923-1455／傳眞：02-2923-1452
網　　址　http://www.huamulan.tw 信箱 hml 810518@gmail.com
印　　刷　普羅文化出版廣告事業
初　　版　2019 年 9 月
全書字數　296664 字
定　　價　二十編 19 冊（精裝）新台幣 40,000 元　

越南如清使漢文文學研究（下）

嚴豔 著

目　次

上　冊

下　冊

第四章　出使與越南如清使漢文文學

使臣北使，越南「歷代邦交，視爲關著」〔註 1〕。越南文人也對使臣北使之事十分關注，他們不僅以「使臣」身份爲榮，並且將其比肩將、相，「國之大任有三，相也、將也、使也。」〔註 2〕甚至認爲比將、相的功勞有過之而無不及。他們還對能夠以「高辯雄文」馳騁於中國的使臣敬重有加。越南如清使群體也倍受當時越南社會的注目。爲了能「高辯雄文」馳騁於中國，他們在出使期間創作了大量的北使詩文：一方面，他們要以文學達到「不辱君命」的目的，「夫古人論奉使，以文學則須博洽多聞，以詞命則須婉轉得體，然氣自不可不善。蓋內外尊卑，勢位有別。若望風而先餒，以荒遠自處，簡交寡言，必爲人所鄙薄，而以彝官彝使視之矣」〔註 3〕；另一方面，他們也記錄了出使路線中所見所聞所感，如陶公正永治二年（1677）給黎熙宗的啓文中提到「有玩風景，有接國客，亦有會同差僚友談筆，所作詩唱和，取快一時吟詠」〔註 4〕。出使途中各種風險際遇對他們也是人生境界的一種提升。在越南如清使北使途中所創作的漢文文學裏，又常常流露出他們羨慕崇拜和鄙薄輕視的矛盾心理。越南如清使從南到北經歷中國多個省市，文人交遊也

〔註 1〕〔越〕潘輝注，歷朝憲章類志·邦交志，卷四十六〔Z〕，河內：越南漢喃研究院藏抄本，藏書號 A.2061。

〔註 2〕〔越〕阮偍，華程消遣集//越南漢文燕行文獻集成（越南所藏編），第八冊〔M〕，上海：復旦大學出版社，2010：165。

〔註 3〕〔越〕黎貴惇，北使通錄//越南漢文燕行文獻集成（第四冊）〔M〕，上海：復旦大學出版社，2010：12～13。

〔註 4〕〔越〕陶公正，北使詩集//越南漢文燕行文獻集成（第一冊）〔M〕，上海：復旦大學出版社，2010：219。

成爲他們北使文學中重要的記錄。因此，在越南如清使臣的北使詩文中，使命、路線、心態與文人交遊始終貫穿於其詩文的各方面。文學書寫成爲越南如清使北使期間的主要創作方式，正如一些研究者所指出「朝鮮使節作品的文獻價值主要在於史學方面，而越南北使作品的文獻價值則主要在於文學方面」〔註5〕。

第一節　出使使命與如清使漢文文學創作

在中越朝貢關係體系之下，中越之間邦交關係一直圍繞著「朝貢」與「賜封」爲核心，互派使臣成爲定例，而出使使命便是每一次出使邦交要達到的政治目的。越南每一次出使中派往中國的使臣都有固定的出使使命，不僅有例常的歲貢，還有各種臨時派遣謝恩、告哀、請封、朝賀以及奏事等。除了這些顯性的兩國邦交使命之外，越南使臣還肩負著一些隱性的使命，如邦交睦鄰、尋訪政體風俗，甚至是一些軍事目的等等，如西山如清使吳時任在《送友北使》中云「諮詢式藉觀方俗，專對全憑重國威」〔註6〕。越南朝廷還會根據不同的出使使命選任不同的人員出使，如在朝賀、謝恩使團中多選派賦有文采使臣便於詩賦應酬，而奏事則選用與所奏事相關的大臣出使。「不辱君命」也成爲如清使出使最爲重要的目的，正如西山朝如清使臣武輝瑨所言：「使豈易言哉？鄰邦之敬忽，國體之重輕所繫，自非博學重望未足以當此，……無論歷涉之多、見聞之廣、詩情酒興之間且美，即所謂專對四方，不辱君命，將所有以擬諸古之睿使者。」〔註7〕阮朝如清使范世忠云：「夫桑蓬弧矢，男子事也。幼而學，壯而仕，又得奉大君之命，當上國之使……何者使於四方不辱君命，可謂之士也。」〔註8〕可以說越南使臣出使過程中，出使使命一直貫穿始終。

〔註5〕劉玉珺，越南漢喃古籍的文獻學研究〔M〕北京：中華書局，2007：337。

〔註6〕〔越〕吳時任，筆海叢談//吳時任全集（一）〔M〕，河內：越南社會科學出版社，2005：100。

〔註7〕〔越〕武輝瑨，華原隨步集//越南漢文燕行文獻集成（越南所藏編），第六冊〔M〕，上海：復旦大學出版社，2010：296。

〔註8〕〔越〕范世忠，使清文錄//越南漢文燕行文獻集成（越南所藏編），第十四冊〔M〕，上海：復旦大學出版社，2010：128。

一、如清使「睦鄰爲大」中的詩賦外交

「詩賦外交」在中國有一定歷史，學界在這一領域也取得一定的研究成果，一些研究者認爲中國「詩賦外交」的傳統可以追溯至春秋時代，其詩賦外交的核心在於「外交」，或在外交場合，或就外交事務，以詩賦作爲傳達立場、信息的外交話語方式〔註 9〕。關於越南使臣「詩賦外交」，劉曉聰在其論文中作一定義「指使臣在中越宗藩關係背景下，與中州官員、民眾等人交際中所採用的交流方式」，「通過『詩文』的方式以達到外交聯繫的目的」〔註10〕。「外交」一詞有多個釋義，既有指國與國之間的交往或個人與外國的交往，也有與朋友、外人之間的交際，如《墨子・修身》：「近者不親，無務求遠；親戚不附，無務外交。」筆者認爲，使臣身負君命往來兩個國家之間，他們的「外交」主要代表著國家的利益，因此他們的「詩賦外交」是傳達國家的外交信息。而越南使臣與一些地方官員、地方文人甚至是普通民眾的贈答唱和之作並非是出於國家「外交」這一目的，如《雉舟酬唱集》、《萬里行吟》收錄裴文禩與中國多位文人詩歌酬唱之作，以及中國市井百姓向越南使臣索要的題畫詩、題扇詩等。筆者認爲其僅能歸入文人之間的普通應酬之作。因而應當對越南如清使「詩賦外交」的詩從眾多的應酬詩作中加以提煉，其中出使使命便是其重要的區分標準。出於以詩賦達到外交的使命，越南如清使在創作此類詩時特別注重對詩歌遣詞用字的錘鍊，正如黎峻出使前嗣德帝御賜詩「萬里壯觀留姓字，四方專對慎言辭」〔註 11〕。越南如清使自己亦稱：「爲邦之事，睦鄰爲大，而應酬之際，關係匪輕」〔註 12〕，因而這部分以詩賦達到外交睦鄰目的的作品也是越南如清使北使文獻中較有藝術價值的一類。越南如清使北使詩文中「詩賦外交」是其中很重要的一部分，具體而言這些以「外交」爲目的而作的詩文有以下幾類：

〔註 9〕楊志才，春秋時代外交活動中的賦詩〔J〕，外交學院學報，1986（1）；裴默農，詩賦外交〔J〕，世界知識，1989（16）；朴鍾錦，中國「詩賦外交」的起源及近代發展〔J〕，國際政治研究（季刊），2012（1）等。這些文章都提到了「詩賦外交」這一概念。

〔註10〕劉曉聰，清代越南使臣之「燕行」及其「詩文外交」——以《越南漢文燕行文獻集成》爲中心〔J〕，廣西民族大學年碩士論文，2013：61～62。

〔註11〕〔越〕阮朝國史館，大南正編列傳二集，卷三十八//大南實錄・二十〔M〕，東京：慶應義塾大學語學研究所，昭和五十六年〔1981〕：8034（446）。

〔註12〕〔越〕潘輝注，歷朝憲章類志・邦交志，卷四十六〔Z〕越南河内漢喃研究所藏，藏書號 A.2061。

首先，對中國皇帝的讚頌詩文。中越邦交中，中國皇帝作爲宗主國的最高統治者，被越方稱爲「大皇帝」。越南歷代出使使臣一般都需要面見中國皇帝，他們還在北使文獻中詳細記錄對中國皇帝的眞實觀感，如寫嘉靖帝年紀輕輕即「無齒」之事，這在中國典籍中幾乎是很難看得到這樣有損皇帝形象的記錄。潘清簡有《大皇帝萬壽節循例獻詩》，由「循例」可見越南如清使出使中國期間向中國皇帝獻詩已成定制。在清代之前，越南歷朝出使中使臣也常有對中國皇帝的讚頌之作。如越南後黎朝馮克寬於明代萬曆二十五年（1597）北使，當時的越南的政治形式是莫、後黎兩個政權紛爭，且莫主早已因嚮明朝投遞橄欖枝被明廷封眞式認可，受封「安南都統使」。馮克寬作爲後黎朝的使臣自然左右受制。馮氏出使集《梅嶺使華手詩詩集》中收錄多首歌頌萬曆帝的詩篇，其欲以詩賦以達外交目的自不待言。清朝時期越南歷經黎鄭、西山、阮三個政權，在政權交迭中，三個政權都希望得到宗主國的認可幫助，或者至少不「額外生事」幫助另一個政權。因而在越南如清的北使詩文中，常常充滿了對皇帝歌功頌德的詩文作品：一是對中國皇帝多有諛美之詞的讚頌詩。如西山朝所派出的使團中潘輝益、吳時任、阮偍都是當時知名文人，在他們所題祝乾隆皇帝壽的詩作中對乾隆帝就多有溢美。在讚頌詩作中，「逞才」也成爲如清使們的重要目的，因而他們多選用華麗的詞藻來展現皇家一派富麗堂皇之氣。如乾隆六十年（1795），西山朝阮偍賜宴紫光閣，留有「紫閣焜煌開綺席，金爐拂鬱惹香煙」〔註13〕，在千叟宴中賦詩「御珍分賜玻璃器，法醞盈斟瑪瑙觴」、「肅鼓驚聞天上樂，衣冠喜襲晉中香」〔註14〕，展示出一片祥和氣象。他們不僅主動獻詩，還受中國皇帝下詔作應制詩，如阮偍有《應制侍元宵宴於圓明園山高水長閣》一詩：

> 日月重華正豔陽，禁園元夜藹祥光。
> 綺麗御宴紅雲燦，椒栢宮臺玉露香。
> 炮響春雷勝萬里，燈懸北斗照群芳。
> 遠臣兩度叨陪侍，德並山高與水長。〔註15〕

〔註13〕〔越〕阮偍，華程消遣集//越南漢文燕行文獻集成（越南所藏編），第八冊〔M〕上海：復旦大學出版社，2010：136。

〔註14〕〔越〕阮偍，華程消遣集//越南漢文燕行文獻集成（越南所藏編），第八冊〔M〕上海：復旦大學出版社，2010：231。

〔註15〕〔越〕阮偍，華程消遣集//越南漢文燕行文獻集成（越南所藏編），第八冊〔M〕上海：復旦大學出版社，2010：232～233。

阮偍兩度擔任如清使，在他的詩作中描繪出圓明園的宮殿的宏偉奢華，宴飲的豐盛，最後落在對乾隆帝的頌德上。越南如清使的詩賦外交爲西山政權與清廷的關係中起到了重要的作用，乾隆帝曾多次賜詩給越南朝臣。至光中皇帝阮惠去世時，乾隆帝還親題詩頒賜至越南，「御製集《石鼓詩集》一卷」。二是對中國皇帝多方讚頌的邦交文書。如潘輝益撰《御製詩序陳謝表》呈謝：「大皇帝陛下太和保合聖學，高深豈惟超帝邁王，實足經天緯地。夫以萬機之繁而朝夕典於學問，以八徵之壽而日月緝於光明。」他又在「《恭進賀聖壽節詩章並語》中云：「越南國陪臣，臣臣臣稽首頓首謹奏言。玆恭遇大皇帝萬壽聖節，仰見天地嘉吉，日月融光，新又新乾德健行，普雨灑風飛之園澤，旦復旦履祥長發，協山鍾海毓之昌期，五旬初紀仙齡，億載預徵天春。蓋寔歡同普率，矧玆遠曁教聲。」〔註 16〕在潘文中對乾隆帝的贊諛四處可見「超帝邁王」、「經天緯地」等等，並自謙「蠻昧」，行文中極盡謙卑之態。對中國皇帝的讚頌詩文是中越宗藩關係下形成的文學，它們拉近了中越兩國之間的政治關係，爲其後兩國之間的密切交往打下基石。這些詩文雖出於詩賦外交的政治目的，卻對越南文壇產生了一系列的影響。如清使面見「大皇帝」的場景還被後世文人加入更種想像與傳聞，如稱胡士揚面見乾隆帝時被稱爲「佛」，其後乾隆帝見到如清使必要問「胡佛安否？」〔註 17〕甚至宣稱乾隆出生時身上即帶有「安南光明寺僧」字樣，在面見如清使時特意委託他們回國尋訪光明寺一事。通過越南如清使，乾隆帝才得知自己原來是越南光明寺裏的高僧轉世，於是饋贈金銀請如清使修繕寺廟〔註 18〕。這些與中國皇帝相關的眞實與想像中，越南如清使對「大皇帝」眾多歌功頌德的詩文不無推波助瀾之功。

其次，與伴送官的詩文交流。對現存越南如清使漢文文學進行統計，如清使與中國伴送官往來唱酬人數有 63 人，詩作達近百首。清朝時期伴送官一般分爲文官與武官，文官側重於禮儀規章的輔助，武官側重於安全守備防護之職。雖然清朝初期規定越南使團去程中「貢道所經之省，督撫遣佐貳雜職官一人迎於邊界」，回程中「遣司官一人伴送」〔註 19〕，但從越南使臣詩中可

〔註 16〕〔越〕潘輝注，華程續吟//越南漢文燕行文獻集成（越南所藏編），第十二冊〔M〕上海：復旦大學出版社，2010：74。

〔註 17〕〔越〕胡家合族譜記〔Z〕，河內：越南漢喃研究院藏抄本，藏書號 A.3076。

〔註 18〕孫遜、鄭克孟、陳益源，公餘捷記//越南漢文小說集成（第 9 冊）〔Z〕，上海：上海古籍出版社，2011：150～151。

〔註 19〕（清）來保，李玉鳴等，欽定大清通禮，卷四三，賓禮//，四庫提要著錄叢書，第一四〇冊〔Z〕，北京：北京出版社，2011。

見其亦分文、武伴送官，如陶公正的《賀伴送高要縣二張詩》、《賀伴送把總詩》、阮宗窐的《到南寧贈文官伴送劉鼎基》、《贈武官伴送張文貴》，從知縣、把總之職可知，清初所派的「佐貳雜職官」職級較低。因職級較低就容易因政策信息等方面知之不詳而產生出使伴送中問題，如乾隆三十五（1770）年琉球伴送王紹曾就因琉球使團延期至京而受責〔註20〕，乾隆三十六年定「各省貢使到境，該撫即於同知通判內遴委一員護送趲行，惟伴行長送，酌派守備一員。回國時，仍令委員長送，經過各省仍遴員護送」〔註21〕，增加了「長送官」，且有文武搭配。越南如清使不僅與文官伴送詩文交流頻繁，與武伴送也常有詩文贈答，甚至一些武官主動乞詩，如胡士棟有《武伴送手下老將陳雄乞詩回贈一律》。在如清使與伴送官交流的詩作中，他們一方面以詩紀情義，如潘清簡在《贈長送廣西右江兵備道覺羅莫爾賡阿》中「何幸追陪歲一周」。因爲短送時間一般爲一個月左右，而長送的時間就長達一兩年之久。另一方面他們又以詩表謝意。長途跋涉中的之陪伴，越南使臣與長送官之間就建立了深厚的情義，「兩年使節聞中過，四海交情分外親（《長送泗城知府劉銘之》）」〔註22〕並以詩致謝。「一路斡旋知鼎力，兩幕往返見謙勞（《贈文伴送王步曾》）」〔註23〕。然其中最値得關注的是越南如清使與中國伴送官的文學交流，如越南如清使阮有立與馬先登的文學交流。馬先登在《再送越南貢使日記》中提到品評阮有立之詩：

> 僕從事古文之學有年矣，妄謂作文無論記敘志傳，必先辨其體裁。記之一體，惟唐柳柳州擅長，集中如《邕州馬退山茅亭》《始得西山宴遊》《鈷鉧潭諸記》，皆簡古深雋，尺幅中有千里之勢，顧文至風發泉湧汩汩乎，其來時則又行乎其所不得不行，止乎其所不得不止，有非可以尋常繩尺束縛之者。伏讀閣下《黃鶴樓》一記，攬長江之勝概，發思古之幽情，一往浩瀚中頓折停蓄，無不如法。所謂偉論獨抒，不怕崔顥題詩在上頭也〔註24〕。

〔註20〕大清高宗純皇帝實錄，卷八五一，乾隆三十五年正月下辛丑條〔Z〕，臺灣華文書局，1970年影印本。

〔註21〕大清高宗純皇帝實錄，卷八八五，乾隆三十六年五月下丙寅條〔Z〕，臺灣華文書局，1970年影印本。

〔註22〕〔越〕范芝香，郿川使程詩集//越南漢文燕行文獻集成（越南所藏編），第十五冊〔M〕上海：復旦大學出版社，2010：204～205。

〔註23〕〔越〕武輝珽，華程詩//越南漢文燕行文獻集成（越南所藏編），第五冊〔M〕上海：復旦大學出版社，2010362。

〔註24〕（清）馬先登，再送越南貢使日記〔Z〕，敦倫堂同治十一年（1872）刻本。

阮有立也提到「俸閱關西馬氏叢書七種，並自製敘文，浩瀚流麗，情文並茂。先生學問賅洽，所造難窺涯涘。賤價僻在遐陬，孤陋寡聞，亦嘗鑽研於宋五子之書」〔註 25〕。可見二人在文學上交往之密切。然而如清使與伴送之間文學往來呈不規則分佈，有的出使使團與中國伴送之間詩文唱酬頻繁，如裴文禩使團與伴送楊恩壽之間的文學往來，有的使團卻未見中國伴送與如清使之間有任何文學回應。其中很大一部分原因在於中國政府及一些地方政府對伴送官選派導向。中國官方需要選派精明能幹又可「彈壓」外藩的政治人才，如乾隆五十八年（1790），禮部非常不滿於地方所選任伴送官：

> 廣東永寧通判蔡枝華，看其人甚平常。所奏履歷，亦不清晰。伴送貢使，自應遴派明幹大員，方足以資照料而兼彈壓。廣西省所派知州陸澍，職分已覺略小，而廣東止派通判伴送，且蔡枝華人又平常，豈不爲外藩所輕，殊屬非是。〔註 26〕

可見一些地方官對選任越南伴送官亦較草率。再如嘉慶元年，越南伴送官廣西泗城府知府朱禮，「人甚頹憊」，詢問伴送事宜，「一切情形奏對全不明晰」〔註 27〕。中國伴送官中除了有一定文學素養的楊恩壽、馬先登等少數人外，他們在文學上與如清使都達不到很好的互動與溝通。

再次，與中國地方官吏贈答唱和詩。越南如清使臣北使文獻中酬唱贈答之作比比皆是，其中與中國地方官員的贈答唱和詩數量最爲眾多。對現存越南如清使北使文學進行統計，如清使與中國地方官往來唱酬人數有 153 人，詩作達一百七十餘首。這反映了如清使出使途中與地方官頻繁的互動交往。他們彼此之間萍水相逢，除了朝廷中規定的地方官吏招待越南使節的方式之外，也有一部分人與如清使有私交。雖然越南如清使與地方官的詩文唱酬有一定的個人情義，但更多出於一種詩賦外交的目的，如鄭懷德的《臨桂縣正堂范來霈前冬嚴寒惠送柴炭，元宵鬧會復陪使部觀燈。適承省委勸農告行。因以詩贈》詩中既感念於范正堂的寒中送炭，又不失使節身份的予以勸農告行。從如清使與地方官吏的交往對象統計中可知，越南如清使交往對象中兩廣官員最多，其次爲湖廣，其他省份的官員便只有寥寥數人。其原因一方面

〔註 25〕（清）馬先登，再送越南貢使日記〔Z〕，敦倫堂同治十一年（1872）刻本。

〔註 26〕大清高宗純皇帝實錄，卷一四二一，乾隆五十八年正月下丙辰條〔M〕，臺灣華文書局，1970 年影印本。

〔註 27〕大清仁宗睿皇帝實錄，卷一，嘉慶元年正月甲戌條〔M〕，臺灣華文書局，1970 年影印本。

在於越南如清使交往的中國地方官吏常受出使使程路線所限。越南使臣北使歷經廣西、湖廣、河北諸省，其中由於不同的邦交出使還更改出使路線，如安南國王阮光平（實爲僞王）使團出使時，乾隆帝爲展示大清富庶而改走廣東、江西等省。而清朝後期各地區的起義軍也常令出使使團更改貢道。如陶公正《使程詩集》中就收錄有他與眾多使程所經途中的地方官吏的來往詩作，交往對象有電白縣正堂劉朝宗、石城縣正堂李琰、廉州府胡參將、廉州府參軍林有聲、合浦縣正堂金世爵、岳州府正堂遲日豫等。另外一方面還在於兩廣一帶與越南山水接壤，他們成爲中國官方與越南朝臣之間實際的對話者。

越南清使亦不乏與京官有一些外交應酬之作，如阮宗窐的《到北京謝鴻臚寺正卿梅一律》，但與地方官吏的詩作相比數量相對較少。其原因主要在於如清使在北京逗留時間較短與京官的交集較少，同時也在於京官更受律法「在京在外軍民人等與朝貢外國人私通往來」〔註 28〕所限。京官身處天子腳下，與地方官的情形完全不同，他們不得不更嚴於律法與朝貢使節保持一定距離。

越南如清使的詩賦外交與中國政權的影響不無關係，如乾隆帝亦以詩文作爲與越南國王及使臣外交聯繫的一種方式，在阮光平以「安南國王」身份覲見時，乾隆帝一路有眾多賞賜「賞賜阮光平《御製集石鼓詩序》一份」〔註 29〕。乾隆帝得知阮光平去世，還下令「阮光平著加溢忠純。並頒賜御製詩一章，著阮光纘將御製詩章並此旨於該國王墓道勒碑，以表其一心恭順」〔註 30〕。

二、如清使「國體榮辱」下的華夷辨文

中越邦交中，越南歷代政權都十分在意國體榮辱。如後黎朝制定文書時便「再三考閱加詳，免致舛謬，如前年貢部表文烏字爲鳥字，有關國體」〔註 31〕。阮朝嘉隆帝要求道：「爾等將命出使，當慎乃辭令，以重國體。」〔註 32〕嗣德二十三年阮有立使團臨行，嗣德帝「臨行論之曰：專對之責，國

〔註 28〕大清會典（康熙朝），卷一一七，刑部·律例八·軍政//近代中國史料叢刊三編，第七二五冊〔Z〕廣州：華東印務局，民國 22〔1933〕。

〔註 29〕清高宗實錄，卷 1358，乾隆五十五年七月庚辰條〔M〕，北京：中華書局，1985。

〔註 30〕清高宗實錄，卷 1428，乾隆五十八年五月乙未條〔M〕，北京：中華書局，1985。

〔註 31〕〔越〕黎貴惇：《北使通錄》卷一//越南漢文燕行文獻集成（越南所藏編），第四冊〔M〕上海：復旦大學出版社，2010：62。

〔註 32〕〔越〕阮朝國史館，大南實錄·正編第一紀·世祖高皇帝紀·卷 37〔M〕，東京：慶應義塾大學語學研究所，昭和四十三年〔1968〕：786（146）。

體攸關，宜同心協慮，以濟實事。」〔註 33〕正因爲越南使臣出使過程中的一言一行都關乎「國體榮辱」，因而他們感歎道：「使豈易言哉？鄰邦之敬忽，國體之重輕所繫，自非博學重望爲足以當此，……不辱君命。」〔註 34〕使臣出使的使命是爲國家之榮辱而出使。榮辱感是越南歷代來華使臣所必須肩負的使命，其中尤以「華夷之辯」成爲如清使出使過程中「護國體」最爲密切關注之事。

清朝時期，官員在文書中常以「夷官」、「夷目」來指稱越南使臣，對此種稱謂如清使極爲不滿，如黎貴惇在出使清朝期間就向廣西布政使葉存仁抗議「夷官」之稱、阮思僩也在文中表達憤慨之情。當他們在出使期間感覺受到「岐視」時，他們常常選擇憤而反駁以維護越南及自身的形象地位。「華夷辨文」便是這一種場合下的產物，有多位如清使都有相關闡述，如阮思僩有《辨夷說》、李文馥的《夷辨》等。李文馥因福建官員將其安置在「粵南夷使公館」中而拒絕入住，且憤然作文辨稱越南是「華也，非夷也」，最終迫使福建官員改「夷使」爲「國使」，並將公館更名「粵南國使官公館」〔註 35〕。不僅越南如清使重視其在華的身份，越南朝臣都十分在意使臣在華的地位。如明命帝阮福晈就對如清使在清庭瞻勤中排在高麗、南掌、暹羅、琉球之後耿耿於懷，特意讓其後使團向清廷申訴，要求將越南使臣在朝勤班次中調至前列「先納貢賀表文即將班次事稟到禮部，辯說以觀其意，如或不許則具表候旨。」〔註 36〕在隨後 1841 年的李文馥使團出使時，嗣德帝阮福澁亦關切此事。李文馥使團回國之後，嗣德帝詢問良久，隨後清朝遣使來時，特意問時擔任正使的李文馥：「清國遣使給何冠服，本國陪臣立何班品。」李文馥答稱：「清使給一品頂戴，陪臣立四品班次。」〔註 37〕越南如清使之所以關心「華夷之辯」是有其文化、政治原因：

〔註 33〕〔越〕阮朝國史館，大南實錄正編〔M〕，東京：慶應義塾大學語學研究所，昭和五十五年〔1980〕：6617（167）。

〔註 34〕〔越〕武輝瑨，華原隨步集//越南漢文燕行文獻集成（越南所藏編），第六冊〔M〕上海：復旦大學出版社，2010：296。

〔註 35〕〔越〕李文馥，閩行雜詠//越南漢文燕行文獻集成（越南所藏編），第十二冊〔M〕上海：復旦大學出版社，2010：258。

〔註 36〕〔越〕阮朝國史館，大南實錄正編・第二紀，卷 220〔M〕，東京：慶應義塾大學語學研究所，昭和五十一年〔1976〕：4727（397）。

〔註 37〕〔越〕阮朝國史館，大南實錄正編・第三紀，卷 17〔M〕，東京：慶應義塾大學語學研究所，昭和五十二年〔1977〕：4997（255）。

其一，中國華夷觀在越南如清使思想中根深蒂固。越南華夷思想由來已久，在以儒家「正統觀」的影響之下，越南一直視自己爲「正統」，甚至以「中國」、「中朝」自稱，而以「夷」、「藩」指越南周邊小國。如《大越史記全書》記載越南遭遇外敵入侵時，陳國峻（1213？～1300 年）曾撰《檄將士文》云：「汝等坐視主辱，曾不爲憂；身嘗國恥，曾不爲愧；爲中國之將，侍立夷酋，而無忿心。」〔註 38〕《大南實錄》載眞臘例定三年向越南遣使進貢，阮朝明命十六年（1837）眞臘「兩貢並進嗣而藩王病故。眞臘世爲中朝臣僕，與諸地方一般，非他外藩者比，其正貢、常貢諸年例並停止，用示朝廷綏輯舊藩，不忍外視至意。」〔註 39〕不僅正史如此記載，文人筆記中亦如此記述，如占城國王的妃子被要求侍御，夫人委拒云：「言語粗陋，不類中華妃嬪。」〔註 40〕西山如清使臣吳時任在《芹曝卮言》序言中云：「聖人於事事物物，燎然於方寸中，而耐以天下爲一家，中國爲一人，非意之也。」〔註 41〕他們不僅自稱中國，還以「夷」指代他國，如稱眞臘、暹羅等國，甚至是對歐洲列強也多帶貶稱。當時阮朝借助法國勢力復國，但越南稱法、英等國人卻以「紅毛」指代。李文馥於《西行詩紀》中記述去歐洲時見聞，稱英吉利「其人綠睛而赤髮，亦號紅毛國」。

其二，越南在外交中欲獲得與中國平等的身份。越南獨立後的歷代文獻中，將中國稱爲「北」，自稱「南」。有「北帝」、「南帝」之說，並常提到「南國風土南帝居」。中越之間的宗藩朝貢被稱爲「北使」。但宗藩體制下，這種平等的關係是沒有辦法實現的。他們又轉而注重在朝貢關係中與其他藩屬國地位的高低中，如潘輝注對所住使館規格的記錄：

> 此館體制頗華飭。本國使與朝鮮、琉球諸使來者分住。蓋外國表文，惟我並此二國用漢文，與中華同，殊異於諸國也。其他如回回、高昌、西番、西天爲一館，曰西域門館。暹羅、緬甸、白夷八

〔註 38〕〔越〕吳士連，大越史記全書，陳紀二・英宗〔M〕，東京：東京大學東亞文化研究，1986：381。

〔註 39〕〔越〕阮朝國史館，大南實錄・正編第二紀，卷一百四十四〔M〕，東京：慶應義塾大學語學研究所，昭和五十年〔1975〕：3531（31）。

〔註 40〕孫遜，鄭克孟，陳益源，越南漢文小説集成（第 2 冊）〔M〕，上海：上海古籍出版社，2010：67。

〔註 41〕〔越〕吳時任，金馬行餘//吳時任全集（一）〔M〕，河内：越南社會科學出版社，2005：747。

> 百並蘇祿、南掌爲一館，號白夷館，來時非一律，故慶賀禮不見外國使。〔註42〕

但按清律規定的儀禮標準，越南如清使在華地位比朝鮮要低，僅和東南亞緬甸、暹羅這些「小國」地位相同，《欽定大清通禮》載：「貢使將入境，朝鮮以禮部通官二人迎於盛京鳳凰城。安南、琉球、緬甸、暹羅、荷蘭、蘇祿、南掌諸國，貢道所經之省，督撫遣佐貳雜職官一人迎於邊界」〔註43〕。越南朝臣卻一直視緬甸、暹羅爲夷邦，這兩個國家常向越南進貢。在中國，越南使臣卻要與這些被他們視爲「夷邦」人一同被視爲「夷」。因而在出使期間他們一直憤慨於這種不公平的待遇，試圖通過文字以達政聽的目的。

這些論辯文有鮮明的藝術特色：一是行文上善於類比，長於論辯。二是措詞用語明白曉暢，平實淺近。如李文馥最爲知名的《夷辯》：

> 自古有中華，有夷狄，乃天地自然之限也。而華自爲華，夷自爲夷，亦聖賢辨別之嚴也。……（我越）以言乎治法，則本之二帝三王；以言乎道統，則本之六經四子。家孔孟而户朱程也，其學也；源左國而溯班馬，其文也；詩賦則昭明文選，而以李杜爲依歸；字畫則周禮六書，而以鍾王爲楷式。賓賢取士，漢唐之科目也；博帶峨冠，宋明之衣服也。推而舉之，其大也如是，而謂之夷，則吾不知其何如爲華也？……通乎華夷之義，但當於文章禮義中求之。〔註44〕

李文馥認爲，越南與清朝乃「同文之國」，只有大小之別，並無高下貴賤之分，雙方應是平等的關係。

越南如清使的華夷之辯的原因在於受中國華夷觀的影響，而其目的則在於「尊國體」，注重出使過程中維護國體榮辱的出使目的。

三、如清使政治觀察裏的時政記錄

越南處於漢文化圈中，在政治體制上都模仿於中國。越南使臣親歷中國無疑是最好觀察中國體制的機會，因而如清使對中國政治的觀察也成爲他們

〔註42〕〔越〕潘輝注，輶軒叢筆//越南漢文燕行文獻集成（越南所藏編），第六冊〔M〕上海：復旦大學出版社，2010：175～177。

〔註43〕（清）來保，李玉鳴等，欽定大清通禮，卷四三，賓禮//四庫提要著錄叢書，第一四〇冊，〔Z〕，北京：北京出版社，2011。

〔註44〕陳益源，越南漢籍文獻述論〔M〕，北京：中華書局，2011：234～235。

出使過程中一項重要的使命。越南歷屆政權都要求所出使使臣應當詳細觀察記錄中國政治及民情，一些使臣因記錄不詳備還因此受責，如《大南實錄》中載，阮朝明命元年（1820）如清使團翌年十二月返回後，明命帝如見問大清國事，但時任如清副使陳伯堅、黃文盛二人「皆不能對」。明命帝便對禮部云：「先帝威武所遺，清人素所敬憚。聯以儲嗣繼統，名正言順。故使臣專封，自無難事。雖堅等樸魯，亦不至辱命。若陳黎以前，非博洽之才不可使也。」〔註45〕因而勒令此後奉使之人「當擇才識者充選」。1830年出使的如清使團也因使程記錄草率受責：「黃文亶、張好合等，身銜王命，責在周詢，乃日記訪察清國事狀，率皆草略，無一可堪入覽。已屬不職」〔註46〕。從越南現存北使文獻分析可見，如清使對中國時政觀察的焦點集中在以下幾個方面：

其一，對清朝禮儀的觀察。清朝時期，滿族作爲一個少數民族登上中國歷史舞臺。這與「處處漢制」的越南在禮儀制度上有明顯的不同，越南如清使作爲國家的代表卻可以親身體會到其中的差異。他們對此種禮儀制度上的不同詳加記錄，如阮思僩在《燕軺筆錄》中載：

> 辰刻，聞樂器三聲，皇帝升御，百官排班進表，行禮退班。鴻臚少卿富昆等引我使就丹墀正中之右，與高麗使橫列。聞階上贊曰「伊脯」，伊官即導我直到品山上立。天樂齊奏。再贊云「呀枯離」，我即跪下。贊云「馨欺盧」，我即叩頭至地，即起仍跪；再贊「馨欺盧」，我再叩頭；又贊「馨欺盧」，我三叩頭。又贊「伊離」，我起立，先右足上；又贊「呀枯離」，我三跪；又贊「馨欺盧」者三次。贊「伊離」，我起立；重贊「呀枯離」，我三跪；又贊「馨欺盧」三次。九跪九叩訖，重贊「伊離」，我起立。贊「脯絲盧」，少卿官導我少卻一步，橫出侍立。鳴鞭擊磬，駕回。〔註47〕

越南一直實行明代「五拜三叩」之禮，在他們出使中國時卻要按照清朝的要求進行「三跪九叩」之禮，因而在當時中國中司空見慣的禮節也成爲越南如清使眼中較爲稀奇之事。越南朝廷非常注意對中國禮儀的觀察，甚至是一些

〔註45〕〔越〕阮朝國史館，大南實錄，正編第二紀，卷12，〔M〕，東京：慶應義塾大學語學研究所，昭和四十六年〔1971〕：1593（175）～1594（176）。

〔註46〕〔越〕阮朝國史館，大南實錄正編第二紀//大南實錄（7）〔M〕，東京：慶應義塾大學語學研究所，昭和四十八年（1973）：2541（293）。

〔註47〕〔越〕阮思僩，燕軺筆錄//越南漢文燕行文獻集成（越南所藏編），第十九冊〔M〕上海：復旦大學出版社，2010：212～213。

細枝末節，如《大南實錄》載：

> （明命二十年十一月）帝因謂禮部曰：「朕常見清國敕諭，押用印信左右各滿漢兩樣字，不亦煩乎？」潘輝湜奏曰：「臣聞之節次，本國使部述來，清帝每有視朝，與群臣論事，對漢人言，則用漢語，對滿人言，則用滿語。在廷之臣，自非通曉言語者，凡事亦不能詳悉。」帝曰：「人君一言一動，爲臣下之議，則黨公諸重聽，以達下情。若猶有如此歧視，則上下之情雍塞不通，爲臣者未免內懷疑憚，誰肯盡心乎？」〔註48〕

潘輝湜作爲阮朝禮部尚書，他曾於嘉隆十六年（1817）充如清副使出使中國。在如清使官職中除去翰林院，禮部亦是最重要的人員來源，如潘輝益爲禮部尚書、黃金煥爲禮部左參知、李文馥爲禮部右參知、張好合爲禮部左侍郎、阮德活爲禮部右侍郎等等。如清使部成爲越南觀察清朝禮儀制度的重要窗口。

其二，邊境河防事宜的記錄。越南從廣西寧明州登舟一直水陸達湖北漢口，其中很多使臣都詳細觀察了中國水陸河防設施。汛塘制度被認爲是清代邊疆安防的重要制度，黎貴惇《經珠山塘》題下注云「例每十五里或十里設一塘汛，有煙墩旗臺，設兵更守」〔註49〕清代府志亦有記「一路廣袤數千里，俱安設塘汛要隘處，設重兵鎮守」〔註50〕。鄧文啓「北俗沿途每十里或十五里各置塘汛，廣西每塘設火炮三，湖廣河南以內火炮五，有警則發」，張好合的《途中書事》注云：「內地程法，或五里或十里，置一塘汛。塘邊有炮臺及火炮五座，以巡奸細。若官員因有公事經過，在塘兵丁或四五人跪行迎送」，李文馥云：「按內地每十里或十五里或二十里置一塘或汛，設民兵六七人更守之，所以盤奸匪也。亦有稱爲店爲堡者，又或者三五置一卡房者，皆塘汛之屬也。」沿途均設有驛站或塘訊，「每船過一塘，塘兵鳴鑼發賀鑼發賀炮，以快船送過汛而止」「問之，則例官船到然，非爲專使部設」〔註51〕。

其三，對清朝與外國關係的觀察。清朝末期，歐洲各國都來侵略中國，

〔註48〕〔越〕阮朝國史館，大南實錄正編第二紀，卷207〔M〕，東京：慶應義塾大學語學研究所，昭和五十一年〔1976〕：4512（182）。

〔註49〕〔越〕黎貴惇，桂堂詩匯選//越南漢文燕行文獻集成（越南所藏編），第三冊〔M〕上海：復旦大學出版社，2010：130。

〔註50〕（清）曹掄彬，（乾隆）雅州府志，卷十〔Z〕，清乾隆四年刊本。

〔註51〕〔越〕阮思僩，燕軺詩文集//越南漢文燕行文獻集成（越南所藏編），第三冊〔M〕上海：復旦大學出版社，2010：29。

阮思僩記「辰見西洋火輪船，出沒其際」〔註 52〕並很形象的描繪出他們在出使中國時親眼所見的中國：

> 年前貢使公館在漢口鎮，自經兵燹，殘毀未復，加以西洋俄羅斯、法蘭西、英吉利通商漢口（現駐漢口下街三百餘家，洋人居此約一千餘，火船自西南來者，在此常有六、七艘，每國各設領事一，以中國之廣東、上海人爲通事。此各款係據漢陽縣卞差吳增云然。伊又言西人商賈公平，通商此地已九年，別無他弊），湖北督撫列憲，不欲使部與洋人居止相近，故令於漢陽城中設館。吳增又言府城年前爲賊兵蹂躪已四次，至今城內外屋宇蕭疎，殘垣毀瓦，塞滿街巷。〔註 53〕

在阮思僩的記載中，在湖北漢口英、法、俄三國人員往來眾多，一些廣東、上海人已然成爲幾國人員的爪牙。由此可見十九世紀中期，清末西方列強的勢力已從沿海深入中國腹地。

越南如清使對中國清朝的各種政治觀察並非僅僅停留在將其寫入自己著述中，事實上，他們回國後還依所觀察到的中國制度在越南進行相關改革，如黎貴惇「公自北使還，屢有建白」〔註 54〕；1718 年任如清正使的阮公沆在出使歸國後，在其任宰相期間試圖在黎朝科舉考試文體中引入中國八股文〔註 55〕；阮文超據在中國的河防觀察歸國後作《籌擬河防事宜疏》，涉及中越邊境眾多河流情況，並討論中國黃河治理的經驗等等。

此外，越南如清使在出使時不僅作有記錄行程的北使詩文，他們所帶的使團中還常繪有中國的水陸地圖，如現存有的阮輝僅《燕軺日程》、裴樻《如清圖》、佚名《燕臺嬰語》及裴文禩等《燕軺萬里集》四種，均爲整套水陸圖繪，詳載自越南至北京途程。其中江南爲水路，自南而北，由寧明州（今廣西寧明縣）登舟，使船可以一路抵達長沙。再經岳陽進入長江。出廣西梧州、全州，沿湘水進入湖南。清朝時期，中越也不斷出現疆域摩擦紛爭。越南如

〔註 52〕〔越〕阮思僩，燕軺筆錄//越南漢文燕行文獻集成（越南所藏編），第六冊〔M〕上海：復旦大學出版社，2010：262～264。

〔註 53〕〔越〕阮思僩，燕軺筆錄//越南漢文燕行文獻集成（越南所藏編），第十九冊〔M〕上海：復旦大學出版社，2010：137～138。

〔註 54〕〔越〕佚名，工部尚書黎相公年譜//越南漢文小說叢刊，第一輯第六冊之《人物志》：218～221。

〔註 55〕〔越〕范延琥等撰，滄桑偶錄//越南漢文小說集成〔M〕，上海：上海古籍出版社，2011。

清使作爲正式進入中國疆土的文人群體，他們在出使中也處處留心記錄於他們在清朝的見聞，尤其是與越南接壤的中國邊疆一帶，他們記錄尤爲詳細。兩廣地區與越南山水相接，他們在出使時詳細考察了當地的地理風物、政治經濟等。在一些特殊時期，越南如清使筆下中國地標性書寫更是帶有明顯的政治軍事目的，如阮朝末年阮述在《如津日記》中記載的篇目中多以「咽喉」、「要道」等語記錄具體行程，對廣西境內軍事要道觀察記錄尤詳。這些都在越南如清使的北使文獻裏有如實書寫體現。

綜上所述，越南如清使出使期間以詩賦外交爲求達到中越睦鄰友好，以詩文中辯夷之論以達維護國體之尊，而對中國軍事、政治的觀察記錄更是直接爲越南統治者所用。可以說，出使目的始終貫穿在他們北使詩文之中。

第二節　出使路線與如清使北使詩創作

越南如清使臣北使詩文與出使路線密切相聯，出使路線常被他們作爲北使詩文的內在線索，如後黎朝阮翹、阮宗窐所撰《乾隆甲子使華叢詠》中詩題之名《昭江曉發》、《畫山春泛》、《寧江霧泛》、《南寧即景》、《橫州記見》、《靈州晚泊》等等都是以出使過程中所經過之地名冠詩題。即使是北使散文也大都以出使路線爲紀，如武輝瑨在其《華原隨步集》中也記「由廣西、湖廣、河南、直隸一條而來，晝夜兼程。」〔註 56〕因而在他們的北使詩文中可以清晰地看到出使路線的脈絡。出使路線的變化也直接影響越南如清使的創作，如丁儒完的《默翁使集》中，作於江蘇地區的詩歌多達十六首，其中作於六朝古都南京者則占一半以上。然而其他如清使卻沒有任何關於文學繁盛的金陵。因爲清代中後期，清廷指定越南使臣出使路線由湖北經河南、山東入直隸，不再經過安徽、江蘇二省，雍正二年（1724）「安南國進貢使臣來時，令廣西巡撫填勘合，由廣西、湖廣、江西、山東等處水路進京。回日，兵部照原勘合換給，由水路歸國，永著爲例」〔註 57〕。因特殊原因更改出使路線的情況也同樣對如清使他們帶來影響，如乾隆四十八年越南使臣黃仲政「由湖北取道江西、安徽，前赴江寧抵候。於閏三月初旬駐嗶江寧時，令其在彼

〔註 56〕〔越〕武輝瑨，華原隨步集//越南漢文燕行文獻集成（越南所藏編），第六冊〔M〕上海：復旦大學出版社，2010：294。

〔註 57〕大清會典（雍正），卷一〇四，禮部・主客清吏司・朝貢一//近代中國史料叢刊三編，第七七四冊〔M〕，臺北：臺北文海出版社，1994。

就近瞻仰。」〔註 58〕趁乾隆南巡，於江寧勤見乾隆帝；西山朝建立後阮光平以「安南國王」身份出使中國覲見，乾隆帝爲誇中都繁華，特意讓該次使團繞道廣東、江西等地，因這一帶山川雄麗、人物殷稠，氣象更爲雄壯，故特由此過〔註 59〕。出使路線的更改給清使團帶來不同的觀感，由此也形成如清使北使詩文具體創作內容上的差異。然如清使北使詩文與出使路線最爲密切而較有價值的方面表現在兩點，一類是出使路線中所遇景觀上的差異所形成大量的登臨懷古詩文；另一則是在出使路線行程變化中，越南如清使所創作大量的題刻詩文。

一、如清使出使路線中的登臨詩

現存越南如清使北使詩文中最爲頻繁出現的是登臨懷古詩文，這些詩文以出使路線爲順序依次排列呈現，涉及出使路線所經的中越各個省份。其內容主要是對出使沿途所見的山水風景以及人文歷史遺跡，一些景點又集山水、人文於一體。他們在山水風景詩中多抒寫一些地域山川之美，在人文歷史遺跡中則展現懷古追思。這些詩歌不僅是題詠詩體對越南文人的影響，也在一定程度又促使越南題詠詩的繁盛。

（一）沿途風景與山水登臨詩

越南如清使前後出使至少一年以上，歷經中國由南至北多個省份。他們一方面感歎於中國山河之壯，另一方面也眞實感受以往僅出現在所讀詩書中山水人文。地域山水之美，風俗人情之異都融入在他們沿途風景題詠中。正如越南使臣潘輝注在《華軺吟錄》中所說：「使華一路，水路共八千餘里，楚粵山川之奇，冀豫關河之壯。固歷歷見諸記載，周覽而賦詠之，自是讀書人分。……自不覺發爲詩歌賦詠，隨所見而描寫之」〔註 60〕山水詩是中國詩歌中重要的題材類型，越南如清使「行萬里路」之中親身所歷、親眼所睹之物，正好可以通過山水詩來展示所讀的萬卷書。

就其詩歌內容而言，越南如清使山水風景詩中按使程順序，圍繞沿途所見「山」、「水」來逐次展開山水風景畫卷。如清使的常規出使路線是由鎭南

〔註 58〕清高宗實錄，卷 1195「乾隆四十八年十二月戊寅〔M〕，北京：中華書局，1985。

〔註 59〕故宮博物院編，欽定安南紀略〔M〕，海口：海南出版社，2000：351。

〔註 60〕〔越〕潘輝注，華軺吟錄//越南漢文燕行文獻集成（越南所藏編），第十冊〔M〕上海：復旦大學出版社，2010：177～178。

關進入中國，其後的使程依次爲廣西－湖廣－河南－山東－河北－北京。當然也有部分使團因特殊原因未按眞式路線入使，如西山朝阮阮光平使團，阮朝第一任如清使鄭懷德使團等。越南如清使自鎮南關入廣西後，至寧明州登舟一路直達漢口，如黎峻使團在《如清日記》文中載：「八月初一日……辰時，過鎮南關。行五十里，暮宿憑祥州。……二日，午歇受降城，晚抵寧明州城，登舟。……（九月）二十六日，申刻，抵達廣西省城停泊。」〔註 61〕在出使水路使程中，他們依次過了寧江、竜州江、左江、桂江、灘江、麗江、湘江、昌江、瀘江、九江、烏江、揚子江、長江、黃河等等中國由南到北各大水系中的大小河川；他們也依次路過花山、仰山、象鼻山、鬥雞山、龜山、馬頭山、孤山、石鼓山、君山、赤壁山、衡山、蠟燭山、燕山等等中國大小山脈，還在江中舟中遙眺嵩山、九嶷山等山。

就其詩歌藝術創作手法而言，越南如清使也借助於中國山水詩歌中常見的表現手法，一種是繪山水之景，將所歷山水通過語言勾勒，提煉出其最突出的特徵進行展示，或進行細節補充讓呆板的山水詩以靈動；二是品山水之情，以山水以寄情，融入自己的情思於其中。然越南如清使與中國文人所作的山水詩在文學地位與價值上不能一概而論，更不能以簡單的詩歌藝術進行評判，越南如清使山水詩文中最重要的價值在於其所展示的中越文化之間的交流，如其對使程路線中所經歷的「八景」所題詠的「八景詩」即是其中一例。

中國各地的八景文化對親歷中國的越南如清使也產生較深影響，在他們的北使文獻中出現許多冠以「八景」的詩文。現存清代以前越南使臣中國寫景詩中也有一些八景之地的閒詠，如馮克寬的《旅行吟集》中有瀟湘春晚、洞庭閒詠、蒼梧對景等詩，但都未提到有「八景」之名。而越南如清使北使集中卻出現大量直接冠以「八景」的八景詩，其具體詩篇如下表：

〔註 61〕〔越〕黎峻、阮思僩、黃竝，如清日記//越南漢文燕行文獻集成（越南所藏編），第十八冊〔M〕上海：復旦大學出版社，2010：75。

越南使臣「八景」詩篇

景點名	篇　名	使臣姓名	越南朝代	著　作
諒山十景	諒穴八景	阮攸	阮朝	《星軺隨筆》
	諒山十景			
潯洲八景	潯州八景	阮偍	西山朝	《華程消遣集》
	潯州八景	鄧文啓	阮朝	《華程略記》
蒼梧八景	題蒼梧八景	阮宗窐	後黎朝	《使華叢詠集》 《乾隆甲子使華叢詠》
全州八景	梧州八景	武輝珽	後黎朝	《華程詩》
	梧州八景	阮偍	西山朝	《華程消遣集》
	梧州八景	阮思僩	阮朝	《華軺詩文集》
	全州八景	阮偍	西山朝	《華程消遣集》
桂林八景	桂林山川相傳八景	阮宗窐	後黎朝	《乾隆甲子使華叢詠》
金陵八景	題桂林地八景	阮宗窐	後黎朝	《使華叢詠集》
燕臺八景	桂林八景	武輝珽	後黎朝	《華程詩》
	桂林八景	胡士棟	後黎朝	《花程遣興》
	金陵八景	武輝珽	後黎朝	《華程詩》
	燕臺八景	阮偍	西山朝	《華程消遣集》
瀟湘八景	洋湘八景詠（並序）	潘輝注	阮朝	《華軺吟錄》
	瀟湘百詠	黎貴惇	後黎朝	《桂堂詩匯選》
	附錄燕山八景	吳時任	西山朝	《皇華圖譜》
	附潯洲八景	李文馥	阮朝	《周原雜詠草》
	附梧洲八景			
	附按洋湘八景			
	按燕臺八景			
	附梧洲八景			
	附瀟湖八景			

由列表可見，越南如清使臣詩中涉及的七處「八景」涉及多個省份：廣西有四處，分別是潯州、梧州、桂林、全州。另外三處爲湖南的瀟湘、江蘇的金陵（南京）以及燕京（北京）。對同一處景觀，越南使臣中有多人吟詠，尤其

是潯州八景、梧州八景和桂林八景。同一使臣對多處「八景」都有題詠，如阮俔、阮宗窐等。越南擔任如清使節的文人大多以文學名家稱道於世，在上表中所統計的「八景」詩作者不泛名家，如後黎朝的黎貴惇，阮朝的潘輝注，李文馥對中國八景的附錄。越南如清使對「八景」的關注與題詠是中國八景文化向外輻射發展的結果。中國的「八景」文化有著悠久的歷史，自宋代「瀟湘八景」名揚天下後，文人墨客紛紛據傚仿擬定各地的八景，至明清「八景」文化走向繁榮。地方方志編撰中有會收錄八景詩文，或是在卷首繪製「八景」地圖。由此形成了數量繁多的「八景圖」、「八景詩」，甚至於「十里之邑，三里之城，五畝之園以及琳宮梵宇，靡不有八景十景（詩）」〔註62〕。清代是編修地方志的鼎盛時期，民間各地在記載名勝古蹟時，都將當地「八景」及其詩文歌賦錄入方志中，如戴震在乾隆《汾州府志》明確說：「至若方域之觀，各州縣志多有所謂八景、十景，漫爲卷端，最爲弊陋……」。可見中國各地八景的興盛程度，正是因爲有中國眾多的「八景」文化，才讓越南如清使臣非常易於接觸到中國「八景」。由此出現眾多的越南使臣對中國「八景」的吟詠。

越南如清使對中國八景的題詠也帶動越南八景文化的繁盛，如鄧陳琨作有喃字詩《題瀟湘八景圖詩鈔》，甚至於朝廷還將之列於科舉考試之中，如吳高浪《歷朝雜記》載1715年「士望科試以『瀟湘八景』爲題，『兼』韻，七言律體。」越南各種景物設置也受到瀟湘八景的影響，如《宜春八景詠》〔註63〕中的八處景點：鴻山列障、丹涯歸帆、孤犢臨流、雙魚戲水、江亭古渡、群木平沙、華品勝廛、淵澄名寺，其「丹涯歸帆」、「群木平沙」景點名稱明顯因承瀟湘八景中「遠浦歸帆」、「平沙落雁」；而《劍湖十詠》〔註64〕中的「雙峰浸月」、「山寺曉鐘」也與瀟湘八景中「洞庭秋月」、「煙寺晚鐘」等等。受中國「八景」文化的影響，越南各地也有多處「八景」，如越南如清使使程中的越南諒山一帶的「諒山八景」，團城邸舍、駈庯廛閭、城心山屏等。越南文人還有眾多的「八景詩」題詠。除《宜春八景詠》、《劍湖十詠》之外，還有《都城十八詠》、《江亭十二詠》、《海庯十二詠》、《昇龍八景》等，甚至於多至百詠如芙蒥阮德鄰所撰的《螺湖百詠》〔註65〕詩。

〔註62〕（清）趙吉士，寄園寄所寄〔M〕，安徽：黃山書社，2008。
〔註63〕〔越〕成都子，宜春八景詠〔Z〕，河內：越南漢喃研究院藏抄本，藏書號VHv.559。
〔註64〕〔越〕劍湖十詠〔Z〕，河內：越南漢喃研究院藏抄本，藏書號A.309。
〔註65〕〔越〕阮德鄰，螺湖百詠〔Z〕，河內：越南漢喃研究院藏抄本，藏書號VHv.450。

中國「八景」文化在傳播到越南的過程中，越南使臣所作的貢獻功不可莫。越南如清使臣對中國「八景」大量的吟詠，不僅是越南古代文化中重要的寶庫，也是中國文化記憶的一部分。越南使臣筆下的「八景」詩有重要的文獻意義，其筆下的「八景」隨著中國政治經濟的發展，有一些早已不復存在，如「梧州八景」中的金牛仙渡、鱷池漾月。此外，這些「八景」詩亦有一定的現實意義，隨著中國旅遊文化的蓬勃發展，各省市都開始越來越重視本地區景觀中的文化及歷史，越南使臣筆下的「八景」詩在豐富這些地方志的同時，也爲其增添一定的歷史意蘊及文化交流價值。

在越南如清使山水登臨詩中也常出現許多人文景觀尤其是對亭臺樓閣的題詠。他們承接於中國歷代文人眾多的亭臺樓閣登臨題詠詩，擴大了這些亭臺樓閣的文化氣息。越南如清使在出使中國期，對這些點綴在名山大川中的人文景觀也備加關注，如在他們筆下出現眾多的中國兩處名樓岳陽樓、黃鶴樓。

（二）沿途古蹟與詠史懷古詩文

越南如清使使程途中有許多古蹟。作爲飽讀中國典籍的越南文人，他們出使中國期間才得以將他們所熟悉的歷史典籍與現實中的遺跡相結合。越南如清使的詠史懷古詩文雖然內容豐富多樣，但主要集中於對歷史事件及歷史人物的紀詠。

1. 紀詠歷史事件的詩文

古蹟因負載了歷史事件而變得意蘊豐富。如清使筆下的詠史懷古詩文中常對這些古蹟背後的歷史事件尤爲關注。

越南如清使最爲關注與本國相關的歷史事件，如對銅柱之界、受降城等的題詠。越南文人一直注重「南」（越南）、「北」（中國）的平等地位，強調「南國疆土南帝居」，因而極爲關注「南北紛爭」中國家的獨立與疆土的得失。陳朝史學家黎文休論及馬援平二徵之亂時云：「徵側徵貳以女子，一呼而九眞、日南、合浦及嶺外六十五城皆應之，其立國稱王，易如反掌，可見我越形勢足致霸王之業也。」〔註 66〕認爲越南在二徵女王時代就足以稱霸業。如清使作爲中越外交關係中的代表，他們在出使過程中也對兩國邊界疆土之爭

〔註66〕〔越〕吳士連，陳荊和校，大越史記全書，卷三〔M〕，東京：東京大學東洋文化研究所，1985：126。

也尤其敏感，從他們北使紀詠詩文內容即事看出一斑：一是關注中越邊境「銅柱舊界」之爭。中越銅柱舊界之爭由來已久，越南文人對此亦有關注，如《評越甸幽靈集・長津二將軍譜》中記載有越南陳朝時期「元人襲宋，元使兀良來諭，追問銅柱舊界之事。帝遣翰林校討黎敬夫會勘，兀良自恃天使，眇視安南人物，逼使實引月餘，拘留不許歸國」，對此越南將領以「昔漢馬援南來，但見史載有築銅柱之說，第歲年寖久，蹤跡湮沒，無可關究」爲由搪塞，兀良也無可奈何，只好罷歸〔註67〕。如裴樻在《燕臺嬰語》中云：「古樓村落知何處，一胡罪惡書青史。銅柱茫茫無問津，紛紛記載成疑似。」在其題下說明有「季嫠命黃晦鄉以古樓五十九村還之沒隸廣西……莫氏篡黎稱藩內附於明，嘉靖十九年亦割安、廣二州……黎末黃公舒倡亂於興化，其子公替丙投雲南，誇安西十州民半附於清，置爲六猛各寨」〔註68〕。二是感念受降城故地。《大越史記全書》記載：「（莫）登庸恐明人問罪，乃謀割地，納歸順二州，及金銀二軀並寶珍奇貨異物。」〔註69〕因莫登庸所供納之州地中越史籍記載不一，且越使漢詩中與「納歸順二州」亦有出入，因而在此且不論莫朝所割與明朝之州地詳情。且從文學角度分析，越南使節入華時經過受降時常懷有「故地黍離」之感。如1793年，吳時任以正使身份出使清朝，途經受降城時所作《受降城》：

路經幕府入憑祥，故受降城是故疆。
山似諒山溪較少，石稱下石里偏長。
水車轉軸雷喧岸，火號標臺雪滿塘。
卻說行成成甚事？令人千載罵宜陽。〔註70〕

從詩中可見吳氏對「故地」頗有感觸，詩裏的「宜陽」代指莫登庸。史籍記載，莫登庸篡位奪權後不久，以年老無力於朝廷事爲由，讓位於其子莫登瀛，自稱太上皇，隱退至宜陽縣古齋社（今越南海防市建瑞縣），是故有此代稱。然而實際上正如一些研究者所指出「歸順二州之地，原爲中國固有疆土」，「莫

〔註67〕〔越〕李濟川等撰，新訂較評越甸幽靈集，卷四//越南漢文小說集成（第2輯）〔Z〕上海：上海古籍出版社，2011：325。

〔註68〕〔越〕裴樻、佚名，燕臺嬰語//越南漢文燕行文獻集成（越南所藏編），第四冊〔M〕，上海：復旦大學出版社，2010。

〔註69〕〔越〕吳士連，陳荊和校，大越史記全書，黎紀七〔M〕，東京：東京大學東洋文化研究所，1985。

〔註70〕〔越〕吳時任，皇華圖譜//越南漢文燕行文獻集成（越南所藏編），第四冊〔M〕，上海：復旦大學出版社，2010：114。

登庸『乃謀割地，納歸順二州』不過爲順水推舟，虛送人情而已。」〔註 71〕1790 年，越南使節阮偍奉命北使，著有北使詩文集《華程消遣集》，其中亦有《受降城》一詩題下注云：「是明朝僞莫來降，獻納三州之地處。一辰（時）命名，至今不改。」

斯城何事得此名？莫氏窮途故嚮明。

帝冑有天順舊物，僞渠無地贖殘生。

江山空抱當年恨，花草猶含昔日情。

千古遺污終不泯，滄桑世局幾曾更。〔註 72〕

在詩中阮偍對莫朝歸化明朝認爲是「千古遺污」，除卻受儒家正統觀念認爲莫朝爲僞朝外，由對受降城的山水草木擬人化描寫「當年恨」、「昔日情」中可見其很大一部分是因爲莫州「歸納二州」之事。

越南如清使關注的另一焦點是與中國儒學相關的歷史事件。一類直接來自中國儒家經典所記載的諸多典故。如范芝香、阮思僩、范熙亮三人都作有《沮溺耦耕處》詩記述孔子問津於沮、溺之事，《論語・微子》載：「長沮、桀溺耦而耕，孔子過之，使子路問津焉。」范芝香的《題穎考叔祠次韻》、潘清簡的《臨穎詠考叔儲羹事》對「考叔儲羹」事件中考叔之孝的歌詠，《孟子・告子上》載有人獻食給鄭莊王，莊王賜食給穎考叔，但他卻把肉放一邊，莊王怪而問之，考叔對曰：「小人有母，皆嘗小人之食矣，未嘗君之羹，請以遺之。」潘清簡的《新鄭過溱洧詠乘輿濟人事》、丁翔甫的《過子產乘輿濟人處》則來自於《孟子・離婁下》載：「子產聽鄭國之政，以其乘輿濟人於溱、洧。」但孟子批評子產將車借給百姓渡河之事，認爲其「惠而不知爲政」。雖然如清使北使詩中對這些歷史事件也多記述簡單，如：

黄城深入足耕耘，沮溺還當耦丈人。

清濁滄浪如肯問，果吾夫子是知津。〔註 73〕

在詩中僅僅將所遇的古蹟與典故進行簡單闡述間或評價，但如清使對這些出自中國典故中的歷史古蹟如此熟知亦可見他們對儒家經典的熟稔程度。另一類是道行途中所遇的烈女事蹟。這些事件因爲微小，在中國史書中能留下的

〔註 71〕周亮，清代越南燕行文獻研究〔J〕，暨南大學碩士學位論文，2012。

〔註 72〕〔越〕阮偍，華程消遣集//越南漢文燕行文獻集成（越南所藏編），第八冊〔M〕，上海：復旦大學出版社，2010：182。

〔註 73〕〔越〕范芝香，志庵東溪詩集//越南漢文燕行文獻集成（越南所藏編），第十七冊〔M〕，上海：復旦大學出版社，2010：170～171。

記載也較寥寥，但卻引起這些域外使臣極大的關注度。如有 17 位如清使都作有詠劉三烈事蹟，有些如清使還專程前去造訪：

前說，明正德間有劉姓者官梧州通判判，舟行至此，被劫。妻郭氏、妾張氏、女辰秀，義不肯辱，並投江死。至嘉靖間立祠旌之。有墓與碑在焉。日晚泊舟上岸，遊覽只見扁題「三烈祠」。惟墓與碑皆不見。訪之土人，云：「屢經兵燹，今不復存。」〔註 74〕

如清使對途經之地的烈女如此在意與他們所受儒家思想中節烈觀的影響，他們對本國烈女同樣大加稱揚，如後黎朝有烈婦潘氏舜，聞丈夫陣亡於翠愛河便投此河自盡事件就引起當時許多文人加以歌詠，黃甲陳名案還輯錄部分詩歌又自作二十首入冊成《芳渡列操州詠》詩集。此外他們還關注於三國事件，詠劉關張桃園三結義處、詠張飛故里等。

越南如清使還關注越南史籍中的「北達洞庭」之界說。越南成書於越南李、陳時期的《嶺南摭怪列傳》一書中收錄了嶺南地區的民間故事《鴻厖氏傳》中記云，「炎帝神農氏三世孫帝明，生帝宜，南巡狩至五嶺，得婺仙之女，納而歸，生祿續，容貌端正，聰明夙成。帝明奇之，使嗣位。祿續固辭，讓其兄。乃立宜爲嗣，以治北地；封祿續爲涇陽王，以治南方，號爲赤鬼國。涇陽王能行水府，娶洞庭君龍王女」〔註 75〕。在此則神話傳說中，涇陽王與洞庭女被奉爲「百越之祖」，甚至正史中將涇陽王列爲越南最早的君王。越南現存最早的史書是陳朝時編撰的《越史略》（約撰於陳朝（1225～1400 年間）、《大越史記》（陳朝史官黎文休編撰於 1272 年），其所編著越南歷史均起自於「趙紀」（公元前 207 至前 111 年）。而至後黎朝時期，黎朝史官吳士連編撰於黎聖宗洪德十年（1479 年）的《大越史記全書》中越南開國歷史卻從「趙紀」向前推兩千多年至「鴻龐紀」，並編撰出徑陽王、貉龍君、雄王、安陽王等各帝王，其後正史中越南歷史都一律從「鴻龐紀」開始。黎文休的《大越史記》「東際海，西抵巴蜀，北至洞庭湖，再接胡孫國」，之所以未有文字記載是因「宋齊梁陳隋唐九百四十三年。蓋其間北人都護收拾我國書籍或焚或將回北國，使我國後世之人，幽幽冥冥，無從稽考。」

〔註 74〕〔越〕裴文禩，萬里行吟集//越南漢文燕行文獻集成（越南所藏編），第二十一冊〔M〕，上海：復旦大學出版社，2010：211。

〔註 75〕〔越〕陳世法等撰，嶺南摭怪（甲本），卷一//越南漢文小說集成（第 1 輯）〔Z〕上海：上海古籍出版社，2011：16。

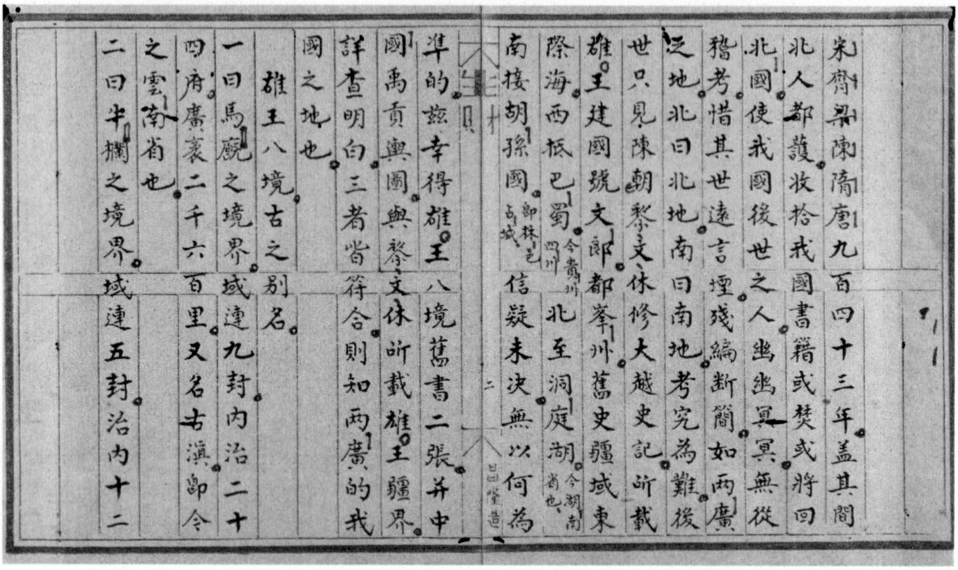

《雄王疆域備考》，越南國家圖書館藏，編號 R.989 號抄本

直到十九世紀，阮朝潘清簡編撰《越史通鑒綱目》中認爲「鴻龐氏紀」的記載多涉荒誕「恐無所取信」而將歷史上限定爲雄王時代，但其中仍是有很多「多涉牛鬼蛇神、荒誕不經之說」，連阮翼宗看過後也稱之爲「怪誕如此」。「鴻龐氏」之說來源於《嶺南摭怪》一書，據稱該書成書於李、陳時期的儒士之手，其中記載多爲神話傳說。吳士連將「小說家語」納入正史體系之中也並非空穴來風，此一時期正值越南民族意識高漲，逐漸有「排華」之念，如原祭祀馬援的白馬神廟並認爲是祭祀越南本土神君。作爲如清使之一的潘清簡於嗣德八年（1856）編撰《欽定越史通鑒綱目》稱「舊史國統起自涇陽」〔註 76〕，認爲越南國土邊界「北達洞庭」。也正因爲越南歷史中的越南國土北達洞庭之說，引起如清使出使時多有表述對「故土」的留戀之情，如 1715 年擔任如清使的丁儒完在詩中云「縱腳崚嶒羞北拱，本生象郡戀南人」（《題象鼻山》）桂林的象鼻山因生象郡而「羞北拱」、「戀南人」；「翠間卻愛南枝鳥，睍睆嬌迎故國翁」（《題南嶽衡山》），雖然此句爲用典，化用《古詩十九首行行重行行》「越鳥巢南枝」之句，「越鳥」之「越」與越南還引發詩人很多想像，其「故國翁」之稱亦有著雙向指意。1788 年安南黎氏遭遇政權危機，黎惟亶等人擔任如清使入清朝求援，但即使他們國內政權都快不保了，但出使

〔註 76〕〔越〕潘清簡等，欽定越史通鑒綱目，正編//域外漢籍珍本文庫（第三輯），人民出版社，2012：292。

中國時面對「舊疆土」仍心存感慨「伴送官來，待以賓禮，扶入，行至思陵州，時已更半，宿胥吏家。這州前係我疆，閏莫內屬」，同時作詩「一帶江山連嶺外，思陵聞說前方輿」〔註 77〕。

2. 紀詠歷史人物的詩文

歷史人物紀詠詩文在中國文學中亦稀鬆平常，但越南如清使這類詩作卻有獨特價值。它們反映出越南文人對中國歷史人物的態度，以及中國文化在越南的傳播與接受。越南如清使筆下常見人物如孔子、岳飛、馬援、屈原、賈島等。

其一，對將相人物的評價與歌詠。越南如清使筆下歌詠最多的人物是馬援，在他們北使路線中經過多處與馬援崇拜相關的地方，依次是越南諒山府鬼門關的伏波廟、伏波灘，廣西太平府、新寧府、南寧府及横州的伏波廟、桂林的伏波岩等。而其中被歌詠最多之處是越南諒山鬼門關的伏波廟與横州烏蠻灘的伏波廟。由於受政治意識形態的影響，一些中國歷史人物在越南現代歷史書中被形容成兇惡的侵略者，如越南社會科學所編《越南歷史》中形容馬援是個「雙手沾滿了鮮血的人」，但他們卻受到越南如清使的尊敬與景仰。越南如清使對馬援的歌詠主要集中於兩個方面：一是勇猛忠義之將。吳時位云：「然其英雄事業轟轟烈烈，茅分天地，過粵嶺者思其功，米聚山溪，讀漢書者羨其智。生有益，死有聞，以此取償於造物，故能周流磅礴，血食南北，瞻其廟無不起敬。想其人無不歆慕」〔註 78〕。二是定水安瀾的水神形象。越南如清使臣出使途中途經烏蠻灘伏波廟時，先備祭品祝文，著常朝服禱告拜以期伏波相祐安瀾一方，如紹治元年（1841）出使的李文馥、嗣德元年（1849）阮文超作《廣西祭馬伏波將軍廟文》。馬援崇拜在越南也經歷了一個由強到弱的變化過程，如景興甲午年（1774）的《新訂較評越甸幽靈集》一書中《白馬神廟傳》對此表示懷疑，認爲白馬廟並非是祭祀馬援之廟，而是龍肚王氣之神。然據後黎朝正和八年（1687）菊月的河內白馬廟《重修漢伏波將軍祠碑記》開篇即說：「稽古之勳臣良將，顯當時、垂後世者，皆具不世之才、能建非常之業，始獲流芳百代，明祀千秋者焉，夫漢之伏波將軍是

〔註 77〕〔越〕黎惟亶，使軺行狀//越南漢文燕行文獻集成（越南所藏編），第六冊〔M〕，上海：復旦大學出版社，2010：166。

〔註 78〕〔越〕黎光定，華原詩草//越南漢文燕行文獻集成（越南所藏編），第九冊〔M〕，上海：復旦大學出版社，2010：113。

矣。」「俾將軍享祀於日月同增，忠勳若乾坤並永」。〔註 79〕從碑記中可見白馬神廟當初是爲表彰馬援的忠義而建立。馬援在越南的主要功績「平二徵之亂」也隨著越南「去中國化」的影響下而被視爲一種侵略行而而把二征夫人起事認定是反抗外來侵略，如越南社會科學院於 1971 年編著的《越南歷史》一書直接稱馬援南征是侵略行爲「認爲二征夫人是愛國者，其起義是一次民族精神的覺醒」，是「一個國家和民族反抗正處於興盛時期的亞洲最大的一個帝國的吞併和同化陰謀的具有高度民族意識的一場不屈不撓的戰鬥」〔註 80〕。但正如越南陳朝名士黎崱在《圖志歌》中稱：

麋冷二女逞奸雄，姊名徵側妹徵貳。
招呼要黨據南交，威服百蠻無與比。
侵邊寇略六十城，壹立爲王壹爲帥。
堂堂漢將馬伏波，苦戰三年常切齒。
分軍驅逐到金溪，賊酋授首悉平治。
廣開漢界極天南，銅柱高標傳漢史。
命官遣將鎮其民，德政清新多惠施。〔註 81〕

有研究者指出，二征夫人的民族英雄化過程，實際上是越南國家話語權意識影響下，地方知識精英利用自己手中的文化權力對傳統的文化資源進行改造的結果〔註 82〕。

其二，對文學人物的評價與歌詠。越南如清使多身從科舉，對中國文人文學熟稔。他們在出使中國的路上常見這些文學人物的故居、遺跡，因而產生數百年後的共鳴。如越南如清使出使行至湖湘之地時對屈、賈的歌詠。湖南賈誼廟裏賈誼與屈原並祀，從乾隆七年（1742）出使的阮宗窐所作《題賈誼廟》序中云：「在長沙府城西門濯錦坊內，宅址猶存，今建爲祠，三連，與三閭大夫對象並起，我使公竣因往視焉」從中可知越南如清使臣所經之賈誼廟中賈誼與屈原並祀。屈原懷沙，賈誼被逐，這兩位忠臣受冤歷來引起文人的不平之感，越南如清使臣親身歷經其廟宇更能感受歷史之悲，因而在他們

〔註 79〕越南漢喃研究院主編，越南漢喃銘文拓片總集（第一冊）〔Z〕河內：越南文化通訊出版社，2005：194。

〔註 80〕越南社會科學委員會編著，北京大學東語系越南語教研室譯，越南歷史〔M〕，北京：人民出版社，1977：58～62。

〔註 81〕〔越〕黎崱撰，武尚清點校，安南志略〔M〕，北京：中華書局，1995：431。

〔註 82〕滕蘭花．清代以來越南境內的伏波信仰研究〔J〕．民族文學研究，2012（5）。

筆下也多有憤懣不平之氣，阮攸《觀屈原賈誼傳偶得》、阮文超《長沙有懷屈左徒賈太傅遺跡》、范熙亮《長沙懷屈賈祠廟》、裴文禩《長沙有懷屈左徒賈太傅》。「妙策有心扶漢室，奇才詎意傳侯王。空懷壯志凌衡嶽，閒放環詞到楚湘。」〔註 83〕「欲尋墳宅來憑弔，江樹依依尚不平」〔註 84〕。潘清簡《長沙感懷賈太傅》「拳拳忠愛心，聞者亦流涕。過湘弔懷沙，蘭臺同感契。」柳宗元被貶永州也同樣引起如清使的文人之悲，如「溪山幾處逢青眼，遙憶當年子厚遊」（黎貴惇《瀟湘百詠》）、「壯年我亦爲材者，白髮秋風空自嗟」（阮攸《永州柳子厚故宅》）、「名豈愚溪辱，幽宜逐客探。荒陬餘勝蹟，司馬舊池潭。」（阮文超《永州有懷柳子厚遺跡》）范熙亮《訪子厚遺跡》「萬里荒陬作逐臣，千秋餘跡在湖濱。爲逢許伯能知己，誰料中郎卻誤身。文字非由憎達命，江山何幸得傳人。只今司馬遺名處，鈷鉧潭邊月似銀。注云：「子厚所遊歷溪邱諸處，土人皆名以司馬云。」〔註 85〕

越南如清使北使詩文中對歷史人物的題詠與使程路線密切相關。越南如清使歌詠較多的歷史人物不僅在於這些歷史人物引起後世較大的反響，如馬援、關羽等，更重要的是這些人物的歷史遺跡正好在越南如清使的出使路線上，如長沙的賈誼廟、赤壁的蘇東坡祠、浯溪的元結故居等等。一些使臣因路線的改變、停留地點與時間的差別造成他們在使程中所見的歷史古蹟不同，如越南如清使對李白的歌詠僅見阮宗窐與阮攸二人。前者爲 1741 年後黎朝使臣，其使程路線經過江南，因而有《採石懷青蓮》；阮攸途經桃花潭，因而有作《桃花潭李青蓮舊跡》一詩。再如阮文超的《房山賈島故里》也是如清使中唯一留有對賈島的歌詠之作。雖然使程中行使路線的不同令他們途經的歷史古蹟也千差萬別，但通過如清使對歷史人物的歌詠卻能折射出他們作爲域外文人對漢文化的接受與評價。

越南如清臣北使詩中大量登臨紀詠詩的原因既有中國登臨詠物詩的影響，也有出使使命的及文人登臨攬勝的心理需求。越南使臣多爲精通中國文化之士，對中國典籍、文化非常熟悉，出使令他們有機會得以親見往常僅在

〔註 83〕〔越〕阮翹、阮宗窐，乾隆甲子使華叢詠集//越南漢文燕行文獻集成（越南所藏編），第四冊〔M〕，上海：復旦大學出版社，2010：85。

〔註 84〕〔越〕吳時任，皇華圖譜//越南漢文燕行文獻集成（越南所藏編），第四冊〔M〕，上海：復旦大學出版社，2010：162。

〔註 85〕〔越〕范熙亮，北溟雛羽偶錄//越南漢文燕行文獻集成（越南所藏編），第二十一冊〔M〕，上海：復旦大學出版社，2010：44。

典籍中出現的地方。越南出使使臣需在出使過程中記錄出使觀感，在使程結束後上交皇帝御覽。這一出使使命也要求他們常將行程中的觀感形之筆端。這也使得在越南北使詩中常出現有近一半甚至還多的登臨詩作。越南如清使詠史、詠景之詩繁多還與其科舉導向有關，如阮氏政權科舉考試中就常見史、景題材「試法第一期制義用經、傳各一道，詩用史、用景各一首；第二期詔制錶，用史、用景各三道」〔註 86〕，並對考試方式加以修改「擬定試法第一場經、傳、義二道，史詩、景詩各二題；第二場史文、景文各三道；第三場史詩、賦景、詩賦各一題」〔註 87〕。

二、如清使出使路線中的題刻詩

越南如清使節在出使路線中沿途所作眾多的題刻詩文亦是值得關注的現象。題刻詩是中國古代詩體中一種常見文體樣式，古代文人在行旅之中常在壁間、山崖、驛站等地留有題刻，還在一些小的物體有扇子、樹葉、手絹等留有題詩。越南如清使出使路線中的題刻詩主要集中於題扇、題畫、題壁、題石四種類型。這些題刻詩體現了越南文人在中國的傳播方式，其中一些至今還有留存更是體現了一種文獻上的交流價值。

（一）題扇詩

扇子是古人文人日常生活中常用之物，扇面題詩體現了文人雅趣。扇子易於攜帶常使其在文人題詩贈答交流中佔有一定的便利性。越南使臣出使中國期間常有眾多中國人前來求詩，如出使明代使臣馮克寬在《旅行吟集》中記載題十一首扇面詩之事，「時到廣東西人各持一扇乞詩，公隨次下筆，詩成眾人大笑。」〔註 88〕阮朝 1802 年第一任如清使正使鄭懷德在《題梧下二美人圖》中云：「使部所至，士夫爭將古畫好扇懇其題詠，或以紙軸求其書寫條幅聯對，各送酬謝玩好潤筆之物，又要落款姓名亦祇以異之意也。」〔註 89〕從其記錄可見越南使臣所到之處引起中國人強烈的好奇。而「各送酬謝玩好潤

〔註 86〕〔越〕阮朝國史館，大南實錄正編，第一紀，卷五〔M〕，東京：慶應義塾大學語學研究所，昭和三十八年〔1963〕：374。

〔註 87〕〔越〕阮朝國史館，大南實錄正編，第一紀，卷五〔M〕，東京：慶應義塾大學語學研究所，昭和三十八年〔1963〕：424。

〔註 88〕〔越〕馮克寬，旅行吟集//越南漢文燕行文獻集成（越南所藏編），第一冊〔M〕，上海：復旦大學出版社，2010：208～210。

〔註 89〕〔越〕鄭懷德，艮齋詩集〔M〕，香港：新亞研究所，1962：105。

筆之物」亦非個案，1824 年擔任如清副使的潘輝注北使詩中有《江夏縣堂委價攜扇請詩，走筆書贈》，由「攜扇委價求詩」可見中國文人所慕越南使臣之名。然正如鄭懷德所指出，這些中國人前來求題詩無非是「求異」、以奇爲居的心理。因而這些題詩雖不乏有精心製作亦有眾多出於應付，如鄭懷德在漢陽府就「援筆塞責」縣中兩位幕賓求題扇詩，但題扇詩卻直觀的反映了當時中越文人之間的文學交往，中國文人「委價」求越南使臣題扇詩也反映了當時中國人對越南使臣的心態。

扇上題詩成爲人情往來的一種工具。扇上詩容易攜帶傳播，他們以此作爲文人之間詩文唱和的工具。越南如清使出使期間常收到中國文人所贈送的詩扇，如西山朝如清使阮偍有《謝贈扇》、阮朝如清使范芝香有《長送泗城知府劉銘之（大烈）惠贈對聯詩扇，走筆答詩二律》及裴文禩有《歐陽石甫侍御贈以團扇並詩欠韻答》等。他們也將詩扇作爲禮物回贈中國文人，如黎光定有《題扇贈徐師爺》、《題扇贈湘潭陸豫知縣》、《題扇贈通守長沙府唐景》，阮思僩《題扇贈湘陰李輔燿》。除了贈詩扇，一些是中國文人主動攜扇求題詩，如鄭懷德《浙江監生陸鳳梧丐題竹白扇三枝兼索贈》，武輝瑨《題夏扇求贈》、《題秋扇求贈》；一些是越南如清使主動爲扇題詩，如阮思僩《和答崔貞史投贈元韻，因爲題扇》。從這些扇上題詩中可見，越南如清使所結交的中國文人群體從狀元到布衣都有。扇上題詩還成爲如清詩與中國官員人際交際的一種工具，他們在臨別時以扇上題詩爲贈，如吳時任《題扇許長送二爺張忠》、范芝香《贈題短送新寧知州月亭題扇》、鄭懷德《爲題湘陰陸知縣梅菊扇面》、潘輝注《順德城晚住，縣堂遣子攜扇乞詩，即席書贈》、裴文禩《題扇贈朱雲門道臺登嶼塘晚泊》、《題扇贈李伯鵬別駕》。在這些扇詩中，他們往往借「扇」以傳情，如潘清簡《衡州短送湖南衡永郴桂兵備道張公惠以書扇謝詩》：

乍接清風好，來從白鷺洲。披襟指絹素，滿座動蛟蚪。

未挹東山雅，終慚巴里謳。倏然發徵艫，寸心空悠悠。

詩中前四句中「清風好」「絹素」等都是以寫扇，而後四句卻寫使程中與伴送官之間短暫的友誼，以扇子傳達謝意。可以說在使程出使路線中，越南如清使這些眾多的扇上題詩行爲加深了他們與中國文人之間的關係。

題詩贈扇成爲文人交流中的一種雅趣。越南如清使常與中國文人題扇詩相互唱和，如裴文禩《陳粿喦撫院年兄置酒爲餞既題扇送詩五絕依元韻答覆》，阮思僩《和答張力臣題扇原韻四首》、《和答長沙黃瑜子壽題扇原韻》，武輝瑨《和答江西戴狀元贈扇詩韻》等等。他們還在個人詩文集中將中國文人的題扇詩錄入其中，如武輝瑨、段阮俊的文集中都附有與戴狀元往來唱和中戴狀元所作的題扇詩。而詩畫扇合一，更能體現文人的藝術水平，如阮思僩《彭漁陔徐竹虛爲寫扇頭梅荔合荔圖又作聯句一絕，幼梅續題一絕，其次陳左鄉爲書擬，既而幼梅索和詩，遂席賦和，屬幼梅書之》。越南如清使以扇上題詩進行文人唱和，增進了他們與中國文人之間的感情。

在這些詩扇中，越南如清使與朝鮮燕行使之間也通過扇子來作爲詩文唱和及人際交陵的方式，如吳時任《侍宴西宛朝鮮書記朴齊家攜扇詩就呈即席和贈》、范芝香《贈朝鮮書狀李學士裕元題扇》，可見扇上題詩已在朝鮮、越南兩國使節之間成爲重要的交流媒介。而武輝瑨使程回程中有《寫朝鮮扇留贈張伴送》，由朝鮮扇可推知，其可能是越南如清使獲朝鮮使節所贈送的扇子。

（二）題畫詩

這類題畫詩，觀畫者根據畫面的內容所賦的詩，可以離開畫面獨立成詩，或評論繪畫的藝術價値而抒發審美觀感，或借題畫打懷而寓家國身世之感，或分析畫風而議論畫理。具體而言，越南如清使的題畫詩主要有以下兩類：一類是就畫中物進行題詠。中國畫上題詩歷史悠久，強調詩畫相得益彰「詩是無形畫，畫是有形詩」〔註90〕。如鄭懷德《題長沙趙知縣扇面李翰林畫梅》，「漢陽府縣二幕賓魏、金二記室各將畫扇懇余題詠。其一兩美人梧桐下觀書；其一美人梧下嚙指，如有所思。丫鬢執柳枝侍側；其一美人松下乘涼；其一墨蘭。余因酒席薰心，援筆塞責。」〔註91〕潘輝注《江夏縣堂委價攜扇請詩，走筆書贈》、《題畫》、《短送汝光王道臺委迎西洋水山畫扇邀題即席書贈》、《題畫梅》、《題畫六絕》中詠松、梅、菊、牡丹、蓮等，李文馥《爲人題蘭鳳合畫》均爲此類。另一類是就畫中之意境所賦的詩，詩與畫相融合，成爲有機的統一體，如潘清簡《題美人理箏圖》：

> 白玉雙環白玉簪，桃花無豔柳無陰。羅浮夜月群岩窈，彭蠡秋江萬頃深。
>
> 十二樓臺春寂寂，三千雲水書沉沉。寄情止在弦聲外，莫向此中求解音。〔註92〕

〔註90〕（宋）張舜民，畫墁集，卷一〔M〕，北京：中華書局，1985。

〔註91〕〔越〕鄭懷德，艮齋詩集〔M〕，香港：新亞研究所，1962：98。

〔註92〕〔越〕潘清簡，梁溪詩草・金臺草〔Z〕，河內：越南漢喃研究院藏抄本，藏書號 VHv151。

他們在摺扇上題寫詩句、聯語，或託物言志、或借景抒情、或誡勉勵志、或題贈留念。

從這些題畫詩中可見越南如清使的藝術修養水平，如張好合《長送直隸同業縣尉陶攜一扇來，懇余詩畫。余即筆以贈》，可見他不僅會題詩也可以作畫。吳時位在《題美人搖櫓圖》時云：「美人妙在神思而容色次之，故畫美人圖只能畫其容色而不能畫其神思。」還對所題之畫作一品評。

此外，題畫詩中還有較爲特殊的一種是題像詩，即題於人物畫像上。由題像詩還發展到題照詩，如阮朝如清使鄭懷德集中《題護送陸受豐知州幕賓徐體齋小照二首》「陶陶林下風，兀兀花前醉。繞膝樂天倫，掀髯忘世事。綽爾美髯公，飄然避地客。攜兒水石間，指點乾坤脈。」〔註 93〕這些對畫像的題詩既要刻畫出像中人的神韻風度，還要對象中人的精神氣質加以形象描繪。

（三）題壁詩

題壁詩即題寫在牆壁廳柱之上的詩，這種方式曾風行於唐朝令當時文人普遍有壁上題詩的習慣。在出使路線中，越南如清使也做有大量的壁上題詩，就其題壁類型來看，主要有兩種：

一種是繼詩題壁，即見到他人的題詩而繼題之作。在出使路線中，越南如清使常有登臨沿途風景古蹟的習慣。在這些古蹟中常有中國文人的題詩，這也引發了他們的詩興，如阮偍《過萬年庵步吳荊山壁間元韻》、《題寧明州水月庵依舒希忠壁間元韻》、鄭懷德《暮春登老君岩和廣西趙竹君題壁原韻》、阮嘉吉《登洪極樓次雲田影壁元韻》、潘輝注《又題廟和壁上韻》等。在異域他鄉忽見本國出使使臣所作題詩，這更能引發如清使的歲月滄桑之感，如潘輝注有《寺壁見舅氏舊題書感》。

另一種是即興題壁，即感興成詩並書之於壁。越南如清使或由於特殊時令而發感歎，如阮思僩《湘州逆旅逢人日題壁》「相州依舊右城池，鄴下風流屬阿誰。魏武銅臺無片瓦，韓公畫錦尙豐碑。天涯車馬遊將遍，人日鶯花醉不知。忽憶故園春宴罷，竹標風偃幾多枝。」〔註 94〕或因偶觀書籍而生感歎，如鄭懷德《讀〈雲樵詩箋〉因興題壁》，從他的另一首詩作《病停河南省城公館，欽命提督全省學政吳芳培以新刻本集〈雲樵詩箋〉惠送痊期起行以詩道

〔註 93〕〔越〕鄭懷德，艮齋詩集〔M〕，香港：新亞研究所，1962：91。

〔註 94〕〔越〕阮思僩，燕軺詩文集//越南漢文燕行文獻集成（越南所藏編），第二十冊〔M〕，上海：復旦大學出版社，2010：107。

謝》中可知，《雲樵詩箋》是中國文人吳芳培剛刻印的個人詩集。或是因觀風景而發詩興，如段濬《又書壁懷古》、阮文超《邯鄲古觀題壁（並序）》、《新樂觀題壁》、裴文禩《平樂登印山蒼然亭題壁》等。

從這些留存的題壁詩中可見，其所題地點集中於廟宇、亭臺樓閣。這些地方有大片牆垣方便題寫，同時也往往留存有眾多的文人題詩，因而雖然越南如清使僅僅短暫逗留，也較容易引發他們的詩興題詩。但可惜的是，由於與現今相距數百年，這些見證中越文化交流的題壁詩或由於自然風化、或由於人爲破壞均難尋蹤跡。

（四）石刻詩

石刻詩也是中國文人常見的題詩類型，在唐宋詩歌發達時期，眾多文人常有石刻詩留於世，越南文人石刻詩也留存者眾，但越南文人留存在中國的石刻詩卻較爲罕見。越南如清使出使使程中對一路景點多有題詠，其留存的石刻詩卻寥寥。據越南如清使現存文獻看，他們的石刻詩曾在使程沿途多處中國景點留存，如鄭懷德在河南邯鄲呂仙祠有《勒石題邯鄲呂仙祠黃梁眞跡》二首、阮宗窐有《先賢廟題詩勒石以垂不朽》、胡士棟有《仲夫子廟留刻石》、段阮俊有《應制題滕王閣付石》等。有的如清使一路上還在多處留有題刻，如阮攸有《恭題周子廟留刻》、《恭題百泉軒留刻》、《題黃鶴樓留刻》及《過黃陂到恭題思賢堂留刻》。與散見於一些景點的零星石刻詩相比，廣東清遠飛來寺與湖南浯溪留有多位如清使題刻，更是此類詩作的代表。

1. 廣東清遠飛來寺石刻詩

清遠飛來寺歷史悠久，在唐宋時期就受到文人極大的關注而頻繁出現在文學作品中，如傳奇筆記小說《孫恪》、《峽山松》等多篇都以清遠飛來寺作故事背景。清遠飛來寺石刻歷史悠久，歷代文人多有題刻如唐代張九齡、韓愈、沈佺期，宋代蘇軾、陶安世，明代黃佐、湛甘泉，清代王士禎、翁方綱、袁枚等都經留有石刻，2008 年被廣東政府列爲重點石刻保護地。飛來寺不僅在中國因名聲較響而多地出現以飛來寺命名的寺名或是地名，在越南也有一座名爲「飛來寺」的勝境，「飛來寺，在懿安縣界首，沿永興小溪至其山。山寺在山腰，上有石座一塔，晻照山間。登山臨流，別是一壼世界」〔註 95〕。

〔註 95〕〔越〕佚名編撰，皇越地輿志//域外珍本文庫（第三輯），第 25 冊〔Z〕北京：人民出版社，2012：207。

在清遠飛來寺眾多的題刻中，「安南國王石刻碑」尤其顯得特別。據民國時期《清遠縣志》卷十九「石類」載有「安南國王詩刻殘碑」云：石高九寸五分，闊一盡四寸。現存楷書十六行，行十六字。大六分。」並抄錄有殘碑內容：

> 乾隆庚戌之夏光平仰蒙恩命赴京覲祝。踰南關入東粵，溯流而上，道經清遠。訪石徑臨涯，雲庵掛嶺，樹木蓊蔚，花鳥笑啼，蓋古之飛來寺也。山腰出十數衲衣，拱手歡迎。爰即移舟就岸，拾級而登，叩象教之眞傳，感白猿之故事。馮虛攬勝，襟期頓爽語。隨從諸臣斯遊，實我國人星槎之始事，宜各賦一篇以誌奇遇。特從寺名得「來」字，諸臣援筆稿成。當經覽正留詩於寺，而弁以數語云「敕封國王阮光平」題。安南陪臣潘輝益詩：「一簇招提瞰水隈，鐘聲引步陟崔嵬。瀑泉落下星河水，飛寺傳聞午夜雷。地跡高標甌粵外，禪宗□□□□□。宙上聖皇氣無量壽，同航同上萬年柘。」安南陪臣阮俊詩：「一夜風雷成化化域，千秋流峙對樓臺。泉飛碧流雙條下，石繪丹霞兩岸開。象教不隨單履去，猿聲常自半雲來。從遊忽上金天路，萬道祥光繞曲隈。」右左大毀前。
>
> 謹按，光平即阮敬之後。大汕《越南紀事》所載阮福周之裔也。庚戌爲乾隆五十三年，庚戌下缺「之夏光平仰蒙」六字。清遠下缺「峽」字。始事下缺「宜」字，及潘輝益詩以下五句缺，阮俊詩全首缺。今以何數峰《峽山詩合刻》所載者，用小字注補之。〔註 96〕

《清遠縣志》所錄碑刻中「乾隆庚戌（1790）之夏」正是西山朝阮文惠光中三年（乾隆五十五年，1790），阮光平以國王身份帶陪臣潘輝益、武輝瑨、段阮俊等爲慶乾隆帝八旬壽而出使中國〔註 97〕。從碑刻記載可見，阮光平君臣在赴京覲見途經飛來寺，停頓遊覽且賦詩留題。其所錄石刻詩亦可見於越南如清使現存文獻，潘輝益《星槎紀行》中有《題飛來寺》一詩，詩云：

> 山閣疎鍾落水隈，祥光繚繞楚王臺。
>
> 瀑泉疑出星河水，飛寺傳聞午夜雷。

〔註 96〕朱汝珍，民國清遠縣志・卷十九，1937：27。

〔註 97〕陳益源先生曾在《清代越南使節於中國廣東的文學活動——兼爲〈越南漢文燕行文獻集成〉進行補充》一文中述及越南如清使清遠題刻詩。〔J〕，嶺南學報復刊第六輯，2016（6）：247～278。

地跡高標甌粵外，禪宗上遡達摩來。

躋攀更喜紅雲近，萬歲碑前預奉杯。〔註98〕

在該詩題下小序中，潘輝益注云：「要陪臣各賦詩，轉呈總督公，即委石工勒諸山壁」，對照《清遠縣志》中所載「留詩於寺」可知，當時眾人題詩後將詩留於寺中，然並沒有「委石工勒諸山壁」，而是刻於石碑之上。段阮俊的《海煙詩集》中有《登峽西飛來寺走筆書於壁》及《又應制一首付於石》。詩云：

一夜風雷成化域，千秋流峙護層臺。

泉飛碧濬雙條下，石繪丹霞兩岸開。

象教不隨單履去，猿聲常自半雲來。

扈從忽上金飛路，萬道祥光繞曲隈。(《又應制一首付於石》)〔註99〕

除《清遠縣志》中所引述的潘輝益、段阮俊的詩之外，另一陪臣武輝瑨也有留詩，在其《華程後集》中有《題禺峽飛來寺和郡守張浮山詩韻並引》詩云：

叨隨玉輦上崔巍，爲問禪僧訪過來。

水石一囊眞造化，風雷半夜幻樓臺。

獅乘香杳月常在，猿峝煙深花自開。

釋道方同皇道泰，登臨宛似到蓬萊。〔註100〕

以及另外一乎《又應制奉題一首限來字》。而由 1795 年第二次如清使的阮偍在其《華程消遣集》中有《題飛來寺刻石》一詩中「賦依前部得來字」可知，阮偍出使至飛來寺時，阮光平等人的石刻詩已經立於飛來寺中。比較中國文獻中所記載越南清使的石刻詩與他們個人詩文集中所收錄的詩中可以發現有較多出入，尤其是潘輝益的詩。其原因應當這些如清使回國後重新潤色後修改而入個人文集中。

在阮光平君臣石刻詩中另一值得注意的是眾人對飛來寺中「白猿故事」的興趣。唐傳奇中的「白猿故事」在越南文人甚至民眾中有廣泛的影響：唐傳奇《孫恪》被改編成越南喃文詩傳小說《林泉奇遇記》講述一隻修煉成仙

〔註98〕〔越〕潘輝益，星槎紀行//越南漢文燕行文獻集成（越南所藏編），第六冊〔M〕，上海：復旦大學出版社，2010：212。

〔註99〕〔越〕段濬，海煙詩集//越南漢文燕行文獻集成（越南所藏編），第七冊〔M〕，上海：復旦大學出版社，2010：20。

〔註100〕〔越〕武輝瑨，華程後集//越南漢文燕行文獻集成（越南所藏編），第六冊〔M〕，上海：復旦大學出版社，2010：356～357。

卻又塵緣未了的白猿與孫恪結爲夫妻，生下二子後重仙界。孫恪登科後，白猿思念丈夫與孩子再次下凡，家人團圓。並有進行本地化改編成六八體喃文詩傳小說《白猿新傳》（《白猿尊各傳》），講述貶入凡塵作白猿的太昧仙女與廣川落地秀才尊各結婚並生下二子尊鄉、尊良。白猿因身份洩露而回到天庭。兩年後，尊各考上狀元，其子則爲榜眼、探花，父子榮歸。天庭遂許白猿回人世團聚。阮偍在其《題飛來寺刻石》詩下有小注云：「寺門臨流，對岸群山列翠，寺傍有飛瀑泉及古洞，是孫生遇白猿古蹟，爲粵東一勝概。」由阮光平「感白猿之故事」、段阮俊「猿聲常自半雲來」、武輝瑨「猿尚煙深花自開」等越南君臣在飛來寺中對白猿古蹟的探尋亦可見唐傳奇中「白猿故事」在越南文臣中的影響。

在《清遠縣志》的記載中「安南國王碑」尚留有殘碑，現在卻完全遺失不存。筆者曾兩次走訪清遠飛來寺，但遺憾所見零星碑刻大多爲後來仿製，僅在寺僧禪房後廚見有康熙二年（1662）平南王尚可喜《重修飛來古寺碑記》及一塊文字不甚清晰的斷碑，這唯一一塊保存完好的古碑因長期受廚房水浸煙薰，文字已有幻滅不清之處。外在的世界裏蒼海桑田，這些曾見證了中越文化傳播交流的石刻詩都湮滅無存，從中亦可見越南如清使詩文整理的文獻價值。

2. 湖南浯溪碑刻詩

在越南如清使浯溪碑刻詩中，現留存有名可考者五人五首詩，分別爲後黎朝的阮輝瑩的《題石鏡詩》，阮朝的四位使臣鄭懷德的《題刻浯溪鏡石》、阮登第（1804）、王有光（1845）、裴文禩（1876）的《無題詩》〔註101〕。這五首詩作均見之於《湖湘碑刻二・浯溪卷》〔註102〕中。

湖南浯溪越南如清使碑刻體現著中越文人的遙相呼應。浯溪與吾亭、峿臺合稱「三吾」，因元結而知名，宋代葛立方《韻語陽秋》中載：「（元次山）結屋浯溪之上，有三吾焉。因水而吾之，則曰浯溪；因屋而吾之，則曰吾亭；因石而吾之，則曰峿臺，蓋取吾所獨有之意。」〔註103〕越南文人使程中經過

〔註101〕張京華在其《「北南還是一家親」——湖南永州浯溪所見越南朝貢使節詩刻述考》（〔J〕，中南大學學報（社會科學版），2011（10）：160～163）一文中載錄越南如清使浯溪石刻詩文獻。

〔註102〕劉剛主編，湖湘碑刻二（浯溪卷）〔M〕，長沙：湖南美術出版社，2009：250、576、293、267、375、576。

〔註103〕（宋）葛立方，韻語陽秋，卷十三。

浯溪時總要緬懷這位已故幾百年的文人，如黎貴惇有《經梧溪謁元顏祠留題（二絕）》。浯溪石刻留詩有一首裴文禩的《祁陽遊浯溪有懷元次山先生感題》一詩，詩後跋云：

近縣城一里，有溪名浯溪，唐道州刺史元次山愛其山水，因家焉。名臺曰吾臺，亭曰吾亭，溪曰吾溪，有石刻『三吾紀勝』。鑿石爲尊，曰窊尊。山腰有片石，高尺餘，廣可二尺，磨之黑光可鑒，刻『鏡石』二字。次山當國家中否之秋，作《大唐中興頌》，微寓其意，顏魯公書之，勒於崖石，人稱其二絕。山之前後左右古今詩刻幾多於石。〔註 104〕

從其跋語裏可知，裴文禩使團到浯溪遊覽，見山前後都有很多石刻詩。由景懷人，詩人多感念曾居住於此的元稹：

道州心事滿江湖，藉此岩泉漫自娛。

頌有顏書傳二絕，亭連溪水記三吾。

廢興鏡石雲光變，醒醉窊尊月影孤。

篆壁題詩山欲盡，當年曾識隱憂無。

——署款：光緒二年丙子立春後三日過浯溪有懷元次山感。越南裴文禩作，上谷楊翰書。

裴文禩不僅作詩紀念唐代元結，在看了宋代黃庭堅所書的磨崖碑文之後還次其韻作了首詩及《和湖南短送盛錫吾觀察浯溪觀磨崖碑次黃山谷韻之作依元韻》等。從裴文禩的記錄中可見，當時出使的如清使特別留意於山腰處高尺餘，廣二尺的「鏡石」，其後如清使也就此留存，如鄭懷德《艮齋觀光集》有題《題刻浯溪鏡石》其詩云：

地毓浯溪秀，山開鏡石名。莫教塵蘚污，留照往來情。

——署款：「越南國謝恩使鄭懷德癸亥端陽後題。」〔註 105〕

湖南浯溪保存的越南如清使石刻詩對越南文獻亦有著一定的文獻價值。一方面，浯溪碑刻中詩保留了這些使臣所作的最初原貌，如阮輝㑏的《題石鏡詩》在其北使錄《奉使燕京總歌並日記》中云：

〔註 104〕〔越〕裴文禩，萬里行吟//越南漢文燕行文獻集成（越南所藏編），第二十一冊〔M〕，上海：復旦大學出版社，2010：236～237。

〔註 105〕〔越〕鄭懷德，艮齋觀光集//越南漢文燕行文獻集成（越南所藏編），第八冊〔M〕，上海：復旦大學出版社，2010：311。

補天架海總多端，爭似山頭作大觀。

崖倩餘輝光可鑒，花楷賸馥香堪餐。

雲章引出浮青帶，地影移來姤玉盤。

莫謂無心偏徇客，也曾經照古人還。〔註 106〕

然浯溪所留存其詩爲：

補天渡海寔多端，爭似山頭作大觀。

洞借餘輝光可鑒，苍揩賸彩秀堪餐。

月將地影裝春軸，水引銀章擺素紈。

莫謂無心偏徇客，也曾經照古人還。

——署款：乾隆丙戌安南阮輝儝。

從中可見，兩詩中有多處不同，應是阮輝儝出使歸國後再經修改。阮思僩《燕軺筆錄》中有文字記載云：寶篆亭「亭東有一石，刻乾隆年間前貢使來石探花阮輝儝《石鏡詩》」〔註 107〕。另一方面，它保存了越南如清使中已散佚的文獻，如 1804 年擔任如清副使的阮登第，現無任何文集留存，但浯溪石刻中卻保留有一首他的無題詩：

出自他山掛碧垠，瑩然可鑒一奇珍。

明分月魄崖邊影，豔對花顏岗裏春。

洗去蘚塵澄有水，照來妍醜隱無人。

華程姑借觀光處，閱盡三浯景色新。

——署款：越南國貢使阮登第題。

《湖湘碑刻二・浯溪卷》〔註 108〕錄有其詩，詩前署款：「嘉慶九年甲子孟秋。」《大南寔錄・大南前編列傳・諸臣三》有傳。另有一首 1845 年擔任如清副使王有光的詩亦不被見錄：

三吾何事老元君，到處湖山獨爾聞。

近水亭臺千古月，横林花草一溪雲。

崖懸石鏡留唐頌，雨洗苔碑起梵文。

題詠曷窮今昔槩，滿江煙景又斜曛。

〔註 106〕〔越〕阮思僩，奉使燕臺總歌並日記//越南漢文燕行文獻集成（越南所藏編），第五冊〔M〕，上海：復旦大學出版社，2010：73。

〔註 107〕〔越〕阮思僩，燕軺筆錄//越南漢文燕行文獻集成（越南所藏編），第十九冊〔M〕，上海：復旦大學出版社，2010：274。

〔註 108〕劉剛主編，湖湘碑刻二（浯溪卷）〔M〕，長沙：湖南美術出版社，2009：293。

——署款：「道光二十五年乙巳孟冬月上浣越南使王有光題」〔註109〕。

1868年擔任如清使的阮思僩在他的《燕軺筆錄》中載：「墅前隔溪爲浯溪寺，三關內前貢使王有光詩石刻焉。」〔註110〕此外《浯溪志》還載有遺失的碑詩刻一首，並云：「此詩係活碑，原置石門，不知何年遺失，作者係咸豐間越南使者，名已佚。」〔註111〕其詩云：

信步閒遊淺水邊，江山如畫景悠然。
兩三野鳥煙波外，六七人家柳岸前。
紅日落殘鉤掛月，白雲行盡鏡磨天。
安南萬里朝中國，暫借𢈪亭一夜眠。

然咸豐年間（1851～1861）越南僅有一次出使，此次歲貢、謝恩兩部並進，因中國時值太平天國之亂而滯留在中國三年之久。在這次北使中關於「三吾」的記載留存有：潘輝詠《駰程隨筆》中的《三吾勝覽》，范芝香《郿川使程詩集》中的《題三吾勝異亭》、《三吾亭次韻》、《遊三吾有感次韻》，武文俊的《周原學步集》，但對這三部北使文獻並未見有此浯溪石刻詩留存。

越南如清使關於浯溪所作的詩作遠不止所留存石碑，現有文獻留與題詠浯溪的詩作有二三十首，如阮宗窐的《浯溪佳景》、武輝瑨的《三吾六詠》、鄧文啓的《遊浯溪》、潘輝注《浯溪晚望》、張好合《浯溪晚眺》、范熙亮《題浯溪》，甚至於於夜遊浯溪，如阮思僩有《中秋夜月，偕雲停遊浯溪諸山》等等。

由題畫、題扇、題碑等越南如清使筆下的題刻詩可以看出，越南在結束上千的郡縣時期後，這一題詩文體仍被後世文人所沿用。在出使路線中，他們以題詩的方式在中國山水中留下墨痕，又與中國文人加深了友誼。而讀舊留題令人睹詩思人，產生一種滄桑之感。

此外，越南如清使北使文獻中所抄錄眾多的中國文獻也與出使路線關係密切，他們不僅抄錄使程所經的亭臺樓閣上所見中國文人題刻，如眾多的黃鶴樓、岳陽樓等所見的對聯、題詠，還將沿途所見省城中的時文記錄下來，如1793年西山朝如清使吳時任在《皇華圖譜》中附錄使臣經過太平府時所見

〔註109〕劉剛主編，湖湘碑刻二（浯溪卷）〔M〕，長沙：湖南美術出版社，2009：267。
〔註110〕〔越〕阮思僩，燕軺筆錄//越南漢文燕行文獻集成（越南所藏編），第十九冊〔M〕，上海：復旦大學出版社，2010：116。
〔註111〕桂多蓀，浯溪志〔M〕，長沙：湖南人民出版社，2004：567。

乾隆五十八年（1793）四月二十七日所頒佈的《太平府城諭旨》。可以說，越南如清使北使文學就是一部隨著使程中越地域變遷流動中的「行旅」圖。

第三節　出使心態與如清使北使詩文創作

自秦至宋越南歷經上千年的郡縣時期。這一時期越南與中國「同軌同書」。在相同政治文化的影響下兩國文人意識形態基本趨同。越南獨立自主後在政治制度上仍模仿中國，漢文化也因漢字的繼續使用一直保存，但越南本土民族意識逐漸增強。越南歷屆政權始終在「去中國化」，試圖與中國「平起平坐」，如陳朝時期，陳藝宗即帝位後曾言：「先朝立國，自有法度，不遵宋制，蓋以南北各帝其國，不相襲也。」〔註 112〕越南文人的民族意識也隨之高漲，如後黎朝建國後，阮廌《平吳大誥》以「宣德狡童」直呼明帝之號，以「狂明伺隙，因以毒我民」痛斥明庭，更是前所未有地展示了越南文人的民族自信心。在文化上的同源與民族意識的高漲之下，越南文人一直處於矛盾之中，既有對中國文化上認同的向心力，又有努力展現越南本民族文化的離心力。17～19 世紀，越南與中國漸行漸遠，越南文人這種「向」與「離」的矛盾心理更加凸顯。如清使作爲這一時期的文人代表，在出使期間又常身處於這一「向」與「離」的搏弈中。由此，他們既有著長期以來中華文化影響下對中國的朝聖心態，又有著對中國尤其是滿清夷狄的鄙夷之情。這種出使中的矛盾心態也一直左右著越南如清使臣北使途中的創作。

一、向心：如清使北使詩文中的仰慕之情

越南如清使作爲深受中國文化薰陶的文人群體，常常對中國、中國文化有很深的嚮往之情。他們精通於漢文化，熟知中國歷史人文。在出使途中，如清使又不自意通過詩文將欽慕之情書寫出來。

越南出使如清使常常道行幾千里，時長一年至幾年，其中的舟船勞碌甚至致使一些使臣捐軀中國。然即使如此，越南文人仍然以得充任「皇華使者」爲榮，以能出使而欣喜難耐，如武輝瑨在出使後云：「華轡榮觀上國光，歸來滿袖是天香。小河溪畔逢佳士，剪燭談詩公館廊。」〔註 113〕能夠成爲如清使

〔註 112〕〔越〕吳士連，陳荊和校，大越史記全書〔M〕，東京：東京大學東洋文化研究所，1985：439。

〔註 113〕〔越〕武輝瑨，華原隨步集//越南漢文燕行文獻集成（越南所藏編），第六冊〔M〕，上海：復旦大學出版社，2010：326。

部一員成爲榮耀之事，如武希蘇因受奉充如清使部錄事「賓朋畢集，攜壺榼以賀之」〔註 114〕。越南一些知名文士還因未獲選任使臣而留遺恨，如何巽甫云：「余亦曾簡充北使不果，尋因獲咎，一下西浮。固未得覽中州之勝概，尋太史之舊跡，以此爲平生遺恨。」〔註 115〕北使使臣成爲越南文人的「不朽事業」，正如西山朝如清使阮偍（阮攸之兄）所言：

> 國之大任有三，相也、將也、使也。治亂在於相，勝負在於將，榮辱在於使臣。三者，有國之大任也。六鄉分職，各自率其屬，宰相總其大綱而已；智者出謀，勇者出力，主將執其中樞而已。若夫馳一兩之東，當萬里之變，一言以爲重，一言以爲輕。使乎使乎，豈易云乎哉？我粵文獻之國也，自莫挺之、阮忠彥諸公，能以高辯雄文，馳驟於中國者，爲我邦駿朔聲列，於今賴之，比之一辰，替治制勝之功，蓋蔑如也。至於歷履山川，遍以見風物，訪往古之陳跡，發潛隱之微光，所以抒其胸懷，而壯爲詞藻者，皆可以不朽矣。〔註 116〕

正是由於長期以來中國文化在越南的影響力，「北使」才成爲越南文人乃至百姓心目中的光輝事業。

如清使北使途中的仰慕與朝聖心態在越南如清使北使詩文中時有流露。一種是出於對「天朝上國」景仰之情。越南文人吳希潘爲李文馥送行時云：「士夫平日誦其詩，讀其書，熟不欲歆羨景行。乃今親至其境，曰：此大儒之里居也。寧不譬如遊凰穴而登龍宮乎？」〔註 117〕作爲如清使之一的裴文禩也云：「平日讀書，慕中朝山川人物之美，今徵所經，紀之篇什」〔註 118〕。可見，「慕中朝山川人物」幾乎是每個越南文人的一種心理。另一種是對中國歷史人物的朝拜心理。在中國歷史文化的感召之下，越南如清使對中國知名人物常有朝聖之情，如孔子、孟子、朱熹、關羽等。李文馥參訪紫陽書院瞻仰朱夫子

〔註 114〕〔越〕武希蘇，華程學步集//越南漢文燕行文獻集成（越南所藏編），第九冊〔M〕，上海：復旦大學出版社，2010：228。

〔註 115〕〔越〕何巽甫，李克齋粵行詩序，李克齋粵行詩〔Z〕，河內：越南漢喃研究院藏抄本，藏書號 VHc.2603。

〔註 116〕〔越〕阮偍，華程消遣集//越南漢文燕行文獻集成（越南所藏編），第八冊〔M〕，上海：復旦大學出版社，2010：165。

〔註 117〕〔越〕李文馥，閩行雜詠//越南漢文燕行文獻集成（越南所藏編），第十二冊〔M〕，上海：復旦大學出版社，2010：319～310。

〔註 118〕〔越〕裴文禩，萬里行吟//越南漢文燕行文獻集成（越南所藏編），第二十一冊〔M〕，上海：復旦大學出版社，2010：161。

遺像時云：「平生誦其詩，讀其書，而今得親履其庭，區區仰生之懷，曷有窮已極。知才學譾劣，不足摹拈其萬一。惟誠之所發，不敢以無言薰沐」〔註 119〕。

越南如清使的向心力緣於他們深受中國文化的影響。他們所作的集古詩正是他們中國文學修養的展示，如黎貴惇的《揚州阻雨偶集古詩一律》、《永州初秋閒望集古》、《日晚開船駐南津港，偶集古一律》，吳仁靜的《請封使船至未得相見集古作》等：

何處秋風至，村墟乃爾涼。生煙紛漠漠，山樹鬱蒼蒼。

久露晴初濕，沙溪晚更沉。啓途情已緬，遠思滿瀟湘。（其一）

這一首五律集古詩作中含有唐劉禹錫、南宋陸游、南朝謝朓、三國曹植、盛唐杜甫、北宋寇準、東晉陶淵明、中唐司空曙八人的詩作。如清使不僅對中國文學作品熟悉，他們對中國史籍同樣了然於心，如阮思僩《雲麓詩抄》中載《讀〈漢書〉有感》「長公無病亦抽簪，豆落南山漫苦吟。誰謂二疏知止足，官成方始樂揮金。」黎貴惇在《大越通史・凡例》中云：「修史之難，無過於志《漢書》、《唐書》。備載法制，雜以議論文法，雖妙而觀者苦之。惟《宋史》區別條目，事類粲然，便於披閱。今修國朝志準《宋史》志。」一些如清使不僅在國史館擔任編修，還直接編有史籍，如潘輝湜參編《皇越會典撮要》（又名《大南會典撮要》）、潘輝注編有《歷代典要通論》、潘清簡擔任阮朝國史館總裁編修《大南實錄》等。

越南如清使的仰慕心理令他們自覺將文化儲備（平日所讀之書）與現實驗證（出使所經之路），由此產生了對中國「文獻之邦」的向心力。丁翔甫在其《北行偶筆》自序中，云：「乙卯春，某自廣南召回充賀壽使，以閏四月過關，九月抵燕，孟春得請回國。一路往返九千有餘里，凡山川封域，聖賢事蹟，古今人物，皆在平日所閱而今日足跡之所及。」〔註 120〕潘輝湜亦云：「君子桑蓬之遊，莫樂乎使。涉風埃，徑水陸九千餘里之遠，山川之所歷覽，人物之所應接，皆平昔耳目有未涉。」〔註 121〕如清使所行之路恰可印證他們平時所讀之書，只是他們一直居於外邦不能親見。

〔註 119〕〔越〕李文馥，閩行雜詠//越南漢文燕行文獻集成（越南所藏編），第十二冊〔M〕，上海：復旦大學出版社，2010：234。

〔註 120〕〔越〕丁翔甫，北行偶筆//越南漢文燕行文獻集成（越南所藏編），第十冊〔M〕，上海：復旦大學出版社，2010：125。

〔註 121〕〔越〕潘輝湜，使程雜詠//越南漢文燕行文獻集成（越南所藏編），第十冊〔M〕，上海：復旦大學出版社，2010：119。

二、離心：如清使北使詩文中的鄙夷之態

越南封建統治者自建立獨立政權後就強調「南國土地南帝居」。雖然越南不同時期伯政權在文化政策導向上有所偏差，有的以儒家思想爲治國理念，如後黎朝、阮朝；有的也重視提高本國的民族文字，如被越方視爲僞朝的胡氏政權與西山朝。胡氏政權與西山朝實行尊立喃文試圖恢復本民族的文化，以期達到進一步擺脫漢文化的影響。越南文人雖身深漢文化影響，但在民族主義的影響之下，他們對以中國又保持著一定的距離。清朝統治者又以異族身份入主中華，如清使在「南、北帝」及「華夷」思想的影響下，雖然在表面上對清朝恭順有加，但實際上卻對這一「夷狄」充滿了不屑與鄙夷。

（一）對清朝「滿族夷狄」的鄙視

越南如清使鄙視清廷有著很深的歷史原因。越南一直自比「小中華」，自豪於「中華正朔」的地位，對這個定鼎中原的滿族「夷狄」甚爲輕視，但又迫於清朝強大，只能承認兩國的宗藩關係，卻又始終心存不甘。在與清廷外交過程中，中越禮節中一系列的紛爭始終是這種不甘心的表現：

其一，敕印之爭。越南在清朝建國還依然納貢於南明小朝廷，直至順治十六年（1659）南明政權最後的永曆政權瓦解，永曆君臣逃生緬甸才終止與南明的往來。即使 1661 年南明滅亡後與清建交，仍然不願交納明代封印「前代舊制原不繳換敕印，惟待奉准貢例，依限上進」〔註 122〕。面對越南外交上的延宕，清政府一方面於 1661 年封與黎氏對峙的莫氏政權爲「安南國都統使」進行施壓，黎氏也於 1662 年正式遣使如清，但朝貢關係又擱淺於敕印問題。直至康熙帝於（1666）年發出最後通牒「速將僞敕印送京，准其入貢，否則絕其來使」〔註 123〕，越南黎鄭政權才迫於外交壓力不得不「繳送僞永曆敕命一道、金印一顆」。在這個敕印之爭的過程中，越南黎氏始終表現的是對清廷不配合、不情願的態度。

其二，「五拜三叩」與「三跪九叩」的禮儀之爭。「五拜三叩」是明朝禮教，在越南長期施行而漸成國俗「拜凡五拜三叩頭」〔註 124〕，而「三跪九叩」

〔註 122〕大清聖祖仁皇帝實錄，卷四，順治十八年閏七月庚子條〔M〕，臺灣華文書局，1970 年影印本。

〔註 123〕大清聖祖仁皇帝實錄，卷一八，康熙五年三月己卯條〔M〕，臺灣華文書局，1970 年影印本。

〔註 124〕〔越〕潘輝注，歷朝憲章類志，「禮儀志」〔Z〕，河內：越南漢喃研究院藏抄本，藏書號 A.2061。

是清朝入主中原後以之取代明代的「五拜三叩」之禮。清朝時期中越外交中這一禮儀之爭始終不斷，如康熙五年（1666）清朝遣程芳朝、張易賁至越南行冊封禮時，越方就以「通國之人，少習長行，素所慣熟」〔註125〕而拒絕行「三跪九叩」禮；康熙七年（1668）清遣使李仙根使團赴越調停黎、莫之爭時，後黎朝又堅持「舊習五拜禮」，雙方「辯複數次」，在清使堅持下黎氏最終遵照行三跪九叩之禮〔註126〕；康熙二十二年（1683）清使明圖等出使時，黎朝又以「不諳天朝禮」拒絕行「三跪九叩」禮，又是番唇槍舌戰「逐一辯論」〔註127〕；康熙五十八年（1719）鄧廷喆等赴越諭祭、冊封時，又因此起爭執，雙方「辯複數回」，清使最後「勉從之」〔註128〕；雍正六年（1728）清使杭奕祿等又因此起爭端。越南朝臣在中越宗藩關係中禮儀之爭也正是他們注重「華夷」身份之辨，體現出對滿清夷狄的不認同。

越南如清使作爲越南朝臣的正式代表，他們在北使詩文中也始終充滿著這種對滿清夷狄的輕視與鄙夷之情。如吳時位在評長派侯黎倜在中國期間因「留髮」而起的風波云：「幸而生還亦不傷父母之遺體，不幸而死，猶得以自別於北方之鬼」〔註129〕以「北方之鬼」稱清人。然或許一語成讖，吳時位在第二次出使時至南寧果然「不幸而死」病逝中國。越南如清使北使詩文中還常常流露出對明朝往昔的追憶，以反襯對清朝夷狄的不屑。如1715年，丁儒完到達南京後，題詩報恩塔云：「明朝寶器渠孤在，蜀馬堪休叫替興。」〔註130〕他還有詩題燕子磯在注釋中寫道，燕子磯寓言燕思明德不肯降清；1718年阮公沆《往北使詩》中記錄了安南國王餞別使臣的詩：「黃道清夷耀使星，明時重選賞時英。抱負忠誠趨鳳闕，激昂辭色播燕京。新恩舊

〔註125〕南北往來柬札〔Z〕，河內：越南漢喃研究院藏抄本，藏書號A.276，VHc.2653：8。

〔註126〕（清）李仙根，安南使事紀要//四庫全書存目叢書，史部，第56冊，雜史類〔Z〕，濟南：齊魯書社，1996：10。

〔註127〕（清）周燦，使交紀事//四庫全書存目叢書，集部第219冊〔Z〕，濟南：齊魯書社，1996：268。

〔註128〕〔越〕潘輝注，歷朝憲章類志，「禮儀志」〔Z〕，河內：越南漢喃研究院藏抄本，藏書號A.2061。

〔註129〕〔越〕黎光定，華原詩草//越南漢文燕行文獻集成（越南所藏編），第九冊〔M〕，上海：復旦大學出版社，2010：145。

〔註130〕〔越〕丁儒完，默翁使集//越南漢文燕行文獻集成（越南所藏編），第一冊〔M〕，上海：復旦大學出版社，2010：359。

服恭天旨，孖奉歸來迭國榮。」〔註 131〕直接以「清夷」稱呼；1772 年，武輝珽北使，回程路過金陵時寫到：「明初定鼎於西南角，倚鍾山建皇城以居，自永樂遷都北直，久經荒廢。今皇城與宮殿故基及午門尚存，門樓有極大洪鐘一顆，字刻洪武年製。登高憑弔，不勝黍離之感。」〔註 132〕他們還以大明衣冠爲榮，以清人不識漢時衣冠爲恥。黎光定「山僧不識南人服，笑認蓬萊羽客飛」〔註 133〕。然越南如清使對明朝的追憶功思慕與朝鮮燕行使有著很大之別，他們並非眞正出於感念明朝之恩。明朝政權在越南被視爲侵略者而遭到越南自上而下的反抗。在黎利起義再次脫北建立政權後，阮廌所作措詞激烈的《平吳大誥》被越南後世視爲「千古雄文」，甚至於被稱爲「第二個獨立宣言」，直至當代被譯爲題爲《我大越國》（*nước Đại Việt ta*）的越南文收入中學語文教書中，成爲越南強化民族自信心的典型範文。在越南如清使中也不乏有對明朝的貶視，如越南諒山省在離鬼門關數里有石五六塊被稱爲「柳昇石」，俗傳黎太祖斬明將柳昇處。吳時位有詩云：「黎皇功德在平胡」並在題下小注稱：「按其時我國內附，明人郡縣我國，魚肉我民。幸有太祖起而爭之，有鬼門之役，而明人不敢正眼交南，統紀始復時。」「其是歟非歟，總屬千古快談，不當與柴山谷頂腳痕作一樣幻看。」〔註 134〕因此，如清使北使詩文中對明朝的追憶緬懷，在很大程度上是他們以之反襯對清朝夷狄身份的鄙夷。

（二）對清朝「千瘡百孔」的輕視

越南使臣從南到北途經數省方至北京，他們在使程沿途已詳細觀察到所經省份的地域之變，目睹了中國衰落時期社會中出現的種種醜態。

清朝後期國力日益衰落，國內農民起義頻起，社會動盪。十九世紀的阮朝使臣正這些親眼目睹的中國現實與他們昔日所讀「聖賢書」中對中國的想像大相徑庭，由此更加深了他們對清庭這個「夷狄」的蔑視之情。至十九世紀後期，清朝的時局更是強弩之末了，如阮述在 1880 年出使清朝之後給嗣德

〔註 131〕〔越〕阮公沆，往北使詩//越南漢文燕行文獻集成（越南所藏編），第二冊〔M〕，上海：復旦大學出版社，2010：5。

〔註 132〕〔越〕武輝珽，華程詩//越南漢文燕行文獻集成（越南所藏編），第五冊〔M〕，上海：復旦大學出版社，2010：343。

〔註 133〕〔越〕黎光定，華原詩草//越南漢文燕行文獻集成（越南所藏編），第九冊〔M〕，上海：復旦大學出版社，2010：119。

〔註 134〕〔越〕吳時位，枚驛諏餘//越南漢文燕行文獻集成（越南所藏編），第九冊〔M〕，上海：復旦大學出版社，2010：249。

帝進呈表文稱：

> 彼主少國疑，軍興財絀。琉球已折入於日，伊黎才息爨於俄。封豕競張，黔驢思逞。漏卮難塞，空談富國之謀。金奏寥聞，孰信和戎之利。凡臣經歷桂管（廣西）險阻之地，荊楚（湖南湖北）慓悍之習，燕趙慷慷之士，兩河殷富之墟，昔所謂名都勝疆，雄邦大邑者，今亦風華消歇，腥臊蔓延。有更傷心者，十年烽火，香消楚澤之蘭；異國樓臺，春暗武昌之柳。登臨黃鶴，愁望煙波。經過金臺，恨生秋草。江河日下，既世道之愈趨，人己情殊，亦《國風》之難採。〔註135〕

在這份表文中，阮述目光敏銳地察覺到中國各種弊端，中國疆土被國外列強蠶食，民生凋弊，江河日下。黎貴惇北使期間，時適中國武將出一個上聯，「安南貢使，安南使乎使乎」。黎貴惇馬上就對出了下聯：「天朝聖皇，天朝皇哉皇哉」。他還云：「此下句出《文選》。」對於中國武將的無知加以鄙斥。回到自己船上，他又對了一個下聯，叫「天下大老，天下老者老者」。黎貴惇所言的「老者老者」，雖有對中國這一「老者」的尊敬，但更多的卻是對天朝已「老」日薄西下的一種輕視。在黎貴惇返程中，另一位清朝欽差官問越南「有苗蠻否？」黎貴惇答曰：「最多，沿邊皆高山大林，苗民居此，時出寇掠，非有兵威，不能鎮服。」伴送官曰：「今能制服他否？」黎貴惇曰：「本國若不能制服，他已侵入天朝內地了。」越南如清使在軍事力量無言的自信也正是出於對清朝的輕視〔註136〕。

越南建立獨立政權後雖與中國保持著「事大」的朝貢關係，但他們又自認與中國「各帝一方」的國家，因而一直與中國存在諸多摩擦與邊疆地域之爭。越南如清使除例常的歲貢、請封等事宜外，還有奏事一項，其中多爲奏邊事。中越邦交中對於涉及到「疆土」之事格分留心，如阮氏初建國時以「臣之先祖，闢土炎郊，日以浸廣，奄有越賞、眞臘等地方，因建國號南越，父傳子繼，二百餘年。」〔註137〕爲由申請改「安南」國號爲「南越」，清廷對此密切關注「至阮福映求封『南越』，顯有恃功要請情事。恐其心存叵測，所有

〔註135〕〔越〕阮述，荷亭文抄〔Z〕，河內：越南漢喃研究院藏抄本，藏書號 VHv.2359。

〔註136〕〔越〕黎貴惇，北使通錄//越南漢文燕行文獻集成（越南所藏編），第四冊〔M〕，上海：復旦大學出版社，2010：254。

〔註137〕軍機處錄副奏摺//古代中越關係史資料選編〔Z〕，北京：中國社會科學出版社，2011：492。

廣東、廣西一帶海道邊關，俱著密飭地方官留心防備，不可稍涉懈弛」〔註138〕。

越南如清使這種「向」與「離」的矛盾心態有著深層次的原因：一方面，越南雖然在丁朝就開始脫離中國政治的藩籬，卻在文化上無法割捨與中國的聯繫。越南歷代政權中，漢字始終佔據著官方地位。這就令越南文人及其思維方式都來自於中華文化圈。越南文人一直浸淫在漢文化中不能不產生對文化源頭的一種朝拜，一種試圖尋古訪遺的探尋。另一方面，越南獨立後歷代統治者在政治、文化各方面也致力於「去中國化」的影響。他們大力宣揚民族精神，試圖達到「南」（越南）與「北」（中國）在各方面平起平坐的地位。雖然他們在宗藩體制之下表面上對中國敬重有加，如使臣進出的廣西關口中與中國的「昭德臺」相對的是「仰德臺」，而清朝這一「夷狄」政權卻加劇了越南的離心力。清朝時期的兩百多年又正是中國在世界體制中迅速衰落的時期，這更進一步加速越南文人心理上的離心進程。越南如清使代表著當時漢文化水平最高的一群文人，他們身受中國文化的深刻影響，通過所讀書籍對中國有著諸多想像。但當他們親歷中國後，現實中的中國卻與他們通過書籍想像的中國存在著很大的差距。清朝作爲中國最後一個封建王朝雖有短暫的輝煌卻不久即陷入各種社會問題之中，尤其是清朝晚期，社會現象中的各種不足與缺陷，在西方列強進逼之下的各種苟且，這些無不暴露在親歷中國的越南如清使眼中。因此，向心與離心始終存在於如清使整個出使之中。

第四節　出使交遊與如清使漢文文學

越南如清使出使時間久，行使路程長，在出使過程中詩文成爲他們奔波勞碌中消遣的主要方式，如胡士棟所云「一路往還九千有餘里，翰墨之外無以消旅悶者」〔註139〕。他們還通過詩文展開了一系列的文學活動，這也成爲他們出使中一項重要的活動。按《大清會典》規定，「在京在外軍民人等與朝貢外國人私通往來，投託撥置害人，因而透漏事情者，俱問發邊衛充軍，軍職調邊衛，帶俸差操。通事並伴送人等，繫軍職者，從軍職例；繫文職者，革職爲民」〔註140〕，軍民俱不得與貢使有私通往來。然從越南如清使出使北

〔註138〕清實錄，仁宗，第29冊，卷106〔Z〕，北京：中華書局，1985：428。

〔註139〕〔越〕胡士棟，花程遣興//越南漢文燕行文獻集成（越南所藏編），第六冊〔M〕上海：復旦大學出版社，2010：5。

〔註140〕大清會典（康熙朝），卷一一七，刑部・律例八・軍政//近代中國史料叢刊三編，第七二五冊〔Z〕廣州：華東印務局，民國22〔1933〕。

使詩文集中卻可以看到有眾多中國文人與如清使私下詩文贈答唱和之作，潘輝益詩中云：「中州人物周旋雅，大塊文章點綴工。江際輕帆歸思爽，啓窗閒檢舊詩筒。」〔註 141〕中國文人文集中亦收錄有與越南使臣詩文交往之作，其中不乏名家，如「性靈派」代表人物袁宏道曾記與安南使臣詩文交流：

> 某日，入主客署，遇南安貢使，所貢皆金銀瓶爐，雕鏤不甚精，此外則白檀及降眞象牙而已。問使臣能書否？曰：「能。」以筆授之，草書一絕云：「路繞石橋溪九折，雲藏竹塢宅三間。門扉半掩山花落，鳴鳥一聲春日閒。」草幾不可識，命以眞書注其旁，與中國無異。〔註 142〕

越南如清使可作爲越南漢文化成就高的代表，從其出使中國期間與中國文人的交遊中可以看到中越文人之間的文學交流。

一、如清使與中國文人群體的文學交遊

越南如清使與嶺南、湖廣、北方等各地文人有著廣泛的交遊酬唱，如附件三所統計，如清使在出使中國期間不僅與中國官員中 63 位伴送官留有 86 首唱和詩，與 153 位地方官留有有 170 首往來詩文，與 112 位地方文留有 161 首唱和詩。這些數量眾多的詩文往來之作不僅勾勒出如清使出使期間的日常文學活動，還在一定程度上體現了中越文人之間的文學交流。由於如清使出使途中僅能在某一地作短暫停留，因而他們與中國文人詩文往來中最常見的便是贈答詩與送行詩兩類。如清使與中國文人交遊與出使路線所途經地域密切相關，從如清使北使錄可見其中中國文人的地域主要有以下幾類：

一是兩廣文人群體。因兩廣地域與越南接壤，歷代人員之間交流頻繁。廣西作爲如清使使程路線中首先到達的地區，又是中越邦交關係中文書傳達的中轉站。廣西地方員也常因中越關係常與越南朝臣有文書往來，其中一些官員甚至作爲中國使臣出使至越南，如勞崇光作爲廣西撫臺曾於道光二十九年（1849）擔任中國至越南的冊封使，如清使潘輝詠、范芝香、阮文超等人都與他有詩文往來。因而這一地區文人與越南如清使有較多交往，不僅是地

〔註 141〕〔越〕潘輝益，星槎紀行//越南漢文燕行文獻集成（越南所藏編），第六冊〔M〕上海：復旦大學出版社，2010：261～262。

〔註 142〕（明）袁宏道，瓶花齋雜錄//四庫全書存目叢書〔Z〕，濟南：齊魯書社，1995。

方官員，甚至地方文人也與之有詩文往來，如黎貴惇《北使通錄》卷四中記載了乾隆二十六年在廣西駐紮時：「緞坊人黎心田送箋求詩，並對聯，正使寫一詩一聯，甲副使書二詩，乙副使書一聯予之。」〔註 143〕廣東雖不是如清使常規出使路線，但卻是越南常派遣公幹或採買貨項之地，如附件二所示。因而有些如清使也因公幹行至廣東。與北使出使在某地所居短暫不同的是，越南文人至廣東常居留達數月之久，如阮朝第一任如清使鄭懷德、黎光定等人。這令他們與廣東文人群體有廣泛而深入的文學交流，如李文馥三次到廣東，甚至被廣東文人贊許為「謫仙人」「粵南謫仙人，浮槎到東粵」〔註 144〕。此外，還有一部分廣東文人因參與伴送與如清使產生交集，如阮宗窐所提到的伴送文官劉哲基就為廣東肇慶人，他的一首贈送詩《到南寧贈文官伴送劉哲基》另一首又稱《他家肇慶屬廣東省，時上笑談語及多男之慶。因再賦詩以贈》。

二是兩湖文人群體。湖南、湖北是文人薈萃之地，且這兩地文化積澱也較高。這一地區有歷史人文，如屈原懷沙、賈誼貶謫等，又有湘水、洞庭兩大水系形成的自然景觀，以及有岳陽樓、黃鶴樓、嶽麓書院這樣的文化名片。越南如清使使程行至湖廣地區，一方面感受著那裡的山水人文，另一方面也與湖廣文人有眾多的詩文往來。他們不僅與湖廣地方官詩文往來眾多，如阮宗窐與湖南伴送員往來的就有三位陳哲金、田爕唐、陳鼎金，還與湖南眾多地方官有往來，如都司田明山、委員吳春谷、撫院、督部堂、善化知縣𪎭維緒等人。如清使與湖廣文人在遊歷當地山水中相互唱和也成為美談，如裴文禩和湖南短送盛錫吾有浯溪唱和見存〔註 145〕。

三是江南文人群體。江南人文薈萃，但並不位於越南如清使出使的常規貢道中，又與越南在地域上相隔甚遠，因而越南如清使與江南文人交集較少。但仍有部分如清使與江南文人有所交往，丁儒完出使至金陵時與金陵文人的交往就曾引起中國研究者的關注〔註 146〕。金陵作為文化名地，文化名人甚多。

〔註 143〕〔越〕黎貴惇，北使通錄//越南漢文燕行文獻集成（越南所藏編），第六冊〔M〕上海：復旦大學出版社，2010：318。

〔註 144〕〔越〕李文馥，李克齋粵行詩〔Z〕，河內：越南漢喃研究院藏抄本，藏書號 VHc.2603。

〔註 145〕〔越〕裴文禩，中州酬應集//越南漢文燕行文獻集成（越南所藏編），第二十二冊〔M〕，上海：復旦大學出版社，2010。

〔註 146〕鄭幸，《默翁使集》中所見越南使臣丁儒完與清代文人之交往〔J〕，文獻，2013（3）：174～180。

越南如清使行至金陵常拜訪當地文化宿儒，如丁儒完與王著的交往，朱卉在《壽王必草先生八十》一詩題下注云：「安南貢使丁默齋曾造訪，求詩而去。」〔註 147〕不僅丁儒完，越南亦有其他使臣也與金陵人士往來密切，如阮宗窐與張卓山、高山仰，黎貴惇與沈鑒秋等，他們與這些金陵文人都有詩文往來及唱和。越南如清萬科過去交遊對象不僅有金陵文人，還有江南其他地區的文人群體，如阮宗窐還與淮陰明知監生李半村、全椒吳琅相互唱和。而未至江南的如清使也因江南人士的流動在使程中與之相逢，如阮公沆出使行程中所遇的金華州峰文人與浙江舉子，阮思僩所遇的湘陰文人李輔燿等等。

四是北方文人群體。越南如清使行至湖北漢口僅行使使程約一半路程，由此改由陸行至京。然與兩廣、兩湖文人的詩文交遊相比較，如清使北使文集中與北方文人群體的往來唱酬明顯減少。他們文集中收錄僅收錄部分與所經北方諸省的地方官員的詩文往來，如鄭懷德、黎光定使團與河南督學政吳雪樵的贈答詩作，李文馥、黎光院與臨穎知縣詩歌贈答。以及北方文人的零星所請，如西山朝如清使段濬有《圓明殿人姓趙，以竹露滴清響為題限悠韻，請余題之走筆書贈》等。其個中原因或部分緣於水陸舟行便於文人往來及題擬詩作，而北方陸行卻局限於車馬狹小空間，是否有深層次原因也因無文獻依託只能留於揣測。

越南如清使除了與伴送使有較長接觸外，與其他地方官員、文人都相交時間短暫，然其中也不乏有一些中國文人在與如清使分別之後仍有詩書往來。如清使與中國文人的文學交流形式主要有贈答唱和與詩文評鑒兩大類。

如清使與中國文人之間的詩文贈答唱和。越南如清使與中國文人相聚匆匆，詩文贈答唱和成為他們由陌生到初識，由初識到送別時最好的一種人際往來手段。因而在如清使北使詩文集中，贈答送行詩也成為最常見的一種詩歌類別，如武輝珽的《贈曾州分府李鄴》、《答贈淞江舉人趙思信東韻》胡士棟的《贈巴陵縣正堂蔣態懋》、《和答江寧張見齊贈》等等。這些贈答唱詩因如清使與中國文人交情較淺而多流於形式，但他們與中國文人群體的唱和詩卻是值得關注的中越文人交流現象，其中最為典型的便是 1876 年裴文禩使團與湖南文人群體的交遊，李文馥與廣東文人群體的交遊。這兩次文人唱和中國文人有多人參與，還留有詩歌唱和集留於世，前者留有《中州酬應集》（《大

〔註 147〕朱卉，朱草衣遺詩〔Z〕，嘉慶三年金山程來泰手抄本。

珠使部唱酬》)，後者留有《仙城侶話》與《珠江群英會》。楊恩壽還將與裴文禩使團的唱和詩刻有《雉舟酬唱集》一部，他自序云「得與海外君子結交文字因緣，以鳴國家懷柔及遠中外同文之盛，是則小臣之厚幸也。豈尋常流連歲月一觴一詠比哉！」〔註 148〕李文馥在與廣東文人的唱和集由中國文人繆艮手訂，他在《書繆蓮仙手訂〈珠江群英會〉冊後》中云：

> 珠江群英之會奇矣哉！疆域雖分，同得天地正氣。以同類會同類，而有何奇乎？衣服雖異，要之同是鄒魯一脈。以文學會文字，而亦何奇乎？泛晴江之畫舫，觀秋月之長天。筆墨爲緣唱，予和汝似奇矣，以好人會好景。獨爲吾人韻事之常也。〔註 149〕

「鄒魯一脈」正是如清使與中國文人文學交遊中所體現出的中越文學交流史價值。廣東文人與越南文人多有交集，借助於李文馥的文學交遊還加深兩者之間的聯繫，如劉文瀾向李文馥打聽黎元亶近況，得知因公事道卒後，不免傷感。李文馥在《追挽黎雲漢學士即贈粵東劉墨池並序》中稱「雲漢昔嘗客遊於粵。粵之士劉君墨池與雲漢萍梗耳。聞其卒乃惜其才哀其遇，而哭之以詩，臨江焚奠，無限徘徊。昔人之未免有情，誰能遺此。余固悼雲漢之無命，而益重劉君之有情也。」〔註 150〕

如清使與中國文人之間的詩文評鑒。越南如清使大多爲越南文壇上佼佼者，他們具有很深的漢文學功底，因而在他們行至中國後，雖然絕大部分如清使無法用語言與中國文人溝通，但詩文評鑒卻是其中較直接的一種文學交流方式。如潘輝注行至廣西時，有廣西柳州文人銀際昌、黃州貢生張聯璧、孫長送等人有詩文往來，《黃州貢生張聯璧就見，求觀余詩草，袖歸閱評。次日攜紙筆來請詩。即書以贈》、《孫長送索觀予詩草，即錄諸作送遞並以詩贈》。潘清簡在《劉香亭〈楚遊集〉題詞》爲這種江右舉人劉夢蓮的《楚遊集》題詩：

> 金臺萬里久遊燕，歸去星槎入遠天。極目五湖雲水闊，而今盡屬楚遊篇。

〔註 148〕（清）楊恩壽，雉舟酬唱集//越南漢文燕行文獻集成（越南所藏編），第二十二冊〔M〕，上海：復旦大學出版社，2010：199～200。

〔註 149〕〔越〕李文馥，李克齋粵行詩〔Z〕，河内：越南漢喃研究院藏抄本，藏書號 VHc.2603。

〔註 150〕〔越〕李文馥，李克齋粵行詩〔Z〕，河内：越南漢喃研究院藏抄本，藏書號 VHc.2603。

書信往來成爲他們進行詩文品評的重要交流方式，如《再送越南貢使日記》中收錄馬先登 1868 年與越南歲貢使團黎峻、阮思僩、黃竝等人的書信往來書札中就有多篇關於詩文遣詞造句、詩歌賞鑒等。

值得注意的是，越南如清使與中國文人的交往的人數與頻度並不是平均分佈。一些如清使與中國文人有廣泛交流，如後黎朝陶公正等《北使詩集》中收詩 43 首，有 40 首都是與中國官員的詩文往來之作。另一部分如清使北使詩文集中卻隻字未提，如潘輝湜、丁翔甫等人。其原因一方面在於越南如清使個人文獻的遺失，如潘輝湜的《使程雜詠》中僅錄 19 首詩，其詩集中所記行程路線也非常混亂，從中可知應是後世文人的摘錄抄本，原本的風貌如何已不得而知。另一方面的原因在於受越南如清使個人的個人氣質、出使頻度及對中國人物觀感的影響，如李文馥作爲越南「明鄉人」之後，其祖籍即爲中國福建，在出使之前就一之閩而三之粵，因而在其個人文集中有大量與中國文人交遊唱和之作；而丁翔甫作爲對清朝夷人頗有輕視的越南文人，在他的北使集中僅見兩首與中國伴送官交往，其他使臣北使集中常見與中國地方官員及地方文人的交遊之作均不見蹤跡。

二、如清使與朝鮮燕行使群體的文學交遊

越南如清使不僅與中國文人文學交流頻繁，還在出使中國期間與朝鮮、琉球國使進行漢文學互動，尤其是越一朝使臣的詩文交往，已成爲漢文化圈中文化交流的一種獨特的風景。越南、朝鮮作爲漢文化影響很深的國家，使臣又是當時兩國漢文化的代表文人。朝鮮燕行使團中有許多文人多爲當時著名文人，如朴趾源（1737～1805 年），爲朝鮮李朝「北學派」代表人物，1780 年隨堂兄朴明源至中國賀乾隆七十歲壽，並有燕行錄《熱河日記》留於世。

越南如清使與朝鮮燕行使在到達燕京後因同住一處而有交往的便利，如清使潘輝注曾這樣描述他們所住的四譯館：「此館體制頗華飭。本國使與朝鮮、琉球諸使來者分住。蓋外國表文，惟我並此二國用漢文，與中華同，殊異於諸國也」〔註 151〕。朝鮮、越南、琉球都是漢文化圈中重要的成員，三國至清朝時期依然使用漢字作爲官方文字使用，因而較之他國尤受清朝重視。對越一朝使臣的使臣集進行統計可見，兩國使臣的文學交遊主要集中於詩歌贈答唱和，其具體詩文交往如下表所示：

〔註 151〕〔越〕潘輝注，輶軒叢筆//越南漢文燕行文獻集成（越南所藏編），第六冊〔M〕上海：復旦大學出版社，2010：175～177。

越南如清使詩文交往數量統計

出使時間	如清使	朝鮮文人	越南如清使現存詩文	朝鮮燕行使現存詩文	現存詩文數量
1702	何宗穆	李斗峰	無	無	0
1718	阮公沆	李世瑾 俞集一	無	無	0
1760	黎貴惇	洪啓禧 趙榮進 李徵中	《柬朝鮮國使洪啓禧、趙榮進、李徵中》、依前韻送朝鮮使（二體）	《洪啓禧和詩》二首 《李徽中和詩》二首	4
1771	武輝珽、段阮俶	陳升 李致中	《贈朝鮮國使詩並引》	《朝鮮國使答贈詩並引二首》	3
1778	胡士棟	李光 鄭武純	《贈朝鮮使回國》	無	1
1789	阮偍	李亨元 徐有防	《柬朝鮮國使臣》、《朝鮮國副使禮曹判書李亨元和韻體》、《再柬朝鮮國使臣》、《再柬朝鮮國使臣李亨元》、《朝鮮國副使吏曹判書內閣學士徐有防（和體）》、《和答朝鮮國副使徐有防》、《贈別朝鮮國使臣》	《朝鮮國副使禮曹判書李元亨和體》、《朝鮮國徐有防（和體）》	9
1790	潘輝益	徐判官 李校理 卞狀元	《柬朝鮮國使》二首、《朝鮮徐判官和送再柬》、《三柬朝鮮徐判官書》、《朝鮮李校賦和詩再贈》	《徐判官和詩》、《李校賦和詩》、《朴齊家詩》	8
	武輝瑨	徐判官 李校理 朴齊家	《柬朝鮮國使》、《侍宴西宛，和贈朝鮮書記朴齊家》、《是日奉旨先回朝圓明殿，朝鮮使後二日方起程因依前韻再柬》、《三柬朝鮮國使》、《四柬朝鮮副使李校理》、《又和朝鮮使行人，內閣檢書模序家詩韻》	《朝鮮國使吏曹和詩》、《朝鮮國使到圓明殿再覆》	8
	段濬	李校理 卞狀元	《次韻柬朝鮮判書徐翰林李》、《朝鮮卞狀元以詩請教》	《朝鮮原作》、《朝鮮解元作》	4

1819	丁翔甫	朝鮮國使	《柬朝鮮國使》	無	1
1845	范芝香	李裕元	《贈朝鮮書狀李學士裕元題扇》	無	1
1868	阮思僩	金有淵 南廷順 趙秉鎬	《柬朝鮮使臣金有淵、南廷順、趙秉鎬》、《送朝鮮使臣金有淵等歸國並柬》	《朝鮮大陪臣金有淵和復》、《二陪臣南廷順和》、《三陪臣趙秉鎬和》	5
總　計	13	22			44

由上表可見，雖然越南與朝鮮使臣因貢使時間不一致而難能相遇，但仍有多次如清使團在燕京與燕行使相逢。尤其是1790年乾隆八十歲壽盛典，各國使臣齊來燕京祝壽，越朝使臣交往最爲頻繁。在「萬邦來朝」的盛大場面中，越南使團因阮光平以「安南國王」身份入覲而倍受禮遇。

在越－朝詩文交往中，越南如清使始終以謙遜之態以博朝鮮燕行使的青目，甚至於像黎貴惇這樣越南首屈一指的大文學家也「因投詩贈之，東使驚異」。黎貴惇使團於 1760 年與朝鮮燕行使在鴻臚寺演禮時相遇，朝鮮使臣還以藥丸方物爲贄見禮，黎貴惇記述當時見面時場景：「朝鮮貢使欽差伴送官，皆一時文豪，不以海外見鄙，累相接語，僕仰伏洪福，文字酬答之間，幸免輕哂，更見稱揚。」〔註 152〕「不以海外見鄙」、「幸免輕哂」可見黎氏心理上認同朝鮮燕行使的地位要高於越南如清使。不僅黎貴惇有此心理，其亦見於其他如清使筆下，如 1772 年武輝珽北使期間遇朝鮮使臣時所云：

> 共球盛會，萍水良緣。雖東海南海，利地有萬千，而心契道同，匪今伊昔。剩喜晉陪燕暇，預接塵談，以領十年書之益。祗是南軿早錫，形色匆忙，鴻翼於冠。余懷耿耿，式憑手札，代致面辭，極知下里巴音，僅僅博大方一粲，聊以表涯角相逢之雅云耳。〔註 153〕

武輝珽自謙自己是「下里巴音」，所書僅是「博大方一粲」等等。事實上在清朝朝貢體系之中朝鮮始終有高於越南如清使的規格待遇，《欽定大清通禮》載：「貢使將入境，朝鮮以禮部通官二人迎於盛京鳳凰城。安南、琉球、緬甸、暹羅、荷蘭、蘇祿、南掌諸國，貢道所經之省，督撫遣佐貳雜職官一人迎於

〔註 152〕〔越〕黎貴惇，北使通錄//越南漢文燕行文獻集成（越南所藏編），第四冊〔M〕，上海：復旦大學出版社，2010：12。

〔註 153〕〔越〕武輝珽，華程詩//越南漢文燕行文獻集成（越南所藏編），第五冊〔M〕，上海：復旦大學出版社，2010353～354。

邊界。」〔註 154〕這也是越南如清使面對朝鮮燕行使時不得不作「低姿態」的原因，但他們又始終試圖於與朝鮮燕行使比肩，如黎貴惇與朝鮮使臣臨別時以詩爲贈云：

> 瀛海東涯各一方，齊移象闕拜天王。
>
> 傘圖概似松山秀，鴨綠應同珥水長。〔註 155〕

「傘圖」指越南境內的有名的傘圓山，「珥水」指越南境內洱河，「珥河，一名瀘江，一名富良江，在大羅城之左，……明黃福以其江流灣（疑爲彎之訛）曲如垂珥，因又名爲珥河」〔註 156〕。黎貴惇越南境內聞名的傘圓山、洱水與朝鮮的松山、鴨綠江相對應，以說明兩國在地理文化上都有著相等的地位。

此外，越南如清使北使詩文中與朝鮮燕行使的眾多詩文往來，與之形成鮮明反差的是，他們對同是漢文化圈中的琉球使臣卻罕有交集。據現存資料中僅可見有後黎朝馮克寬於明萬曆二十五年（1597）出使中國時撰《梅嶺使華手澤》中有《送琉球國使》「日表紅光照日禺，海天南接海天南。山川封域雖云異，禮節衣冠是列同。偶合夤緣千里外，相期意氣兩情中。此回攜滿天香袖，和氣薰爲萬宇風。」〔註 157〕（在其另一抄本《使華手澤集》所收《達瑠球國使》〔註 158〕中僅有後四句）。此後僅能見阮朝李文馥《閩行雜詠》中《見琉球國使者（並引）》中提到與琉球使臣的文學交往：

> 天地間同文之國者五，中州、我粵、朝鮮、日本、琉球亦其次也。琉球年號世世因稱寬永。其國在閩海之東，航路僅五六日。明堂朝會例由閩館。於桑選驛公完，常隔年弗歸，蓋謀通商也。其俗頭髮於頂束之，澤以油，插以簪，如婦人然。衣服亦長襟大袖，但多用文布，如蠻習。余來閩，其年適在此。一日，其正使向姓、副使王姓來相訪，余聞之欣然出迎。筆談間字畫亦楷正，惟辭語頗懸

〔註 154〕（清）來保，李玉鳴等，欽定大清通禮，卷四三，賓禮//四庫提要著錄叢書，第一四〇冊，〔Z〕，北京：北京出版社，2011。

〔註 155〕〔越〕黎貴惇，桂堂詩匯選//越南漢文燕行文獻集成（越南所藏編），第三冊〔M〕，上海：復旦大學出版社，2010：65。

〔註 156〕〔越〕佚名，皇越地輿志//域外珍本文庫（第三輯）〔Z〕北京：人民出版社，2012：198。

〔註 157〕〔越〕馮克寬，梅嶺使華手澤//越南漢文燕行文獻集成（越南所藏編），第一冊〔M〕，上海：復旦大學出版社，2010：103。

〔註 158〕〔越〕馮克寬，使華手澤詩集//越南漢文燕行文獻集成（越南所藏編），第一冊〔M〕，上海：復旦大學出版社，2010：64。

殊，令人不甚暢。既揖別，偶成一律：「所見何如昔所聞，重洋夢醒各天雲。琉球使驛程由海，襟袖信儒飭用紋。最喜禮文同一脈，爲憐筆墨遜三分。茫茫客旅誰相伴，半卷陳詩語夕薰。」〔註159〕

服飾作爲文化的表徵，這北使在越南士大夫心目中，可謂根深蒂固。儘管李文馥在《夷辯》一文中，批評清人「以服識人」，但在與琉球使臣相遇時，卻對琉球國人的服飾進行揶揄。雖琉球在中外宗藩關係中也與朝鮮、越南同樣佔有重要地位，但在越南朝臣眼中，琉球卻是位於自己之下的蕃邦。如雍正六年（1728）清使杭奕祿琉球爲例來激勵安南國王，「即如琉球，僻在海隅，其行禮亦遵三跪九叩，現有明文可稽。」但安南卻不因琉球之例而屈服，甚至不願與琉球相體並論。〔註160〕然頗有意味的是，將越、朝兩國使臣出使文獻相互印證比較可以發現，雖然越南使臣有眾多與朝鮮使臣的文學交遊，朝鮮燕行錄裏卻很少提及與越南使臣有過多交集。且朝鮮燕行錄中還有與越南使臣北使詩文中所記述完全相違的記錄。這些不同國別使臣之間相互有別的態度其實在本質上都是受中國「華夷」思想的影響。

〔註159〕〔越〕李文馥，閩行詩草//越南漢文燕行文獻集成（越南所藏編），第十二冊〔M〕，上海：復旦大學出版社，2010：264～265。

〔註160〕〔越〕南北往來東札〔Z〕，河內：越南漢喃研究院藏抄本，藏書號A.276。

第五章　地域與越南如清使漢文文學

越南雖然長期以來使用中國文字，接受中國文化的影響，但越南文人依然受生活的地域、民族文化所影響。西方學者布蘭德利·沃麥克曾在《中國與越南：不平等的兩個國家》（China and Vietnam：the politics of asymmetry）一書中指出，越南雖然在歷史中承受著中國的壓力，但其仍然保持住了自己的特色〔註1〕。越南民族文化來自於「百越」，臨海而居，以喃字記錄民族語。越南地區的地域文化必然在越南使臣文學作品中有著或隱或顯的呈現。地域文化有一定的穩定性，文人受出生及生長地域的影響，活動在這一固定相對靜止的空間裏。以文人創作中的地域文化爲中心來探討他們的具體創作僅是一種靜態的描述，然在使臣這一特殊群體又是流動的，文人在地域流動中所受的觀感與內心體驗不同也對他們的文學創作產生較大的影響，如在中國文學中「貶謫」與「遊歷」帶來的文人流動就與文學關係極爲密切。越南使臣北使期間足跡踏經大半個中國，中越不同地域特徵以及中國不同地區獨特的地域文化對越南使臣文學創作產生很深影響。本章側重論述越南如清使漢文文學與地域文化及文人地域流動的關係。

〔註1〕〔美〕蘭德利·沃麥克，中國與越南：不平等的兩個國家〔M〕，紐約：哥倫比亞大學出版社，2006，（Brantly Womack，China and Vietnam：the politics of asymmetry〔M〕，New York：Cambridge University Press，2006）。

*本文係2018年國家社科一般項目「越南北使漢文文學整理與研究」（項目批准號18BZW094）階段性成果。

第一節　如清使漢文學中的地域文化特質

地域文化是特定區域裏自然地理環境長期形成的文化傳統，具有獨特性與穩定性。越南雖地處海隅，長期以來卻一直以耕種爲主體的陸地文化，美國學者泰勒在《越南的誕生》（The Birth of Vietnam）一書中認爲，由於越南先民地處紅河三角洲的地理環境，是一個以水稻爲主的農業文明〔註 2〕。然越南民族文化也受海洋文化的影響。阮朝時期越南疆域的海岸線更加綿長，且阮朝使臣頻繁海外公幹更加深了他們對海洋的理解。越南地域文化中的民族語喃字也影響著越南如清使漢文學創作。

一、海洋文化對如清使漢文學的映射

曲金良在《海洋文化概論》中云：「海洋文化的本質，就是人類與海洋的互動關係及其產物。」是人類對海洋本身的認識、利用中而創造出來的精神文明。

（一）越南的越文化

在越南各民族中，京（越）族占絕大多數，其民族文化越文化也成爲越南主要的地域文化「越南和外國的許多考古學家把這些考古遺址和考古文物都列入一個共同的文化區域，他們承認東南亞是古代的一個大文化中心，其中越族的文化佔有重要地位。」「越南各個民族和東南亞各個兄弟民族有著一個共同的南亞文化。」〔註 3〕

越文化是越南最初的地域文化形式。越南成書於越南李、陳時期的《嶺南摭怪列傳》一書中收錄有關越南民族來源的神話傳說《鴻厖氏傳》中記云，涇陽王娶洞庭君龍王女生百子，一半歸海一半歸陸「百男乃百越之始祖」，其長男被尊爲雄王，並記述其國土爲：

> 其國東夾南海，西接巴蜀，北至洞庭湖，南至狐孫精國（占城國，今越南中南部）。分國中爲十五部，曰交趾、曰朱鳶、曰寧山、曰福祿、曰越裳、曰寧海（今南寧）、曰海泉、曰桂陽、曰武寧、曰伊驩、曰九眞、曰日南、曰眞定、曰桂林、曰象郡等部，命其群弟分治之〔註 4〕。

〔註 2〕〔美〕Keith Weller Taylor，The Birth of Vietnam，University of California Press，1983。

〔註 3〕〔越〕越南社會科學委員會編著，北京大學東語系越南語教研室譯，越南歷史〔M〕北京：北京人民出版社，1977：10。

〔註 4〕〔越〕陳世法等撰，嶺南摭怪（甲本）·卷一//越南漢文小說集成（第 1 輯），上海古籍出版社，2011：16。

從其民族來源傳說可以看出越南是「百越」的一支，傳說中所述國土也是原百越所在地。「百越」是古代中原人對長江中下游及以南地區各種民族的泛稱，《嶺南摭怪列傳》關於百越的相關記述亦可見於中國《史記》、《漢書》等歷代史書中關於越人的記載。《漢書・地理志》卷二十八云：「今之蒼梧、鬱林、合浦、交趾、九眞、南海、日南，皆粵分也。」顏注引臣瓚曰：「自交趾至會稽七八千里，百粵（越）雜處，各有種姓」〔註5〕，從「各有種姓」中可知百越民族是居於現今中國南方尤其是東南沿海一帶各個不同族群的總稱。古文獻中也常泛指南方地區，如《過秦論》中有「南取百越之地」之語。在此區域內，實際上存在眾多的部、族，各有種姓，故不同地區的土著又各有異名，其中的「吳越」居住區域主要集中於蘇南浙北，「閩越」居住區域主要集中於福建，「揚越」居住區域主要集中於江西與湖南，「南越」居住區域主要集中於廣東，「西甌」居住區域主要集中於廣西，「駱越」居住區域主要集中於越南北部和廣西南部等等。因越族種類多異，被並稱爲「百越」，「百」在此僅表示約數。越南社會科學委員會 1971 年所編撰的《越南歷史》中認爲在越南北屬（郡縣）時期之前的歷史中，甌雒國即是雒越和甌越兩個部落的合併。〔註6〕

越文化帶有明顯的海洋文化特徵，《淮南子・齊俗訓》中云「胡人便於馬，越人便於舟」，現存先秦民歌《越人歌》「今夕何夕兮，搴舟中流。今日何日兮，得與王子同舟。」中越女泛舟所唱的情歌便展示出越人很早就有成熟的造船技巧「考古發現，生活在東南沿海『飯稻羹魚』的古越人，在六七千年前即敢於以輕舟渡海；河姆渡文化遺址出土的木槳、陶舟模型與許多鯨魚、鯊魚的骨骼，都表現了海洋文明的特徵。」〔註7〕海洋文化與中原文化是完全迥異的兩種文化形態。然越地本土文化一直薄弱，在中原文化的帶動下才逐漸發展「越地的史前原始藝術原本十分光輝燦爛，但有史以來，越地由於生存環境的突變，生產力水平的相對滯後，文藝人才也勢單力薄，較之中原的文學集團和文藝創作盛況，越地的文藝創作顯得有點沈寂……晉室南渡之後，越地文藝厚積薄發，得到了鳳凰涅槃般的新生。」〔註8〕

〔註5〕（漢）班固，（唐）顏師古注，漢書〔M〕北京：中華書局，1962：1669。

〔註6〕〔越〕越南社會科學委員會編著，北京大學東語系越南語教研室譯，越南歷史〔M〕北京：北京人民出版社，1977：39～65。

〔註7〕史式、黃大受，重寫中華古史建議書〔J〕，文史雜誌，1999（2）：76。

〔註8〕高利華、鄒賢堯、渠曉雲，越文學藝術論〔M〕，北京：人民出版社，2011：15。

越南作爲越文化的一支，與中國越文化有著共同特質。一是斷髮紋身、黑齒等民情風俗。越南典籍上所記載的古越人斷髮紋身、黑齒等風俗與中國典籍上載越族風俗相同。在《鴻厖氏傳》中所記越南民族來源神話中貉龍君與嫗姬所生的百男中，一半歸入水府分治各處，一半居陸地分國而治。因而當民眾漁於水中常爲蛟龍所害時，「以墨刺畫其身，爲龍君之形、水怪之狀，自是民免蛟傷之災。」〔註 9〕據《淮南子・原道訓》記：「九疑之南，陸事寡而水事眾，於是民人被髮文身，以象鱗蟲。」高誘注云：「文身，刻畫其體，內墨其中，爲蛟龍之狀。以入水，蛟龍不害也，故曰以象鱗蟲也。」二是尙鬼信巫的習俗。崇尙巫鬼的符籙道教與越南本土信仰極爲契合，越人自古就有信尙鬼神的習俗。《史記・封禪書》曰：「越人俗鬼，而其祠皆見鬼，數有效。」《安南志原》卷二曰：「交趾舊俗，信尙鬼神，淫祠最多。人有災患，跳巫走覡，無所不至。信其所說，並皆允從。」〔註 10〕中國道教在漢代時期就傳至越南，在越南民眾迅速傳播。道教本是在巫鬼信仰基礎上發展起來的宗教，王家祐認爲：「張陵繼承了巴蜀的妖巫鬼道，又革新之；於是巴人的五斗米道發展成天師道。由巫鬼躍升爲神仙，成爲道教的主幹。」〔註 11〕《大越史記全書外記卷之三》「士王記」記載：「及漢帝遣張津爲刺史，津守任在漢建安六年。津好鬼神事，常著絳帕頭巾，鼓琴燒香，讀道書云，可以助化……」〔註 12〕

越南承繼於越文化中海洋文化的因子，其數量眾多的傳說也透射出這一信息。越南民間尤其信奉水神，「百神之中，惟水神最爲靈異」〔註 13〕。在越南「龍種仙孫」的民族起源神話中，越南民族就與水文化密不可分。「龍種」相對應的是越南民眾對蛇神的信仰。許慎《說文解字》說：「閩，東南越，蛇種」。越南也有著同樣濃厚的蛇神信仰，並有專門祭拜蛇神的靈郎祠，皇后因沒有子嗣在其廟密禱而得子。在《靈郎祠》中記載：皇帝遊賞西湖時，見一漂女，悅而幸之。女歸有娠產一男，年八歲時，耆舊以事聞。皇帝招入皇宮

〔註 9〕〔越〕陳世法等，嶺南摭怪列傳（甲本）//越南漢文小說集成（第 1 冊）〔Z〕，上海：上海古籍出版社，2011：8。

〔註 10〕法國遠東學院訂刊，安南志原，河內西曆一九三一年發行：132。

〔註 11〕王家祐，道教論稿〔M〕，成都：巴蜀書社，1987：156。

〔註 12〕〔越〕吳士連，陳荊和校，大越史記全書〔M〕，東京：東京大學東洋文化研究所，1985：132。

〔註 13〕〔越〕，越甸幽靈集全編//越南漢文小說集成（第 2 冊）〔Z〕，上海：上海古籍出版社，2011：111。

不久發疸，國醫束手。正當帝臨問漢息時，子請奏逝後建廟。其後「一更許，披帷省視，見蛟龍一軀，從褥下榻，蜿蜒而去，至靈郎湖畔，矯首古木蔭山。覘者還奏，帝傳旨立祠。滾然入水而沒。累封上等神，與白馬祠並為都大城隍。」〔註 14〕在越南傳說故事中，一些才智超群之人常為蛇的子嗣，如《青山童子》中阮氏妻因夢見一人，人身蛇首，遺氣於懷，覺而心動，後產一男才智出眾。後於元朝獲狀元。〔註 15〕《范敦禮事蹟》中范敦禮才學兼富。鄉舉至廷試皆第一，狀元及第。榮回日，帝易良馬寵異之，官至侍郎贈尚書。起初范公母夢蛇吐玉精而生。〔註 16〕蛇還滲透於越南各種民間信仰之中。《昇龍城》中記述該城得名：交州之始，有大蛇蟠旋其中，故名「龍編城」，至李太祖自華閭洞都大羅，舟泊江津，有飛龍見，因號「昇龍城」。這裡的所謂的龍其實都與大蛇相關，而並非華夏文化中的龍。在越文化與華夏文化的碰撞中逐漸被華夏文化融合而消失原本的特質。越南獨立初期中的「龍」，在外形上都與蛇類似，而隨著儒家文化的傳播，受儒家文化中「眞龍天子」宣揚正統文化的影響下，至 18～19 世紀以後的龍形狀漸漸如同中華文化中龍的形態。

11 世紀李朝的「龍」
（越南國家歷史博物館藏）

19 世紀阮朝的「龍」
（越南國家歷史博物館藏）

〔註 14〕〔越〕范世琥，桑滄偶錄，下冊//越南漢文小說集成（第 12 冊）〔Z〕，上海：上海古籍出版社，2011：38。

〔註 15〕〔越〕越雋佳談前編//越南漢文小說集成（第 11 冊）〔Z〕，上海：上海古籍出版社，2011：124。

〔註 16〕〔越〕異人略志//越南漢文小說集成（第 3 冊）〔Z〕，上海：上海古籍出版社，2011：411。

地理自然環境的差異造成不同的區域文化，這些區域文化特徵影響生活在其中的文人。嚴家炎認爲：「地域對文學的影響，實際上通過區域文化這個中間環節而起作用。即使自然條件，後來也是越發與本區域的人文因素緊密聯結，透過區域文化的中間環節才影響和制約著文學的」〔註 17〕。越南如清使文學創作也不可避免地受著地域文化的影響。

（二）越南如清使筆下的海洋書寫

在以農業爲主導的社會文化中，越南阮朝之前的歷朝政權多施行海禁政策，嚴格控制海外貿易，因而海洋文化得不到應有的重視而缺乏發展。十九世紀以前，越南文人很少有遠渡重洋的機會，也缺乏海上冒險的生活體驗。這些文人對海洋的書寫多是停留在想像與觀望的階段，且多承繼中國文學中關於海洋的虛浮描寫。可以說，在阮朝之前海洋還未成爲越南文人的眞實觀照對象。而至十九世紀阮朝建立後，統治者加強對海洋的管理，不僅拓展海外交通，還因公務需要派遣一批至「洋程效力」的使節〔註 18〕。這類文臣因海路拓展，以親身體驗寫下與以往文人對海洋不同的觀感。

雖然越南留存古籍中專門論述海洋的書籍很少，但越南如清使詩文集中仍常見有關海洋描寫的詩文，如西山朝知名文人吳時任的詩句「海上寒風蕭瑟，悶倚蓬窗度日」（《八月忌感懷》）、「汐水新歸海，朝陽始上枝」（《晨起即事》）等〔註 19〕。越南如清使筆下的海洋描寫反映出越南文人對海洋新的認知和生命體驗。但阮朝之前文人對海外重洋的認知有限，阮朝如清使在親歷海洋時也提到：「重洋遠島，天外渺茫，固載藉之所不詳，而文人之所未曾到者。」〔註 20〕「海爲物最鉅，東南島夷以百數。雲濤渺茫，因從來紳衿之所

〔註 17〕嚴家炎，二十世紀中國文學與區域文化叢書·總序〔M〕，長沙：湖南教育出版社，1998。

〔註 18〕「使節」一詞出現較早，原義爲使者出使中所持的符信，作爲身份憑證的象徵。《周禮·地官·掌節》中云：「凡邦國之節：山國用虎節，土國用人節，澤國用龍節。」後成爲使者的代稱，至唐代已成爲常見稱謂，如唐詩中有「川合東西瞻使節」（杜甫《嚴中丞枉駕見過》）、「代北偏師銜使節」（李商隱《漫成五章》）等句便提到「使節」。相較於「使臣」多指處理國外邦交的正式職官，「使節」一詞有更廣泛的指稱。本文即以「使節」指稱阮朝被派駐海外出使及公幹的人員，並分析他們在「洋程效力」中對海洋的書寫。。

〔註 19〕〔越〕吳時任，水雲閒詠//吳時任全集（一）〔M〕，河內：越南社會科學出版社，2005。

〔註 20〕〔越〕潘輝注，《洋夢集》跋〔Z〕，河內：越南漢喃研究院藏抄本，藏書號 VHc.2634。

未到者。」〔註 21〕而阮朝時期越南有眾多知名文人被派出使中、法，或因公務往東南亞「洋程效力」，其中就包括多位如清使，如李文馥、潘清簡、潘輝注等。他們在出行中，除例行朝貢使團因中國制度規定由陸路進關外，其他多由海路，如李文馥「庚寅（1830）春奉派，駛奮鵬、定洋二大船，前往小西洋之英咭唎國明歌鎮洋分，操演水師。」〔註 22〕「明命辛卯（1831）夏……駕瑞龍大船，護送失風船官眷陳棨等回福建省。」〔註 23〕海上交通擴大了他們的生活經歷及對海洋的認知。

從書寫主題類型來看，越南如清使海洋的書寫主要有寫實性海洋景觀、濱港海灣生活、海外異域文化、海神信仰四個方面：

恢宏壯闊的寫實性海洋景觀書寫。十九世紀以前的越南文人對海洋的書寫都是遠觀與想像，如西山朝吳時任「海面平分千里月，天心靜悟一聲雷」(《和之美氏喜雨之作》)、阮偍「藏岸望無際，含秋碧萬尋。滄茫浮島嶼，掩映弄情陰。」(《濠門望海》)〔註 24〕十九世紀之後，阮朝如清使筆下的海洋書寫與之完全迥異。如潘清簡的《出洋》：

> 共濤拍岸來，勢若傾亙華。乘風一解纜，直似瀉峽下。
>
> 倒看沙上樹，夕陽千枝亞。一抹走沙堆，幾點落茅舍。
>
> 滄溟何澒洞，激浪忽如破。中流恍回望，群山向水臥。〔註 25〕

詩中描繪出從船上看海濤拍岸，沙堆茅舍的景象，是非常具體細緻的近景圖。再如何宗權「岸浮樹色依山遠，港引江山到海斜。綺陌有樓皆傍水，雪衣無客不登車。」(《記景二律》）也寫船上觀看岸上樹木、遠山、房舍之景。這些使節由海路出發，船行海上，從海上觀海與陸上觀海的感受和體悟是不同的。在他們筆下，海洋已不是前朝文人筆下的「背景圖」，而是真切的立體畫。在他們筆下真實描繪出大海的本相，即寧靜溫馨與狂躁暴怒的結合體，如何宗權在《洋夢集》裏寫道：「巨浪掀天助，狂風卷地聲。雨昏舟一葉，燈亂夜三

〔註 21〕〔越〕潘輝注，海程志略〔Z〕，河內：越南漢喃研究院藏抄本，藏書號 VHv.2656。

〔註 22〕〔越〕李文馥，《西行見聞紀略》序〔Z〕，河內：越南漢喃研究院藏抄本，藏書號 A.243。

〔註 23〕〔越〕李文馥，閩行雜詠//越南漢文燕行文獻集成（越南所藏編），第十二冊〔M〕，上海：復旦大學出版社，2010：215。

〔註 24〕〔越〕阮偍，華程消遣集//越南漢文燕行文獻集成（越南所藏編），第八冊〔M〕，上海：復旦大學出版社，2010：175。

〔註 25〕〔越〕潘清簡，巴陵草//梁溪詩草〔Z〕，河內：越南漢喃研究院藏抄本，藏書號 VHv151。

更。」(《暴風》) 這些詩文賦予了海洋雙重本質，對海洋是寫實性的描寫刻畫。

溫馨旖旎的濱港海灣生活書寫。由於自然地理條件形成的海岸線曲折蜿蜒，越南與海洋相連接的陸地沿岸面臨或擁有許多大大小小的海灣，如北部灣、泰國灣、下龍灣、拜子龍灣、陸門灣等。越南如清使海洋書寫中有許多關於海灣漁民生活場景的描寫，潘清簡「潮至歸舟歸，沿沙喚買魚」(《長景海灣》)、「客舟無數泊灣隈」《長景海灣竹枝詞》(其二) 等。而一些未曾遠洋的使節也對海灣生活有所描繪，如阮思僩的《再遊順安》中：

海門重到月重圓，水色濤聲尚儼然。

鮭菜頻煩求海市，椰林依舊泊篷船。

鯨鯢築觀神仍王，篷島浮家夢亦仙。

多謝漁翁莫嫌客，貪看白鳥過前川。

在詩中所描繪出越南人的海濱生活場景，海濤、椰林、篷船、漁翁、白鳥構畫出美麗的海灣景色，「蟹黃椰白」是海濱生活中獨特的風情。詩中就記載了與海濱生活息息相關的海市，時至今日越南「海上集市」仍然存在，在海濱常可見劃著船賣商品的船家。與海濱生活相關的還有漁家生活，如阮思僩《行里和道中，至跳石海岸》:「傍海岩最高處，晚潮及其半。有漁子簑笠垂多其上。渺渺煙波，夕陽明滅。對此宛逼畫景。」[註 26] 越南如清使筆下的漁家濱海生活方式都與海潮、魚、舟密不可分，帶有深厚的越南民眾海灣生活氣息。

色彩斑爛的海外異域文化書寫。越南沒有哪個朝代像最後一個王朝阮朝那樣頻繁與東南亞各國交流。越南阮朝如清使都有著豐富的外交經驗，其中一些人還出使多個國家，如既擔任如清使又頻繁作爲越南代表頻繁處理越南涉南洋事務的潘清簡、李文馥、潘輝注等人。他們亦記錄下豐富的各國情形，如潘清簡前往東南亞公干時的記錄《巴陵草》中有多首關於新嘉波 (新加坡) 的描寫，並涉及溢素、江流波 (雅加達) 等國。如在《新嘉波開船從下僚港取溢素往江流波》中寫道:「嘉波風物遊觀飽，笑剪吧陵雞舌香」。他所謂「觀飽」的新加坡風物在其《新嘉波竹枝詞》中都有所體現：

嘉波嶼上舖層層，嘉波嶼下水澄澄。

墨臉送來小蚪鬣，倶眞眞到及肥櫓。

[註 26] 〔越〕阮思僩，雪樵吟草//石農全集〔Z〕，河内：越南漢喃研究院藏抄本，藏書號 Vhv.1389。

肥櫓來貨更如何，若還要往江流波。

流波沙糖最輕賤，此處沙糖多暹羅。

暹羅清客滿前灘，黑蛏紅灰蚪鬣搬。

會使蚪鬣闍閰子，張帆笑傲輕波瀾。

波瀾叢裏插巢窠，每日溪頭拜日華。

闍巴酋長腰圍闊，坐與紅毛新嘉波。

珠車白馬滿街衢，學户銀牆處處樓。

青睛剡鼻風流甚，親擁金眸夜出遊。〔註27〕

其中還有一些涉及到下南洋的中國人，如《鳳山館詠美人蕉》詩下題注云：「館係福建商所建，奉清元眞君姓岑。」《謁明誠書院》下注云：「在觀音亭前，前有金德院，奉佛書院。清康熙年間甲必丹大林市老建。」以及歐洲人「船到港發炮，汛上把水即差小蚪舟往船問明來歷。洋人呼本國爲俱眞眞，呼船長爲及肥櫓，呼小舟爲蚪鬣及肥櫓。」「途間經歷，爲我濤頻殆者屢矣，卒乃保無恙以歸，皆是匪夷所思。」〔註28〕可見當時的東南亞各國在19世紀時已是各國人員交匯之地。潘清簡等在《西浮日記》中記錄出使歐洲途中所經過諸國的風土人情，如寫登陸「須油姑」時所見普通民眾的服飾及裝束：「長衣廣袖，兩腋下連縫，留二寸許。裙用大圍布帛，近兩脛分摺之，納襪中。下著油赤漆皮鞋。婦人上衫下裳，頷雕綠肥紋，如男子鬚。手腕或刻文痕，指甲染赤色。足是鞋襪路行，用布或繒綵，自頸至足覆之。當額前結金銀或銅管，一如小指大。長及鼻樑，乃以一片絹，橫四五寸，頂金管，下垂過膝。獨赤羽絲冠，上下通用之。」〔註29〕在阮朝時期如清使筆下，海外生活有著不同於本國的異域風情。

神秘厚重的海神信仰書寫。千百年來，人們在海洋都懷著敬畏之心，出海期間都希望能得到海神的庇祐保平安。越南有眾多的海神信仰，其中包括一些占婆海神，如壓浪眞人、天依阿那女神、玉鯪尊神等〔註30〕。越南如清

〔註27〕〔越〕潘清簡，巴陵草//梁溪詩草〔Z〕，河内：越南漢喃研究院藏印本，藏書號VHv.151。

〔註28〕〔越〕李文馥，西行詩記〔Z〕，河内：越南漢喃研究院藏抄本，藏書號VHc.2603。

〔註29〕〔越〕潘清簡、范富庶、魏克憻，西浮日記〔Z〕，河内：越南漢喃研究院藏抄本，藏書號VHc.370。

〔註30〕牛軍凱，神靈助戰與神靈演變——試論「徵占」與越南海神的關係//李慶新主編，東亞海域交流與南中國海洋開發〔M〕，北京：科學出版社，2017。

使乘船出使時也將所遇一系列的海神信仰形之筆端，如李文馥西行途經明歌港遇驟風時禱天后保祐之事，「辰巳薄暮，忽狂風驟至。收帆弗及，船身偏側，幾覆此。再撞岸。幽幽異域，與死爲鄰。只得於船上所設天后神位，磕頭哭禱。俄而帆裂，船復平。」〔註31〕

越南如清使對海洋的書寫既有波濤、沙灘、海島、雲霞等自然景觀，也有海濱漁村、海外風情等人文景觀。他們對海洋直觀化描寫的同時又進行文人化的審美，並將之轉化爲文字。他們對海洋的書寫也形成獨特的美學特徵。

其一，以海寓目觀景，書寫獨特的海洋美學意象。在李文馥的筆下，大海呈現出變幻莫測之美：一會是恢宏壯闊之、波瀾壯闊，「巨浪引長風，滔滔息無窮。船孤□月上，雲宿片帆中」（《舟中詠五七言各一首》）〔註32〕；一會又是清麗平和的，如《晨過海南洋分》「白滚雲浮封遠島，紅添水照漾朝霞」「回望漁舟何處是，聲聲天外似聞笳」〔註33〕。風和日麗，白雲與紅霞相變幻，大海展現出是一種靜謐平和之美；一會又是具有自由奔放和生命激昂的大境界之美。大海瞬息萬變，「風撞雨撼聲聲斷，夜靜波澄步步新。一色水天剛得月，萬重沙磧已得人。」（李文馥《海上中秋》）〔註34〕

其二，以海承載人文，構建豐富的海洋美學意境。在中國古代文學中，其實不乏對海洋的感知與想像，既有「海客談瀛洲」的縹渺玄想，也有「東臨碣石，以觀滄海」的恢宏氣魄。然而，「海」僅僅是中國古代文學中一種意象，文人以陸地爲中心的觀念限制了他們對海洋的理解和書寫，「四海」不過是中土文化的一種點綴與遐想。越南文人承繼中國傳統文化，在以「大陸」爲中心的傳統文化心理和認知結構中，海洋終於只是一個邊緣性的存在。直至十九世紀，阮朝處於動盪激越的歷史變遷與時代轉型的背景之下，法國的勢力打破了越南傳統的思維，迫得有識之士必得重新審視自己所處的狀況。阮朝使節的筆下有關海洋的書寫也承載著歷史的變遷，如鄭懷德《過泠汀洋有感》「趙尉來時南氣王，文山過後宋圖空。無窮嶽瀆興亡感，濤泣

〔註31〕〔越〕李文馥，西行詩記〔Z〕，河內：越南漢喃研究院藏抄本，藏書號VHc.2603。

〔註32〕〔越〕李文馥，東行詩說草〔Z〕，河內：越南漢喃研究院藏抄本，藏書號VHc.2603。

〔註33〕〔越〕李文馥，鏡海續吟草//越南漢文燕行文獻集成（越南所藏編），第十四冊〔M〕，上海：復旦大學出版社，2010：10。

〔註34〕〔越〕李文馥，西行詩記〔Z〕，河內：越南漢喃研究院藏抄本，藏書號VHc.2603。

波號五夜風。」〔註35〕海洋賦予越南文人新的視角書寫人生際遇、歷史興亡的感歎。

其三，以海寄情養性，抒寫天人合一的宇宙美學。阮思僩的《觀海五首》「人生不到海，萬象眞窺天」，其四：「神仙何有無，誰非大海中。徐福去不返，毋乃眞途窮。」其五「舉目即江海，一去無古今。萬理盈虛中，覽之獲我心。」詩人的海洋書寫，滲透出歷史的沉重，這是對人類欲望的反思與批判。十九世紀文人所處的越南正值封建王朝末世，又時逢內外交困。一些被派往「洋程效力」的人員多是仕途被貶，《大南實錄》中有許多記載，如「（汝伯仕）坐事落職，派從如廣東效力」〔註36〕、「（李文馥）坐事削職，從派員之小西洋效力，又之新嘉波，尋開復內務府司務管定洋船如呂宋、廣東公幹」〔註37〕、「（黃烱）初被謫如東與粵東墨池劉文蘭、錢塘蓮仙、本國人李文馥結爲『群英會』，往復篇章，今有《中外群英會詩集》行世」〔註38〕。人生困頓與仕途羈絆，當他們面對一望無垠、浩瀚飄渺的大海時，更加深對人生的思考。潘清簡稱「其不得已而有所寄託者」〔註39〕。他們通過觀海達到慰藉心靈、寄託情懷的所在，如潘清簡的「舉目即江海，一去無古今。萬理盈虛中，覽之獲我心。」《遊海濱七絕》其二「樹木何佳哉，波濤激其限。獨望還獨坐，清風吹我懷。」又通過觀海發古今之思，探尋人生意義，如阮思僩在《海濱月色》中所寫：

> 鮫室龍宮白玉樓，水天一色夜如秋。
> 照人濤碎空中鏡，載月云爲海底舟。
> 杳杳關山唯顧影，滔滔今古一臨流。
> 可憐島嶼微明處，並作煙波萬里愁。〔註40〕

〔註35〕〔越〕鄭懷德，艮齋觀光集//越南漢文燕行文獻集成（越南所藏編），第八冊〔M〕，上海：復旦大學出版社，2010：280。

〔註36〕〔越〕阮朝國史館，大南正編列傳二集//大南實錄・二十〔M〕，東京：慶應義塾大學語學研究所，昭和五十六年〔1981〕：7911（323）。

〔註37〕〔越〕阮朝國史館，大南正編列傳二集//大南實錄・二十〔M〕，東京：慶應義塾大學語學研究所，昭和五十六年〔1981〕：7862（274）。

〔註38〕〔越〕阮朝國史館，大南正編列傳二集//大南實錄・二十〔M〕，東京：慶應義塾大學語學研究所，昭和五十六年〔1981〕：7794（206）。

〔註39〕〔越〕潘清簡，梁溪詩草〔Z〕，河内：越南漢喃研究院藏印本，藏書號 VHv.151。

〔註40〕〔越〕阮思僩，南行前集//石農全集〔Z〕，河内：越南漢喃研究院藏抄本，藏書號 VHv.1389。

詩人面對著海天一色，明月如鏡，生發出一種「萬里愁」，所謂「海上生明月，天涯共此時。」「桑蓬曾是到山陬，又逐長風作海遊。半枕波濤醒旅夢，扁舟天地蕩春愁。」(《漫成》) 潘清簡《偶興》:

沱瀼灣頭綠似苔，茶山煙靄合三臺。

漁榔敲滿寒潭月，櫓管吹團野寺梅。

蘭枕夜潮呼夢起。一簾疎雨送愁來。

片雲去往渾無定，不敢重登奠海臺。

渺遙無涯的大海更能觸動文人之思，思考時空與人生的意義。相較於十九世紀之前越南文人對海洋邊緣性的書寫，阮朝如清使的海洋書豐富了越南海洋審美意象。海洋及異域書寫成爲越南文人開眼看世界的一扇窗，潘輝注就曾感言「遊詠於重洋雲水間，瀏覽異域，開闊遐思，誠亦晚程之一幸也。」〔註 41〕

越南如清使在出使過程中不僅寫下對海洋及海外生活的觀感，還涉及有關海交、海防問題的思索，尤其集中於阮朝時期如清使的著述中。一方面，他們依據歷史現實提出有關海防的政見，如阮文超撰《四海考說》、《海防節考》、《香澳形式》等多篇專門論述越南至中國沿海的海防形式，如他在《天下東南沿海形勢備錄》一文中提到葡萄牙侵佔澳門的形勢：「洋夷改歲課輸地租五百兩。遂於沿澳築河一帶爲限，置夷兵司夜禁察漏稅，將澳內屋地租與在澳商民，每歲輸租，其利甚倍。西及青州，多置別業，高建炮臺，隱然敵國。香港夷永爲粵海患者，由始此。」在《海防節考》中提到中國海防之弊：「考之歷代，漢唐以前，未聞有海防者，以沿海民只事魚鹽爲利。明以後，番舶之利，與漢民交通。一旦因利成變，則漢民又爲之陰援者多方。何海防之可取也？」〔註 42〕另一方面，他們還積極將中國海防類書籍引入越南，如鄧輝熠將明代李盤所著內容爲海上舟戰術的《金湯十二籌》重印於嗣德二十二年（1869）。此外，他們還產生關於海域及海島朦朧的主權意識，如潘輝注曾在其所著《歷朝憲章類志・輿地志》已經關注越南中部近海海域和沿岸沙洲島嶼的相關問題。筆者據現有文獻統計阮朝時期如清使由海路出行相關留存著述如下：

〔註 41〕〔越〕潘輝注，《海程志略》引〔Z〕，河內：漢喃研究院藏書，藏書 VHv.2656。
〔註 42〕〔越〕阮文超，方亭隨筆錄〔Z〕，河內：越南漢喃研究院藏抄本，藏書號 A.187。

越南阮朝如清使留存海路著述統計表

序號	姓名	出行時間	目的地	事由	著作
1	鄭懷德	嘉隆元年（1802）	中國廣東、北京	解押海盜、建交	《艮齋詩集・觀光集》
2	吳仁靜	嘉隆元年（1802）	中國廣東、北京	解押海盜、建交	《拾英堂文集》
3	李文馥	明命十一年（1830）	新嘉波（新加坡）、嗎粒呷（馬六甲）、檳榔嶼（檳城）、孟牙啦（孟加拉）、明歌（加爾各答）	操演水師	《西行詩紀》（《西行見聞紀略》）
4	李文馥	明命十二年（1831）	中國福建	送漂風船	《閩行雜詠》
5	李文馥	明命十三年（1832）	呂宋（菲律賓）	公幹	《東行詩說草》
6	潘清簡	明命十一年（1832）	新加坡、雅加達	公幹	《梁溪詩草・巴陵草》
7	李文馥	明命十四（1833）	中國廣東	送漂風船	《粵行吟草》、《澳門志行詩抄》（已佚）
8	潘輝注	明命十四（1833）	新加坡、巴達維亞	公幹	《海程志略》（又名《洋程記見》）
9	李文馥	明命十五（1834）	中國廣東	送漂風船	《粵行續吟》
10	李文馥	明命十五（1834）	中國廣東	解押水匪	《三之粵集草》、《仙城侶話》
11	李文馥	明命十六（1835）	澳門	察訪漂風船	《鏡海續吟》
12	潘清簡	嗣德十三年（1853）	富浪沙（法國）、衣坡儒（西班牙）	公幹	《西浮日記》

雖然都是由海路出使，但由於出行目的地不同，阮朝如清使對海洋書寫的內容多寡也明顯有差異。由海路出使至中國的越南使節留存文獻最多，但記載與海相關的內容最少，如鄭懷德《觀光集》中僅記錄有《過泠汀洋有感》一

詩，甚至有些書目中只筆不言，如吳仁靜的《拾英堂文集》、鄧輝熺的《東南盡美錄》與《柏悅集》。而阮朝如清使在出使東南亞及歐洲時，對海及海外異域生活的關注要明顯多於中國。其原因在於越南長期承繼中國歷史文化，越南文人對中國政治歷史、人物風情已經非常熟悉。中越共同漢字作爲書寫方式，也利於這些使節與中國文人之間的互動。因而在他們所留存的使華文獻中大部分內容都是與中國文人的詩文應酬之作。十九世紀以前，越南統治者實行海禁政策，越南有限的海洋活動都局限在近海。由於之前越南文人對東南亞及歐洲認知較少，阮朝使節在筆下才詳盡描繪出使過程中對這些「海外異域」的觀感。

越南如清使筆下多元立體的海洋書寫，正是地域對文學影響的一種。

二、喃字文學對如清使漢文學的影響

喃字，越南語稱 Chữ Nôm（字喃），是越南口語的一種文字記錄方式。Chữ Nôm，字喃一詞的詞序爲越南語名詞中心語置前的語序，與漢語名詞中心語置後迥異，這也實是越南口語與漢語表達方式的差異性之一。雖然漢字在秦漢時期就傳入了越南，但作爲一種北方文化並不符合越南本土民眾的口語習慣，正如越南當代學者所言「漢語和漢字也輸入我國。但它們並不能消滅越語，其理由很簡單，那就是只有少數上層分子才學習它們。各個村社的勞動人民，仍然是按照自己的生活方式來生活。因此，他們保持著祖先的語言」〔註 43〕。在越南建立獨立的政權之後，漢字與越南地區口語差距越來越遠。隨著社會的發展，脫離人們日常生活的漢字不僅給越南人民的生活帶來諸多不便，同時也很難完整而準確地表達出越南本土的社會生活。一些有識人士就試圖借助漢字來構造符合越南人口語的漢字，於是就如同漢文化圈的日本造了片假名、朝鮮有了諺文，越南也產生了代表著民族地域特徵的字喃。這一文字產生後，越南官方並不重視，只是獲得部分政權如胡朝、西山朝等的認可，又在一些朝代如儒學發達的黎、阮朝受到限制，但不管官方實行怎樣的文字政策，這一文字卻被老百姓普遍接受。喃字產生之後，越南人的口頭文學被記錄成文，大量的中國戲劇、

〔註 43〕〔越〕越南社會科學委員會編著，北京大學東語系越南語教研室譯，越南歷史〔M〕北京：北京人民出版社，1977：93。

小說以及與人民生活密切相關的蒙學、醫學等書籍被翻譯成喃字。在一些普通百姓中如鄉約、碑文、家譜等都用喃字書寫，可以說喃字成爲記錄民間文化的重要形式。越南如清使普遍兼通漢、喃兩種文字，很多使臣在創作漢文學時同時創作了喃字文學。如清使在具體文學創作中漢、喃兩種文字同時使用，這就避免不了兩者之者互動的出現。不僅漢字對越南如清使的喃字文學作品影響深遠，喃字同樣也對其漢文創作也產生諸多影響，如漢詩中摻雜喃字、詩歌書寫方式等。

（一）越南如清使喃字文學創作

越南喃字的出現時間眾說紛紜，越南有學者說雄王時期（公元前 2879～258）就已出現，如范輝虎 1919 年載於《南風》雜誌的《我們越南從哪個時代認識漢字》一文，或云是漢朝士燮在交趾的任職時期，如 1961 年出版的《越南通鑒》上載：士燮因感於越人學習漢音之難，乃將音韻譯爲越聲，並創假借漢字片段，演爲越字，是爲字喃。然較爲公允的看法是喃字在脫離中國郡縣後的獨立時期所形成。

喃字文學在越南的發展也經歷了由繁盛到衰亡的過程。十二至十四世紀爲萌芽期，喃字文學作品相對簡單，只有少量優秀之作如陳朝時期阮詮的《祭鱷魚賦》。十五至十八世紀爲發展期，參與創作的文人增多，優秀之作也唾手可得，如現存最早的喃文詩集阮廌的《國音詩集》便是此時期之傑作。這一時期甚至於皇帝都有喃文詩集問世，如黎聖宗的《洪德國音詩集》。十八至十九世紀爲繁榮期，喃字文學作品大量出現，各體裁喃文作品都取得豐碩成果，並出現如阮攸（1766～1820）的《金雲翹傳》、阮嘉韶（1741～1798）的《宮怨吟曲》、阮輝似（1743～1790）的《花箋傳》等重點作家所創作的經典作品。這一時期女作者的參與更說明喃文學在此時期的繁盛程度，如段氏點將鄧陳琨的《征婦吟曲》漢詩以洗練傳神之語譯爲喃字詩，被稱爲「喃字詩女王」的胡春香也留有大量優秀之作。十九世紀末至二十世紀爲衰落期，喃字因爲書寫過於繁瑣逐漸被法國傳教士所創造簡單易學的拉丁文字所代替。雖然 17～19 世紀越南各政權對喃字的態度有所差別，但越南文人在各政權中都用喃字進行文學創作。後黎朝時期官方對喃字實行打壓政策，甚至曾禁止使用喃字，並焚毀了很多喃字書籍；西山朝建立者阮氏兄弟都來自於社會底層，他們對喃字實行鼓勵政策，還試圖用喃字進行科舉考試；至阮朝時期，自嘉隆帝阮福映至其後的明命、嗣德帝都以儒家思想爲主要的治國思想，他們又對喃文進行打壓，明命時期曾下詔禁止使用喃文〔註 44〕，官府的文批等公文一律用漢文書寫，還要求以《康熙字典》爲規範。由於黎阮兩朝官方對喃字歧視的態度，當時的文人士大夫也普遍對喃字文學抱有偏見，如阮朝的士大夫中就流傳著「男不看《潘陳》，女不看《翠雲翠翹》」（Đàn ông chớ kể Phan Trần，Đàn bà chớ kể Thúy Vân Thúy Kiều）之語〔註 45〕。但由於喃字作爲他們本民族語言的文字記錄，相比漢字更鮮活、更貼近他們的日常生活，一些文人還是利用喃字創作了造詣很高的喃文學作品，這其中就包括有許多如清使。

越南如清使的喃字作品包括兩類，一是直接用喃文所書寫成的喃文詩文，如丁儒完的《喚醒州民辭》勸誡烏州人民的喃歌，正文涉及忠義、敬師、和睦、戒酒等；阮宗窐的《使程新傳》收作者出使中國的六八體喃歌及題詠中國名勝的詩篇，附載親友餞送文，喃文間有漢文；陳名案的《南風女諺詩》關於越南婦女的民歌謠諺集，文以《詩經·國風》形式，同時錄有喃文原文，頗得國風神韻；李文馥的《回京日記》內容包括兩部分，以六八體喃傳記錄河內往順化途中的三十六驛站情形，及 98 首喃詩，內容爲自序感懷詠景等。二是依據中國文學作品而喃譯改編成帶有越南民族特色的喃文作品。越南如清使在喃譯中國文學的同時加入新的創作從而形成同一題材的不同類型新的文學作品。阮攸有《金雲翹傳》，李文馥有《玉嬌梨新傳》、《西廂演歌》，但一些如清使的喃文作品已散佚，如潘輝益在《新演〈征婦吟曲〉成偶述》中云：「仁睦先生征婦吟，高情逸調播詞林。近來膾炙相傳頌，多有推敲演爲音。韻律曷窮文脈粹，篇章須向樂聲尋。閒中翻譯成新曲，自信推明作者心。」〔註 46〕可知他創作有《征婦吟曲》。越南如清使對中國才子佳人類小說情有獨衷。

〔註 44〕越南社會科學委員會，北京大學東語系越南語教研室譯，越南歷史〔Z〕，人民出版社，1977：474。

〔註 45〕〔越〕陳仲金，戴可來譯，越南通史（原書名：越南史略）〔M〕，北京：商務印書館，1992：543。

〔註 46〕〔越〕潘輝益，裕庵吟錄〔Z〕越南漢喃院藏，A.603 號抄本。

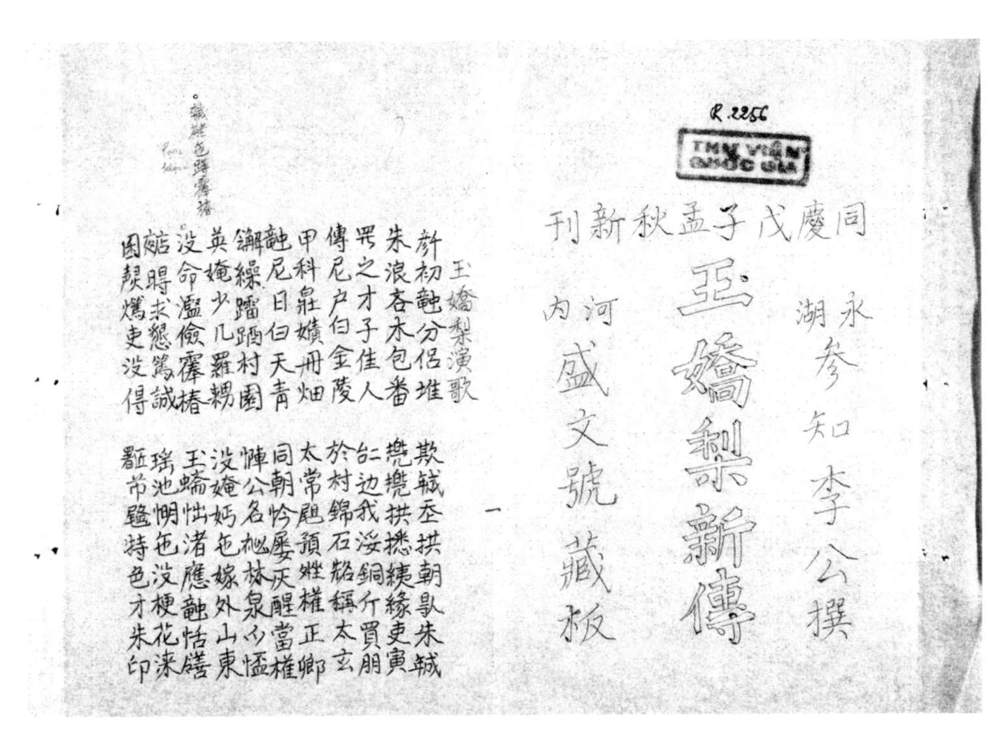
同慶戊子孟秋新刊

永湖參知李公撰

玉嬌梨新傳

河內盛文號藏板

李文馥—喃文《玉嬌梨新傳》抄本（越南國家圖書館藏）

盛文堂在出版《玉嬌梨新傳》序中有言「余搜索經數十餘年而後敢出，經呈統使府管理大臣。何人翻本再刻或閱後改刻即呈炶例，收本加罰。先此聲明。」〔註47〕特別強調了版權歸屬，可見此時《玉嬌梨新傳》在越南有廣泛流傳，因而引起眾多書坊爭相印刷出版。

（二）越南如清使漢、喃兩種文學創作中的互動

喃字作爲反映越南本土地域文學的一種文字，其在語句表達、思維方式上更貼近於越南本土民眾的習慣，因而才能受到上自文人下至百姓的普遍歡迎。喃字文學作爲越南地域文化的眞實表現，其在諸多方面都影響著越南文人的漢文創作。

首先，越南如清使漢文學影響其喃字文學創作。越南如清使不僅直接將熟知的漢文學作品轉譯爲喃字作品外，他們還在喃文創作中融合貫通漢文學創作中的各種藝術手法。如阮攸在改編《金雲翹傳》時即將中國詩歌重視意境塑的手法成功移植在喃詩傳中。他對原先文本進行刪減，將唐詩律音韻特

〔註47〕〔越〕李文馥，《玉嬌梨新傳》序〔Z〕，河內：越南漢喃研究院藏抄本，藏書號VNb.76：4（b）。

徵運用於喃傳六八體中，且用借景抒情、情景交融的方式成爲小說創造意境的手段。如第十三回中「別心苦何忍分離」中翠翹與束生離別一節，便精剪原文情節，「他跨上雕鞍遠去，楓林秋色淒冷。馬足揚塵，夕照一絲鞭影。歸來後，她挨盡五更寂寞，馬上人，也覺山川萬程。半照孤眠，半送長征。」〔註48〕以情襯情，表達兩人不依不捨的心境。

其次，越南如清使喃字文學也反過來影響其漢文學創作。一方面喃字影響越南如清使漢文學創作。在漢文化圈中，越南文人所創造的詩歌比日、朝有先天的音律優勢。相較於日、朝語系爲缺乏聲調的黏連語言，越南經歷十個世紀漫長的郡縣時期，其語言中保留了大量中國古漢語的特點，其不僅保留著「入聲」，還有六個聲調。越南自主獨立後，其中越南語中與漢字語音相同的音被稱爲「漢越音」。中國在唐以降，歷代語音都有所更改，越南文人在詩文創作中仍奉「唐音」爲圭臬。中國詩詞賦都對音節格律有嚴格要求，越南文人在創作詩賦時也十分注重這一規則，《群賢賦集》中收錄同考官批陳文徽的《春臺賦》云「音韻鏗鏘」，菊坡先生批阮儼的《美玉待價賦》云其「綽然有楚聲」〔註49〕。在越南脫離中國漢文化直接影響之後，喃字中的漢越字爲他們創作漢文學時提供了便利。越南如清使在創作漢文學時有時還不自意直接雜入喃字。另一方面喃文語序影響越南如清使臣漢文學創作。喃字文學與漢文學的語序存在差異。越南如清使在創作漢詩時也會受喃字語序的影響，造成詩歌中平仄、對仗等不嚴格。吳時任曾在《字學纂要序》中對中越兩國字義解音進行剖析：

> 我越文獻立國，文字與中華同，而切義解音則與中華異。姑舉一二以類其餘如：輕清者天也，中華呼爲「天」，我國於天之下加上字；重濁者地也，中華呼爲「地」，我國於土之傍加「旦」字。至於車麼個巨，草頭竹頭，千字一畫，隨寫增加。正於如《皇極經世》所稱，開口撮口者，此亦南朔自然之理。故我國字較難於中國〔註50〕。

從中可見，由於越南本土語音與中國語音差別較大，雖有部分相似者，但大多與中國發音有差異。因而他們在作以詩、賦、詞等講究音韻的漢文學樣式

〔註48〕〔越〕阮攸著、黃軼球譯，金雲翹傳〔M〕，北京：人民文學出版社，1959：第1519～1526句。

〔註49〕群賢賦集〔Z〕，河內：越南漢喃研究院藏抄本。

〔註50〕〔越〕吳時任，金馬行餘//吳時任全集（一）〔M〕，河內：越南社會科學出版社，2005：773。

時，其本國的語言習慣就不自意的被帶入他們的實際創作中。

越南如清使文學創作也不可避免地受著地域文化的影響。越南研究者范氏義雲在研究越南唐律詩時稱「詩人們常常尋求把越南要素放到詩體結構中的方法以符合於越南人民的心思和情緒」〔註 51〕。越南獨特的地域民族性正是有別於中國文化的「越南要素」。

第二節　如清使地域流中地景的文學抒寫

不僅地域文化影響著越南如清使的漢文學創作，他們在出使及仕宦行旅中的地域流動同樣對他們的具體創作產生直接影響。越南使臣從南到北「使華一路，水路共八千餘里……長路馳驅，周星涉歷。凡梧江桂嶺之蒼幽，湘水靈山之秀峭。夫荊、湖、江、漢勝景之無涯，河朔、燕臺壯觀之攸萃」〔註 52〕，因而接觸到中國社會面更爲豐富。在他們作品中呈現出南北地區不同的山水自然風光與宅第民居、冠履服飾等社會風俗的差異。他們創作的北使詩文中有一半以上都是與地域相關，可見中國地域在他們詩文中的展現。越南如清使作爲特殊的一類文人，他們不僅有著擔任使臣有著地域流動性特徵，還因越南在中國清朝時期戰亂紛爭而因軍旅或避難而產生地域流動。這些地域性的變遷也在他們漢文創作中有所體現。

一、北使沿途中的異域文化書寫

越南使臣出使中國時橫跨南北大半個中國，歷時少則大半年，多則幾年時間。他們在出使期間有充裕的時間領略沿途山川風物、歷史人情。在自南至北的出使路線中，他們以「異域之眼」記錄了沿途所見山川風物。

越南如清使常規出使途經中國廣西、湖南、湖北、河南、直隸、燕京，自寧明州至漢口從水路，漢口至燕京多由陸路。潘輝詠云：「向來使程，由湘江東過灣河，泛洞庭湖，至漢口起旱入燕。」〔註 53〕《如清日記》載嗣德二十二年六月奉往北使時的行程撮要：

〔註 51〕〔越〕范氏義雲，越南唐律詩題材研究〔J〕吉林大學博士論文，2013：87。

〔註 52〕〔越〕潘輝注，華軺吟錄//越南漢文燕行文獻集成（越南所藏編），第十冊〔M〕上海：復旦大學出版社，2010：177～178。

〔註 53〕〔越〕潘輝詠（泳），駰程隨筆//越南漢文燕行文獻集成（越南所藏編），第十七冊〔M〕，上海：復旦大學出版社，2010：287。

> 嗣德貳拾壹年（即清同治七年）八月初壹日開關，本年正月貳拾玖日抵燕京。（由陸程）自南關至寧明州城行貳日，（由水程以下）自寧明州城至梧州府城津次共三拾日，行拾玖日，泊拾日。自梧州府城至廣西省城津次共貳拾肆日，行拾捌日，泊陸日。（由改陸程）自廣西省城至全州城共拾三日，行肆日，住玖日。（由水程以下）自全州城至湖南省城津次共貳拾陸日，行貳拾日，泊陸日。自湖南省城至湖北省漢陽縣城共三拾日，行拾貳日，泊拾捌日。自漢陽縣城至滎澤縣共貳拾五日，行拾柒日，住捌日。自滎澤縣城至直隸省清宛縣共貳拾壹日，行拾玖日，住貳日。自直隸省清宛縣至燕京共拾日，行陸日，住肆日。合共自南關至燕京去程該壹百捌拾壹日，途間留住陸拾肆日，實行壹百零拾柒日。本年肆月初拾日自燕京回程，至拾壹月拾三日抵南關。（陸程以下）自燕京至新鄭縣城共三拾日，行貳拾柒日，住三日。自新鄭縣城改路至樊城公館共拾陸日，行拾貳日，住肆日。（水程以下）自樊城至湖北省城津次共三拾捌日，行拾三日，泊貳拾五日。自湖北省城津次至湖南省城津次共拾壹日，行陸日，泊五日。自湖南省城津次至廣西省全州城津次共三拾玖日，行貳拾陸日，泊拾三日。（陸程）自全州城改陸程至靈川縣城津次共柒日，行三日，住泊肆日。（水程）自靈川縣城津次至寧明州城津次共陸拾日，行肆拾壹日，泊拾玖日。（陸程）自寧明州城津次至南關共五日，行三日，泊貳日。合共燕京回程至南關該貳百陸日〔註54〕。

在北使詩文中他們多是以行程路線來記錄。越南如清使北使詩中一個鮮明的特徵便是以地名來命名詩題，如後黎朝黎貴惇的《駐鎮南關》、《明江早發》、《經珠山塘》、《遊龍頭大岩》、《駐南寧城》、《登穿山岩》等，阮朝潘輝注《訪隆興寺》、《宿萬壽寺》、《過盧溝橋》、《赴圓明園途中記見》等。越南如清使對中國沿途州府的記錄也各有側重，多寡有異。如阮文超在《如燕驛程奏草》中記錄廣西、直隸兩省的最爲詳細，其他各省則相對較少。這些詩不僅成爲如清使地域流動中的行旅圖，還展現出不同地域下獨特的文化特質。越南如清使對中國地景書寫集中於兩類：

一類書寫與越南本土不同的風物。或是南北動植物不同中帶來飲食中的差

〔註54〕〔越〕黎峻、阮思僩、黃竝，如清日記//越南漢文燕行文獻集成（越南所藏編），第十八冊〔M〕，上海：復旦大學出版社，2010：75～79。

異，如張好合在《臨穎記見》詩中注：「從壹路進京，居民所食黃粱麵豆，田無五穀……自此入京，豬耳其大如扇，但肉味不佳。」〔註55〕或是行程中獨特的風俗，如鄧文啓過萬灘時水流湍急，「船戶多鳴鑼發炮，祈禱拜神」〔註56〕。在這類描寫中，越南如清使不僅僅停留於所見所感，還認眞思索探尋其背後的文化因由，如他們對廣西崇左畫山岩畫的書寫。廣西地處中越兩國地壤交界，歷來是越南如清使入關必走之道。一方面，他們從直觀上記錄了花山岩畫的顏色、形狀等外觀。如對「人馬旗鼓」圖案的紅色岩畫的印象「山在寧明江口，右壁臨流，赤色如塗丹，隱然有人馬旗劍之狀」〔註 57〕，「在厎村塘江岸，千仞壁立山腰石色如丹，有人馬旗鼓之狀」〔註58〕。不僅有紅色，還有黃、墨、白各色「大花小花諸山有黃巢兵馬遺跡，諦觀之山腰石跡，皆成符篆人馬之狀。或赤若赭丹，或黝若灑墨，或黃或白，色色奇肖，眞異觀也。然沿江諸山幻相若此者，所在而有，不獨此二花山爲然」〔註59〕。他們還進一步記錄了花山岩畫的分佈。在阮思僩筆下花山岩畫並非僅有二花山如此，而是以大小花山爲代表的左江岩畫群，現在留存在左江沿岸的岩畫群有 65 個之多，也印證其「所在而有」之實。正因爲左江岩畫是左江流域中最具代表性的一處，也有使臣採用散文遊記式的筆法將花山岩畫放在左江的描寫中：

> 石骨雄峻，水合山交，峰巒變化，絕流對立者如削壁盤螺，直峰者如層塔，石痕斑斕，爲兵馬旗鼓狀者，曰大小花山。其餘若樓、若臺、若獸，徙步異形。有所謂城者，雙峰對出，彎彎內向，若城有阿。隔峰處石壁稍遜，節節相因如疊磚，自流及頂。高可數十丈；長稱之，疊節以千數，繩尺不差。正中凸起如譙樓有小門，旁一石挺出如旗，豎江塹其下。土人名爲黃巢城。〔註60〕

〔註55〕〔越〕張好合，夢梅亭詩草//越南漢文燕行文獻集成（越南所藏編），第十二冊〔M〕，上海：復旦大學出版社，2010：170。

〔註56〕〔越〕鄧文啓，華程略記//越南漢文燕行文獻集成（越南所藏編），第十二冊〔M〕，上海：復旦大學出版社，2010：13。

〔註57〕〔越〕潘輝益，星槎紀行//越南漢文燕行文獻集成（越南所藏編），第六冊〔M〕，上海：復旦大學出版社，2010：205。

〔註58〕〔越〕潘輝注，華軺吟錄//越南漢文燕行文獻集成（越南所藏編），第十冊〔M〕，上海：復旦大學出版社，2010：197。

〔註59〕〔越〕阮思僩，燕軺筆錄//越南漢文燕行文獻集成（越南所藏編），第十五冊〔M〕，上海：復旦大學出版社，2010：71。

〔註60〕〔越〕阮文超，如燕驛程奏草//越南漢文燕行文獻集成（越南所藏編），第十一冊〔M〕，上海：復旦大學出版社，2010：10。

不僅寫了花山岩畫，還提及與岩畫相關的黃巢城。由此顯現出兩者在左江峰巒疊嶂中尤顯神秘壯觀。另一方面他們還試圖尋找花山岩畫的來歷、文化背景。花山岩畫圖案基礎上以人物構圖，人物繁雜、相互擠壓，龐大的場面很容易讓其與古代戰場相聯繫，由此有言是黃巢戰陣「俗傳黃巢戰陣現形如此」〔13〕。由於花山岩畫人物圖像都是剪影式的，既沒有面部五官，也無身體各部分的細節結構，由此有黃巢陰兵的傳言，認爲花山岩畫來源於黃巢用紙所剪的人馬旗鼓「山腰間多旗鼓人馬之狀，俗之黃巢兵馬山。相傳黃巢敗走，所至輒剪紙爲人馬旗鼓之形，用符術冠貼於山壁間。一經點化，皆爲神兵。其有未及點化遺形至今在焉」〔註 61〕。然而大多數越南使臣對於黃巢兵馬的來源明確表示不相信，認爲其「語涉荒唐」，認爲可能是石紋天然形成如此：

> 經辰辰塘，對岸有大花山，山腰石色如丹，有人馬旗鼓之狀。俗稱黃巢兵馬山。舟行至此，初認之，如畫工描寫者，第自水面至山腰，高二十丈許。山勢如壁，山形如覆，恐人力無所施功。況所畫朱色，安能久而不變？再認之，石質本紅，又似於石之筋絡者，則象形酷肖，隊伏整齊，叚叚皆然。恐造設未能如工。〔註 62〕

在李文馥看來花山岩畫的圖案形象逼眞且排列整齊不可能是石製本來的紋理，而懸崖絕壁非畫工人力所能達到，且重要的是圖畫看起來就是石頭本身的紋理。究竟爲何在峭壁有這些旗鼓人馬，越南使臣也只能做個人猜測，但其對花山岩畫來源的探尋卻對花山岩畫的文化起到傳播作用。

另一類書寫與中國文化密切相關之景。或是與中國歷史人物相關，如眾多的題伏波廟、屈賈廟、關帝廟、孔廟等；或是沿途有歷史沉澱的山水人物景觀，如岳陽樓、黃鶴樓、湘江、洞庭湖等。越南如清使在書寫風景的同時，側重於將中國地域文化的獨特意象展示出來，如他們對洞庭湖的書寫。越南如清使北使途中創作了大量的洞庭湖詩，直接在詩歌標題冠「洞庭」、「泛湖」、「過湖」等歌詠洞庭湖的詩就有近百首。在這些洞庭詩中反覆出現相似的意象，如煙波、月亮、大雁、落日等：

其一，洞庭煙波意象。洞庭湖作爲一種水文化，形成許多以湖水、波濤等相關的意象。越南如清使臣洞庭詩中關於洞庭波濤的亦有多種描寫，如「煙

〔註 61〕〔越〕李文馥，周原襍詠草//越南漢文燕行文獻集成（越南所藏編），第十四冊〔M〕，上海：復旦大學出版社，2010：161。

〔註 62〕〔越〕李文馥，使程志略草//越南漢文燕行文獻集成（越南所藏編），第十五冊〔M〕，上海：復旦大學出版社，2010：18。

波」、「怒波」、「波光」、「波紋」等，而最常見的還是浩渺綿長的煙波意象。越南使臣筆下的煙景詞匯達 46 處之多，如黎貴惇稱「煙景此間眞勝絕」（《濟洞庭湖》），阮偍「山堞玲瓏清倒岸，煙濤蕩漾碧連去」（《洞庭曉望》），武希蘇「黔滇荊廣眾流通，四顧煙波浩蕩中」（《洞庭閒詠》）等。

其二，洞庭月意象。越南如清使臣洞庭詩中關於「月」意象有 47 處之多。一是以月襯托洞庭湖夜晚的清幽，如黎光定「扁舟月暗蛾眉影，叢竹煙凝玉淚枝」（《過洞庭湖》），武希蘇「浪涵清影魚吞月」（《洞庭晚望》）等；二是以月寄離思之情。望月又容易思鄉思人，對於遠走他國的使臣看著異國熟悉又陌生的月亮，也免不得有著思鄉懷人之情，如丁儒完「秋月照殘人喜慰，釣筒收盡世乘除」（《洞庭湖懷古》），阮偍「每因勝景撩新思，重誦佳吟憶故知。此地洞庭今夜月，巢翁何處使人思」（《月夜抵岳州遙望洞庭湖口因憶心友段海翁》）、「日晏湖神偏有意，尚留殘月照征人」《洞庭曉望》等。

其三，洞庭秋意象。洞庭秋早在屈原筆下就形成一種固定的意象，「嫋嫋兮秋風，洞庭波兮木葉下」有著一種蕭瑟淒清之境。越南如清使臣筆下的洞庭秋意象有 30 處，一方面承繼了中國文學中洞庭秋悲意象，如張好合「半枕夢殘江上月，百年風送檻前秋。憑栟聽盡蘆邊笛，今古同來一夜愁」（《登岳陽樓》），黎貴惇「嫋嫋秋風動白蘋」正是化用屈原《湘夫人》詩句。而另一方面，越南如清使臣詩中風勁浪高再加上洞庭的寬廣又形成另一種波瀾壯闊、氣勢磅礴的洞庭秋意象，如黎貴惇「麗日當空風颭浪，高秋宛在豔陽天」（《濟洞庭湖》），吳時位「水涵秋氣通三峧，山湧湖心出九黽」等。此外，越南使臣詩中的洞庭秋還有一種恬靜平淡的美，如胡士棟「秋期漸近僱高興，皎皎星河日若圓」（《過洞庭湖》），潘輝注「湖天浩蕩鏡光浮，雲水澄鮮桂魄秋」（《洞庭秋月》）等，都是詩人以一種閒賞自得的心境陶醉於洞庭秋景中的一種表現。

其四，洞庭雁意象。在中國古代詩詞中，雁常常引起詩人思鄉懷人和羈旅之情。越南使臣洞庭詩中大雁意象也多與因雁觸發離思傷感，如阮輝僜「行行雁字天邊草，認是平安報信書」（《又登岳陽樓》），阮攸「往事傳三醉，故鄉空一涯。西風倚孤檻，鴻雁有餘哀」（《登岳陽樓》），天空上看到的雁字、耳邊聽到雁聲，無不與故鄉有著聯繫。雁又是孤寂的，這些身處異國的使臣們也借雁來抒發自己的孤寂之情，裴文禩「春滯江湖添有夢，天寒鴻雁杳無聲。高樓擬借似人留，吹散雲煙放棹行」（《岳州守風》），「征人」面對深秋洞庭煙波或是春寒中的風雨，看到大雁時怎能不憑添一段愁緒？

越南如清使北使詩文存在大量中國地景書寫，不僅在於他們受出使使命的要求，也在於他們在使程中受中國山水人文影響，以及長期中國文化的薰陶。越南如清使臣親歷中國各地域所受自然人文實地之感。如越南如清使臣舟過洞庭所感受洞庭各處山川自然景致「洞庭王廟扁『熊湘灝氣』這是入湖口處。自永州二水合流至此入洞庭湖，煙波浩渺，今古大觀。二十日開船，經烏龍塘，一百二十里，至磊石山口，土人多將皐閭來賣。經鹿角陶朱故宅，五里至萬石湖，再行六十里，開牖洞望，天水相連，上下一碧，槎筏縱橫於雲光霞影。君、扁二山，疑若浮動。岳城寶塔漸漸高大，直抵岳州府城。共有二百四十里」〔註 63〕。越南如清使臣多有文學之名，因而對中國典籍熟稔於心，他們平日閱讀了大量歷史地理、文人筆記、小說方志等各類中國典籍。越南如清使對中國地景並不陌生，正如潘輝注所云「蓋十餘年來按圖臥遊之興，令得以親履其境，目闊神怡，淋漓壯浪，自不覺發爲詩歌賦詠」〔註 64〕。他在《輶軒叢筆》中描寫洞庭湖時引用著述豐富，有《山海經》、《拾遺記》、《說鈴》、《虞初志》、《筠廊偶筆》、《岳州記》、《禹貢》，以及韓愈的《黃陵廟碑》等多部著作，還常引《禹貢》、《水經注》等書中語，如阮宗窐在《洞庭閒吟》題下注云：「湖楚望侵也。周圍八百餘里，四望無際。日月出沒其中」便據酈道元《水經・湘水注》中之語「湖水廣圓五百餘里，日月若出沒於其中」。可見越南如清使漢文化底蘊豐厚。

二、仕宦行旅中的本土風情描繪

中國清朝時期正值越南後黎、西山、阮三朝變泰之際，作爲使臣的文人文學創作多與時代巨變和重大歷史事件密切相關。由黎鄭與阮氏南北政權的紛爭，到西山阮氏建國，旋又被原廣南阮氏借法國勢力推翻。阮朝雖借法國兵力立國，卻又引狼入室，自建國始便受法國政權的步步進逼，終於淪爲法國殖民地。在這樣的社會大環境之下，文人仕途坎坷，頻繁更換官職而奔波勞碌成爲不可避免的現象。軍旅更是其中尤其艱苦的經歷。越南如清使雖是文人卻多有軍旅經歷，如吳時任、潘輝益、潘清簡等。其中一部分如清使還

〔註 63〕〔越〕阮輝僜，奉使燕京總歌並日記//越南漢文燕行文獻集成（越南所藏編），第五冊〔M〕，上海：復旦大學出版，2010：82。

〔註 64〕〔越〕潘輝注，華軺吟錄//越南漢文燕行文獻集成（越南所藏編），第十冊〔M〕上海：復旦大學出版社，2010：177～178。

屢立軍功，如范芝香任諒平巡撫時邊地積年有寇警，時逢北寧土匪騷亂，芝香進兵剿平。隨後充海安軍次參贊軍務收復海寧府城又因打勝仗加賞，後又數立戰功〔註65〕。「進士出身者不僅任文職，而且還任武職，進士官員領兵打仗成為黎朝後期的普遍現象」〔註66〕，文臣任武職身居戰場，這令他們在詩作中也與普通文人之作內涵更加豐富。由此，因職任宦遊尤其是軍事行旅中所見所感成為常見的描寫，其詩作中也蘊含了越南獨特的地域文化。

一方面，他們詩中展示著越南南北不同的地域文化特徵。越南地域狹長，風土各異。雖是後黎朝時期越南偏居中北部，在各省地域上也有不同的風物展現。在西山、阮朝掩有全境後，南北地域文化差異更大。如潘清簡在《太原省城早發》中提及的越北地域地徵「太原城北上，皆是大山林。叢篁幽且阻，崖壑多毒淫。樹石多奇怪，氣象何陰森。隱約旌旆過，徜徉冠蓋臨。循溪還九折，登岫每千尋。瘴霧動行幙。飛花欲上簪。喜微山曲際，寺（時）見稻麥深。羨彼巢居子，依然太古心。」〔註67〕同樣居越南北部與中國接壤的諒山省，地形更加險惡，在西山朝越南使臣段阮俊（段浚）《諒山惡形》中對其有非常形象的描繪：

> 巇吁嗟乎！諒山之惡，惡於墜深淵。珥河北渡百餘里，去路漸窄稀人煙。草樹蓊鬱不見日，兵火餘骸枕道邊。過了一湮又一湮，身翻急浪出重泉。登了一山又一山，足蹈白雲上青天。蛟蛇兮為窟，虎虺兮為圈。蠻獠兮往來，鬼魅兮相盤旋。瘴嶺嵐飛天仙晦，秋林葉落水如煎。飲有畜毒腸胃亂，起居中熱言語顛。又有一種尺惑出，葉間射人生惡癬。又有萬狀無常鬼，白日入室起災愆。君不見，中國瘴鄉稱五嶺，謫臣萬死賦詩篇。又不見，安南惡窟號鬼門，十去無還曾流傳。歸乎來哉，歸乎哉！單車兮舊京，雙袖兮故園。蘿菜川魚兮吾有篇，屋竹架兮吾眠於，以安吾體而樂居。〔註68〕

詩句開頭模仿李白《蜀路難》，句中亦模仿李白詩中描繪道路險惡之意，來突

〔註65〕〔越〕阮朝國史館，大南正編列傳二集，卷二十九//大南實錄（二十）〔M〕，東京：慶應義塾大學語學研究所，昭和五十六年〔1981〕：7926（338）。

〔註66〕陳文，越南科舉制度研究〔M〕，北京：商務印書館，2015：214。

〔註67〕〔越〕潘清簡，梁溪詩草・送星草〔Z〕，河內：越南漢喃研究院藏抄本，藏書號 VHv151。

〔註68〕〔越〕段浚，海翁詩集//越南漢文燕行文獻集成（越南所藏編），第七冊〔M〕，上海：復旦大學出版社，2010：55～56。

出出使路程中諒山環境的限險：不僅山脈相連，山上草木繁蔭遮天蔽日，叢林裏毒蛇蟲蟻、猛獸橫行，更有南方特有的瘴氣毒水讓人防不勝防。然而對於如此險惡處境，詩人筆峰一轉，提起中國五嶺瘴鄉的謫臣們雖身處萬死之境地卻能因此而引發詩興，留下眾多詩作。於是詩人想像使程結否後回到家鄉，在竹架下安然長眠的景象。

另一方面，他們在行旅流動中也描述了越南少數民族地域的風物與習俗的差異，如潘清簡明命十二年七月遠征蠻夷時作《述征》、《從軍》詩。

> 曉渡斜湄江，陳軍紫陽陸。萬水自縈廻，磐石何行復，踸踔拔尖荊，催進更頻數。灘嶺插天高，主山回穆穆。曠登暮夜處，保定在抱握。萬源藍水合，古苔寢寒綠。山勢何岑嶔，偪側不容足。蠻子來抱要，前兵正陸續。或匿崖上樹，或隱在溪谷。分軍潛開山，兩路相掎捔。蠻子穿林走，所棄皆條竹。朝過萬源屯，新柵空編木。桂樹鬱成林，介胄都芬馥。重來涓水屯，不改舊廬屋。草寺橄欖橋，漲浪摧還復。顧此峻阻途，兵餉須籌蓄。五更起晨飯，將令如霜肅。檄飭五屯兵，分剿八冊族。所至皆空巢，一炬聊完局。禾黍滿山頭，芋荳間相屬……懸崖萬丈深，飛泉千年沃。群蠻蟻附上，跳躍猿猴速。呼嘯舞婆娑，斑斕好裝束……嶺頭望羅水，一線清如醁。傾盆連日再，漲浪走狂濁。幽篁不見天，日開山鬼哭。架石跨竹橋，晴明天降福。暗渡深叢過，山椒佔地軸。〔註 69〕

越南有眾多的少數民族，現今統計除 85%以上是越族外，還有 57 個其他民族，如布依族、岱族、塔塔族等。這些少數民族大都居住在偏遠的山林中，潘清簡在詩中形象的描寫了他所征伐的「夷」民，他們衣著斑斕，手執條竹，跳躍在叢林中，所居住之地是插天高的山、到處是古苔、藍溪、桂樹，還有滿山的禾黍和芋荳……雖是殘酷的戰爭，卻又處處展現著別一種風情。

三、地域流動中如清使的創作心態

在黎阮時期，如清使作為時代重臣，他們不僅身銜國命出使外國，親歷各種風險及異域風情，還在國內常出生入死為奔波各地而效力。出使與仕宦行旅令越南如清使比同時期文人經歷更多地域上的流動，地域變化常引發他

〔註 69〕〔越〕潘清簡，梁溪詩草・述征草〔Z〕，河內：越南漢喃研究院藏抄本，藏書號 VHv151。

們多種心理活動：既有時代之悲、羈旅之苦，又有著家國之痛、親友之思。這些心理活動常常是相互交織在一起，成爲越南如清使漢文學創作中獨特的文學風貌。

（一）生死考驗下的悲苦與絕望

越南如清使無論是出使中國時道行幾千里，還是在本國時因軍旅仕宦而有地域上的流動，都是異常辛苦甚至常面臨生死考驗。他們在出使時期不乏有客死中國者，如阮潤、鄭時濟、阮維宏、吳時位等；他們在本國仕宦行旅中也常能見兵荒馬亂的戰爭描寫，面臨家無所居、生死無依的困境。因而在這部分作品之中展示出他們一種悲苦與絕望的心理狀態。

一是在生死考驗中抒寫著兵荒馬亂的時代悲音。阮攸詩中「一片鄉心蟾影下，經年別淚雁聲初。故鄉弟妹音耗絕，不見平安一紙書。」（《山居漫興》）「異鄉養拙初防俗，亂世全生久畏人」（《幽居》其一）「斷蓬一片西風急，畢竟飄零何處歸」（《自歎》其一）〔註70〕。「登朝以來，四度遷易，惟刑知清督兩銜，亦宦途一奇話也……自盛王上賓，大人自念恩遇難諧。迨新王臨御，伯舅大學士公（諱時任）緣庚子案避匿。大人亦以風影招讒。從此稍淡宦味……但寄興於水雲間」〔註71〕。潘輝益在《新王臨御，余自鎮進京拜謁恭記》序中云：「新上出傅邸時，余與內兄希尹公恭侯隨講。乙未登第，奉賜禁軍廄馬餞行，迨入朝班，奉充內日講。至是希尹公緣庚子案避匿，余亦風影招讒。進謁訖，即回鎮任。」在《甲辰（1784）夏江行即景》詩前序也提到自國卹之後「余自揣命途乖蹇，恩遇弗諧，從此頗淡宦味。癸卯（1783）夏，以疾留京，啓乞辭任，待命歲餘未獲明旨。今奉旨下，仍任，督促就鎮。余乘舟而來，稽留江岸，不復赴邸視事。聯結船筏爲旁屋，岸上構巨廳榭，貯頓兵役。其文案概從省駁，不煩查鞫……閒中吟詠，有《湯州旅興集》」，「秋初奉召回富春，迨初冬奉就北城應答北朝文書。中冬北兵出關奉昭統帝復國，因避居林野。有《雲山遣興錄》」。〔註72〕當後黎與西山兩朝交替之時，作爲後黎朝臣的潘輝益直斥西山兵爲「虜賊」，如他在《聞京變悶述》中稱「虜賊宣驕旎笠健，君王殉難寶刀輕。金湯莫衛清平國，矢石難驅怠肆兵。」他直接投身於保家護國的戰鬥中極力維護後黎政權，他在《羈棲紀悶》序中形象描

〔註70〕〔越〕阮攸，清軒詩集〔Z〕，河內：越南漢喃研究院藏抄本。
〔註71〕〔越〕潘輝湧，潘族公譜〔Z〕，河內：越南漢喃研究院藏抄本，藏書號 VHc.1406。
〔註72〕〔越〕潘輝益，裕庵吟錄〔Z〕，河內：越南漢喃研究院藏抄本，藏書號 A.603。

繪出與西山兵對抗的情形：「滿郡公協議進兵攻禦。迨進至豪門，遇敵前鋒，兵驚亂。滿郡公墜馬，被賊所獲。途中瘡痛致命，余單騎逸出，尋路上京。至瑞原阮舍，敵裨將追及，將回羈留楊舍軍次。」面對屢次的戰敗的戰況，他的內心是惆悵與無力迴天的悲歎，他在詩中云：「汴槩江山旺氣銷，孤臣無計靜紛囂。海陝交刃才蹉跌，京輦聞聲必動搖。敗事豈堪談幹略，懷中何至玷風標。伯仁由我尤惆悵，那得芳樽慰舊僚。」「山河破碎玷冠裳，窮巷羈人感念長。讓劣力難撐造化，奔逋身亦綱繫常。孤臣體國頻鳴劍，迎旅陪親幾奉觴。忠孝片懷天賜監，早離艱阻出康莊。」（《國事家情交感作》）〔註 73〕西山朝取代後黎政權後，又委以潘輝益之職。對此，潘輝益內心還是有抗拒之情，直稱之爲「僞命」，又稱「悔不離塵早屏居，入江寧得謂非漁」（《聞讀感作》）。但當十多年後，西山朝又面臨後黎朝的命運，受到來自阮氏政權的威脅，潘輝益又同樣親身投入反抗阮氏的戰鬥中，他也在詩中描述戰況的殘酷「余奉旨屯門外，隨兵構松葉爲臥所。向夜，前鋒軍分佈壘外，暗入拔尖逼壘，敵在壘內，發炮大小連聲，通宵不絕。我軍多致殤殞，余悶坐不寐，俟聽驛奏消息，吟以記懷。」（《壬戌元日戎場夜宿紀事》）

二是在生死考驗下抒發自我遭遇的個人哀歎。身處兵亂，生活已是不易，大部分如清使作爲文臣俸祿微薄，爲官之時尚且捉襟見肘，離官之後更是常出現難以養家糊口，甚至過著饑飢寒交迫、流離轉徙的生活。他們常日間的生活有時困頓到家無儲米，身單無衣，病無所醫的境地。阮攸稱之爲「十載風塵」的這十年，對阮攸後來成爲文學家起了決定性的作用。正是因爲他接近了人民，因爲他飽受了人間的苦難，所以他才對生活在底層社會受壓迫和剝削的人民的苦痛表示同情。吳時任因「庚子案」仕途受阻，甚至於整個家族都頗受牽連。潘輝益在《季冬登盤阿山口占》中以提及吳家受「庚子案」的影響「先岳公喪禮及禫，內兄希尹公因事避匿，家眷亦各散處。余因山遊，憶外家事有感。」吳時憶逝世，吳時任也避匿，受吳家兩代主要人物的變故影響，家族中處於一種悲涼境地，因而潘輝益詩中也透著悲傷的氣息，「江山如昨英雄逝，天地無情事變多。偶記抑齋懷古句，淒涼今日上盤阿。」

正是在官職遷徙之中，在兵亂逃亡之中，他們對當時的時代有著深切的感悟，又對自己身處其中而發出無可奈何的哀歎。

〔註 73〕〔越〕潘輝益，裕庵吟錄〔Z〕，河內：越南漢喃研究院藏抄本，藏書號 A.603。

（二）道途行旅中的憂慮與思鄉

無論是出使異域還是在越南本國仕宦行軍之旅，道路艱難、氣候自然差異等必然帶來一定的外在環境的艱難。如眾多的如清使在出使中「道卒」便能說明其行道艱險，《大清會典事例嘉慶》記「順治元年議准，外國貢使或在中途病故，由部具題，令內院撰擬祭文，所在布政使司備祭品，遣官致祭一次，仍修墳塋，立石封識，如同來使人自願帶回骸骨者，聽。」〔註 74〕如清使常將之形之於筆端。

如清使常常身居異國他鄉，鄉思之思常令他們心生一股憂愁。如阮攸被派往南中爲官，在這一時期他創作了《南中雜吟》詩集，「杜宇一聲春去矣，魂兮歸來悲故鄉」（《偶書公館壁》），「千里離家旅夢遲」（《代作久戍思歸》），「獨抱鄉心已四年」（《湘江口榔望》），「他鄉身世託浮雲」（《秋日寄典》），「年年秋色渾如許，人在他鄉不自知」（《江頭散步》）。

如清使道途中的艱難險阻也令他們心生愁慮，如李文馥《西行詩紀》載「途間經歷爲風濤頻殆者屢矣，卒乃保無恙以歸，皆是匪夷所思」雞灘遇大風「洋船帆柱爲風所折，避地修補。惟奮鵬船獨進」新加城、馬六甲「本華郎國故地，與紅毛界毗連。紅毛稱其豐沃，強以別地易之。華郎低不敢不聽。大抵紅毛人多機智又最桀酷。西方諸鄰往往惡而畏之。故華人有『紅毛賊』『紅髮鬼』之稱。」明歌港口遭風「辰已薄暮，忽狂風驟至，由帆弗及。船身偏側幾覆者，再撞岸者，悠悠異域與死爲鄰。只得於船上所設天后神位，磕頭哭禱。俄而帆裂，船復平，急投櫓繫住得平矣。」再如潘清簡《入關》：

昔我出此關，春草茸茸長。今我入此關，歲月忽已往。
世事紛如積，客心易蕭愴。閭市半邱墟，烽煙及榛莽。
賊圍牧馬城，城孤無所仰。偉哉裴范公，臨戎慨以慷。
力盡援不至，完節對穹壤。平生所交遊，碌碌誰相賞。
雲中掃賊巢，諸將何鞅掌。諸邊皆疥癬，心腹須調養。
可憐南圻民，年來經播蕩。堅城何日下，狂鄰交侵釀。
群公衛霍才，豪氣貫萬丈。鞭斷穹江流，飛渡北南港。
燕然山勒石，麒麟閣圖像。早建萬世功，宵旰慰君上。

道途上所遇的艱辛必然引起如清使們苦悶思歸的心理。在地域流動中，他們不忘鄉關，詩作中時時流露出思鄉之情。身處異域時的家國之思。吳時

〔註 74〕（清）昆岡等，欽定大清會典事例〔Z〕，清光緒二十五年（1899）。

位等過關後「予及同部進行或先或後，不相照顧。抬夫喧呼笑語，喧呼笑語皆不可曉。前途萬里，漸離鄉國。雖江山無異而風景頓殊，不覺悽然有居行之感。」〔註 75〕

（三）憂民憂君中的奮進與消隱

17～19 世紀的越南是各政權紛爭的時代，相繼有黎鄭、西山、阮三個朝代的更替。黎鄭時期，黎皇實爲傀儡政權，朝政都由鄭王所操控，且此一時期一直存在南北紛爭的局面。西山朝由農民起義軍所建立，被其後的阮朝視爲僞朝。十九世紀初阮朝借法國勢力立國，隨後又陷入法國的軍勢包圍中，並最終淪爲法國的殖民地。在這樣劇烈動盪的時局中，文人或自願或被迫的遷徙成爲一種常態。一些人如清使還常在廟堂與江湖間進行身份切換，行走在熱鬧的城市與安靜的鄉村中。在這仕隱的過程中，他們內心的奮進與消隱也不可避免地展現出來。

一種是對建功立名的心理期待。越南如清使思想中都帶有很深儒家的烙印。儒家強調「天下有道則現，無道則隱」(《論語・泰伯》) 積極用事的心態。在儒家積極入世思想的影響，如清使人生早期多積極於功名，以立身揚名爲奮鬥目標。因而他們在詩作中表達出一種奮發激揚之氣，以忠君報國爲己任。既使至老年時期白髮已生，「以身報國」仍然是心中的一種期待。如阮攸雖然不慕於功名，卻也有著報國之志，如他在詩中云「老去終懷報國心」「莫教羈導再相侵」(《南中雜吟・城下棄馬》)。

另一種是對歸隱田園的內在渴望。雖然如清使們多積極投身於建功立業中，但受著時代影響、個人發展際遇限制，他們往往處於進退無著的狀況，由此也帶來理想的失落。如阮朝滅西山政權後，對任職西山朝文人進行清算。吳時任、潘輝益在當時文名甚重，被當作主要打擊對象。兩人被鞭打於河內文廟，吳時任因政敵賄賂被當場打死，潘輝益也解甲歸田。在社會嚴峻的現實之下，如清使們「興邦治國」的政治抱負變得渺茫。再加之他們中很多人都有著長期顛沛流離、甚至是過著貧病交加的生活。隱居林間，放跡山水，無疑成爲一種生活理想。他們往往通過寄情吟詠來表達對歸隱田園的渴望之情。一些如清使在政權迭變中有短暫的隱居生活，如阮攸自號「鴻山獵戶」和「南海釣徒」，在其家鄉仙田過著狩獵、垂釣的鄉間生活。阮攸在任職期間，

〔註 75〕〔越〕吳時位，枚驛諏餘//越南漢文燕行文獻集成（越南所藏編），第九冊〔M〕，上海：復旦大學出版社，2010：260。

始終採取了明哲保身、避而遠之的態度，還一再託病辭官，返回故里。然而短暫回鄉後，又被朝廷召回任職。「攸初以家世仕黎，遭僞西之亂，無復用世志，遂肆意遊獵鴻山九十九峰，足跡幾遍。逮被徵命不得辭乃出。居官常被詘於上司，鬱鬱不得志。」〔註 76〕潘清簡「散髮獨行吟，縹緲在雲煙。群峰互迴合，顧盼自嫣然。宦遊非吏隱，行役得所便。赤城與玄圃，雖非鸞鶴緣。（寶蓋＋具）然與物遊，何莫存我天」〔註 77〕，《夢中讀古詩詠陶》「歲寒歌豳詩，春首誦王正。爲懷采薇人，抱琴侯蘿徑。」

進與退、仕與隱在憂國憂君與尋求自我心理解脫中成爲一對矛盾體。他們通過詩文來展現這種心理上的矛盾。

〔註 76〕〔越〕阮朝國史館，大南正編列傳初集//大南實錄（四）〔M〕，東京：慶應義塾大學語學研究所影印，昭和三十七〔1962〕：1226（214）。

〔註 77〕〔越〕潘清簡，梁溪詩草．送星草〔Z〕，河内：越南漢喃研究院藏抄本，藏書號 VHv151。

第六章　越南如清使及其漢文文學的地位及價值

越南如清使是越南文壇重要的文人群體，他們中出現一系列越南文壇上的大家。越南如清使漢文學不僅在越南文學史上佔據重要地位，也在域外漢籍中佔有重要一席。越南如清使還在中越文化交流互動中扮演著重要角色，一方面他們帶動了中越兩國文人之間的文學交流，另一方面也帶動了中越兩國間書籍的交流。通過文人交遊、書籍傳播，越南如清使作爲中越文化交流活動的傳播者也始終居於重要地位。此外，越南如清使所創作的漢文學還具有極高的史料價值。17 至 19 世紀的兩百多年時間裏是越南的「多事之秋」，越南既有國內各政權的紛爭，又面臨來自國外勢力的壓迫。越南如清使作爲越南當時漢文化程度最高的文人群體，在他們的漢詩文中記述了越南各方面的史料。他們中的一些人還曾至東南亞、歐洲「爲國效力」，在他們的行紀詩文中從域外之眼記載了大量中國、東南亞乃至歐洲的第一手政治、經濟、文化等資料。

第一節　如清使漢文文學的文學史價值

越南如清使多出身科舉且有文學名者，他們創作了大量的漢文學作品，其中許多都成爲越南文壇中的經典之作。越南如清使漢文學創作內容及創作方式都對當時及其後文人都產生了重要的影響。越南如清使漢文文學還爲中越文學溝通架起了橋樑。

一、如清使漢文學的地位與價值

如清使作爲越南文人中獨特群體，他們的漢文學創作不僅在越南文壇成就斐然，還在漢文化圈中佔據著重要的地位與價值。

首先，越南如清使及其漢文學無論在數量和質量上都在越南文壇佔有著重要地位。

從創作人數與作品數量上看，越南如清使中的作家隊伍及其漢文學作品都在越南文壇佔有重要比重。據陳文玾《越南作家略傳》〔註 1〕統計，從十世紀越南自主時代始至 1945 年越南共和國成立，共有 850 名作家，其中漢文作家爲 735 位，而越南如清使留存著述者有 66 位，占比 9%。據越南社會科學出版社 2012 年出版的《TÊN TỰ TÊN HIỆU CÁC TÁC GIA HÁN NÔM VIỆT NAM》（《越南漢喃作家字號名錄》）中收錄 1098 條作家詞條，其中如清使有 99 條，占比 9%。據《越南漢喃文獻目錄提要》所統計的越南現存漢喃古籍中，有名可考者漢文文學主要集中於集部「別集」與「北使詩文」條，前者收漢文書 422 種，其中如清使臣創作爲 47 種；後者收 75 種，其中如清使臣創作爲 68 種。如清使漢文文學留存量在兩者中占比 23%。而一些留存作者信息較少的漢文學條目裏如清使臣創作也常現身其中，如「小說」條收 57 種，其中如清使臣創作爲 2 種；「總集」條下所列各作品中大多選錄有如清使作品。由越南如清使漢文學創作人數與作品數量可知其在越南文壇上佔據著重要地位。

從作家作品質量上看，越南如清使及其漢文學創作亦佔有重要地位。越南如清使中大家輩出，多人爲文壇執牛耳者，如吳時任、黎貴惇、阮攸等。裴輝璧在《桂堂先生成服禮門生設奠祭文》云，黎氏「聰明冠世，博極群書，能著述爲文章，足以行世而傳後」。現代越南研究者也認爲：「在越南封建時期，沒有任何人像黎貴惇那樣著述豐富，著書立說猶如黎貴惇的人生目的。」（文新《簡論黎貴惇——越南封建時代的博學之士》），並稱黎貴惇爲「越南封建社會時代最大的博學家」，「是唯一掌握了十八世紀越南社會可能有的各種知識的學者」（《黎貴惇全集》前言）。後黎朝使臣武輝珽的詩備受時人關注「黎朝景興中名進士也，雄文大筆，領袖詞林，尤邃於詩學，良辰美景，舉酒吟章，每脫稿輒爲騷人珍異傳頌」〔註 2〕。范廷琥《雨中隨筆》在「詩體」中云：

〔註 1〕〔越〕陳文玾，越南作家略傳〔M〕，河內：越南社會科學出版社，1971。

〔註 2〕〔越〕武輝珽，華程詩//越南漢文燕行文獻集成（越南所藏編），第五冊〔M〕，上海：復旦大學出版社，2010：241。

我國李詩古奧，陳詩精豔清遠，各極其長，殆猶中國之有漢、唐者也。若夫二胡以降，太寶以前，則猶得陳之緒餘，而體裁氣魄，日趨於下。及光順至於延成，則趨步宋人。李、陳之詩，至此爲之一變。中興拘於衡尺，流於卑鄙，又無足言。永祐、景興之間，前輩名公始多留意詩律，而阮公宗窐翹然爲一時領袖。其次阮公輝僜，又其次胡公士棟繼而起，皆能各自名家。〔註3〕

范廷琥文中所列的阮宗窐、阮輝僜、胡士棟都是黎朝如清使，由他們作爲黎朝時期詩壇的「領袖」可知其在當時文壇上的影響力。不獨黎朝如清使如是，阮朝如清使中亦有多人在文壇佔有重要地位。阮帝五旬慶典諭曰「思僩以文學受知，不爲不久，今之人亦罕出其右者。」〔註4〕阮朝皇帝對潘清簡文學也褒賞有加，翼宗帝論及諸臣子文章時「以古雅稱之」〔註5〕，阮景宗稱其爲「文章一代之尊」。阮文超與高伯適、皇室詩人松善王綿審，綏理王綿寊在阮朝文人中並稱，嗣德帝曾云：「文如超、適無前漢，詩到松、綏失盛唐」，這雖不勉誇張之嫌，但卻道出阮文超的散文在越南文壇中佔據的重要地位。時至二十世紀，越南如清使文學作品仍獲較高評價，如越南文學研究大家陳荊和多方搜尋鄭懷德著述，並評價其《艮齋詩集》云：「雖爲一部文學作品，但亦爲十八、九世紀之交中越交涉史之一部寶貴史料，尤其『自敘』及詩行間之注文，既可闡明懷德之生涯，亦可彌補南越華僑史之缺，於文學、史學、雙方面均有特殊價値，對於越南歷史及華僑史之研究實予莫大裨益。」〔註6〕

其次，越南如清使漢文學是與中國文學、文人聯繫的紐帶。

越南如清使漢文學是中國漢文學在越南的承繼與發展。他們常以中國名家爲模範，如阮仲常《默翁詩集引》稱丁儒完：「其詩窖清音，隱焉有李杜之風」〔註7〕。寧遜《華程詩序》：「蓋先生之詩，雄渾閎奥，妙達眞機。其命意

〔註3〕〔越〕范廷琥，雨中隨筆・卷下//越南漢文小説集成（第16冊）〔Z〕，上海：上海古籍出版社，2011：246。

〔註4〕〔越〕阮朝國史館，大南正編列傳二集，卷三十五//大南實錄（二十）〔M〕，東京：慶應義塾大學語學研究所，昭和五十六年〔1981〕：7997（409）。

〔註5〕〔越〕阮朝國史館，大南正編列傳二集，卷二十六//大南實錄（二十）〔M〕，東京：慶應義塾大學語學研究所，昭和五十六年〔1981〕：7891（303）。

〔註6〕陳荊和，艮齋鄭懷德：其人其事//艮齋詩集〔M〕，香港：新亞研究所，1962：21。

〔註7〕〔越〕丁儒完，默翁使集//越南漢文燕行文獻集成（越南所藏編），第一冊〔M〕，上海：復旦大學出版社，2010：303。

精深，其摛詞典麗，其格致飄逸似陶淵明，其字句工練似杜子美。」〔註 8〕《大南正編列傳二集》載黃金煥「萬象爲暹羅所逼求援金煥上書，大約以伐暴暹恤小象以廣封疆爲請，毅然有『封狼居胥』、『勒石燕然』之氣。」〔註 9〕他們不僅對唐宋詩人比較熟知，對明清文人亦不陌生，如潘清簡在《過何大復故里感懷遂及李北地》中云：「一代文章未定師，汝南崛起何雄奇。登壇嘯吒千人廢，卻扇驚看一顧寺（時）。桐栢結廬應未得，淮河問渡起遐思。可憐北地俱黃土，萬里經過風雨遲。」〔註 10〕

越南如清使漢文學也引起中國文人的極大關注與肯定。勞崇光於道光二十九年（1849）出使越南時「崇光初抵京館即求觀本國詩，乃命集諸皇親並諸臣名作者名爲《風雅統編》許觀，崇光深所歎賞」〔註 11〕並將所觀之詩編輯爲《日南風雅統編》並爲之作序云：

> 越南四年兩貢並進，使臣中途紀行及與華人相投贈之作，亦傳播人口，而莫由窺全豹也。道光己酉歲，余奉天子命，宣封越南，請封陪臣阮君倣暨貢使潘君靖、枚君德常、阮君文超，先後過桂林，來相謁見，皆以所作詩爲贄。其詩皆雅馴可誦……余決其中必有勤學好古能文章之士。又意必有人焉，留心網羅，取邦人著作，披沙揀金，勒成一編，將以傳之不朽者。而候命魏黃兩君，果出《南國風雅統編》以相示。亟受而讀之，清奇濃淡，不拘一格，或抒寫性靈，或流連景物，或模山範水，或諭古懷人，佳篇好句，美不勝收。其中傑構居然登中華作者之堂而駸駸及古。吾不知其視朝鮮詩人何如，要非他國所能望其項背，章章明矣。

《日南風雅統編》所收錄的《柴山進士潘公詩集》、《段先生詩文集》即爲如清使潘輝益、段阮俊的漢文作品。時至二十世紀，越南如清使的漢文著作在學人之間傳播中還得到很大重視，如阮述《往津日記》爲法國學者戴密微所獲得抄本，其題爲「荷亭公往津日記集」，有葦野老人（阮綿寘）序。饒宗頤

〔註 8〕〔越〕武輝珽，華程詩//越南漢文燕行文獻集成（越南所藏編），第五冊〔M〕，上海：復旦大學出版社，2010：238。

〔註 9〕〔越〕阮朝國史館，大南正編列傳二集〔M〕，東京：慶應義塾大學語學研究所，昭和五十六年〔1981〕：7790（202）。

〔註 10〕〔越〕潘清簡，梁溪詩草·金臺草〔Z〕，河內：越南漢喃研究院藏抄本，藏書號 VHv151。

〔註 11〕〔越〕阮朝國史館，大南實錄正編·第四紀·卷四〔M〕，東京：慶應義塾大學語學研究所，昭和五十四年〔1979〕：5775（105）。

先生見而悅之，戴密微教授慷慨相贈，1980年陳荊和先生又整理出版〔註12〕。

再次，越南如清使漢文文學還是中國文獻的重要補充。

據越南現存越南北使文獻來看，如清使記錄了大量在出使路線所見的中國文獻資料。如吳時任《皇華圖譜》以出使行程編次，並以附錄形式記載了許多碑銘、題詩賦記、亭臺樓閣對聯等中國文獻史料，諸如湯陰縣所仿「景雲鐘」所製的銘文、漳水河側的《銅雀臺賦》、武漢的《重建江神廟碑記》及《武昌江神廟對聯並記》、《萬年庵對聯並詩記》、《重建萬年庵記》、《長白山賦》等。他們所記錄的中國文獻都詳細認眞，如阮思僩《燕軺筆錄》記載平樂府蒼然亭「亭上碑刻題詠甚多。亭聯云『山翠萬重當檻出，水光千里拂城來』下誌云「皖江方（炳）權題」〔註13〕具體而言越南如清使文獻對中國文獻有以下價值：

一是補充了中國文獻記錄中的不足。如現知對廣西花山岩畫最早記載爲南宋人李石編著的《續博物志》。其後記述材料見於明清時期，清人汪森《粵西叢載》轉引明代張穆的《異聞錄》、戴煥南於清光緒5年（1879）編修的《新寧州志》及光緒九年（1883）出版的《寧明州志》。而花山岩畫作爲一種全球性的歷史文化現象，直到近年才爲外界所知〔註14〕。與花山岩畫在浩如煙海的中國文人記述寥寥相對，它卻引起越南使臣的關注與書寫。據目前留存的越南燕行文獻統計，越南使臣筆下關於花山岩畫的記錄從明代萬曆到清代光緒年間約有三百年時間，有23位使臣都有相關記錄。其記錄時間集中於十六世紀末到十九世紀末，前後約三百年時間，歷中國明清兩代。雖然由於越南文獻湮滅最早關於花山岩畫的燕行記載已無從得知，但越南如清使燕行詩文中關於花山岩畫的記載仍塡補了中國文獻的不足之憾。還有一部分還可與中國文獻相互校刊，如吳時任所抄錄出使時奉內閣抄出乾隆五十八年四月二十

〔註12〕龔敏，阮述《往津日記》引發的學術因緣——以香港大學饒宗頤學術館藏戴密微、饒宗頤往來書信爲中心〔J〕，社會科學論壇，2011（3）：43～49。

〔註13〕〔越〕阮思僩，燕軺筆錄//越南漢文燕行文獻集成（越南所藏編），第十九冊〔M〕，上海：復旦大學出版社，2010：93～94。

〔註14〕據1983年美國《考古學》雜誌上發表的《世界岩畫分佈圖》中國是一片空白，直至1985年以後，隨著我國岩畫研究著作和論文的增多，中國的岩畫才引起國外學者的關注。1985年的調查工作歷時三個月，邀請了全國各地眾多專家學者，召開學術討論會，編輯出版了《廣西左江流域崖壁畫考察與研究》一書。1987年在京舉辦《左江崖壁畫展覽》，日本《讀賣新聞》和意大利「世界岩畫研究中心」也分別撰文進行介紹。

七日諭旨《附錄太平府城諭旨》。其中所記錄文獻與中國文獻不無出入之處，亦有與中國文獻相互補證之價值。

二是保存了中國散佚文獻。越南如清使燕行文獻中收錄大量與中國文人酬唱的詩文作品，其中很多中國文人及作品在中國都無從搜尋，其中不乏一些名家作品。如《中州酬應集》爲裴文禩輯錄他於嗣德二十九年至嗣德三十年（1876～1877）出使中國期間中國文人士大夫的贈詩、書札等的詩文集。該集中收錄有近代同光體詩派的代表人物陳三立（1853～1937）早年所創作的詩。越南如清使裴文禩等途經湖南時，陳三立時年25歲。

第一首：

舡稜回望五雲高，江水秋清返節旄。
重譯久聞滄海貢，皇華更詠使臣勞。
花堂圍醉吟朋集，官燭攤箋妙語叨。
璀燦紀行詩滿篋，人天投分感吾曹。

第二首：

歸去仍乘下瀨船，桄榔葉黑瘴江邊。
聖朝文物無中外，上國衣冠自歲年。
荒嶠風花還入夢，故山藤竹想參天。
新醅菊酒逢殘臘，應有新聲播管絃。

兩首詩後有跋稱：「光緒三年丁丑冬十月，珠江侍郎以貢京師，使還越南，吾鄉盛錫吾觀察招陪節宴，圍座筆談，極中外一家之樂，用成長句二章，奉送歸軺，即求賜和。豫章陳三立伯嚴甫呈稿。」〔註15〕陳三立現存《詩錄》與《散原精舍詩》二集中均未收錄有這兩首詩。陳三立早年這兩首詩與他之後詩作明顯詩風有所不同，若非越南如清使文集中保留了他早年的詩，後世很難得知其詩風中的流變。越南如清使燕行詩文集中收錄了眾多中國文人與之交往唱和的原作，這些文人在中國文壇的地位高低不同，其中大部分文人均無詩文集傳世。若非如清使的記載，他們的作品很難得到留存。從這個角度來說，越南如清使漢文學爲中國古代典籍起到了重要的補充作用。

三是保存了越南文獻中散佚文獻。越南大量的漢文文獻散佚，越南如清使由於特殊的身份地位及其在文壇上的影響而留存文獻者眾，從他們的作品

〔註15〕〔越〕裴文禩，中州酬應集//越南漢文燕行文獻集成（越南所藏編），第二十二冊〔M〕，上海：復旦大學出版社，2010：126～127。

裏往往可以看到其他文人文籍，如《吳時任全集》中收錄了眾多他所寫的序而《芹曝卮言》、《西扈漫興》、《黃公詩集》等集查現有典籍早已無存。這一部分作品不僅散佚，往往在越南典籍中很少提及，但如清使的漢文著述裏卻給後世留下進一步探究的線索，從中可以推知當時文壇中這些作品及其風貌。

從上述越南如清使漢文學作品在中越文壇上的地位與作用可見，它們是越南文壇的中流砥柱，是中國文壇的重要組成部分。

二、如清使漢文文學的文壇影響

越南使臣漢文學作品流傳廣泛、影響深遠。越南如清使漢文文學抄本、印本眾多，現存文獻所存抄本中最多的一種書籍爲使臣阮宗奎創作的北使詩文集《使華叢詠》，有 17 種抄本，「迄今五十餘年，國人皆傳誦」。越南如清使漢文學創作不僅帶動了越南漢文學的發展，還在一定程度上促使越南本土喃字文學的長足進步。

越南如清使及其漢文學創作活躍了當時文壇創作。其一，出使前後越南君臣贈答餞送詩文。越南如清使正式出使之前都有宴慶活動，眾人都以詩文餞送。一是皇帝餞送詩。潘輝泳等 1852 年如清歲貢，因中國境內太平天國起義，三年後才返還。嗣德帝念其跋涉三載，辛苦備至，特厚加賞賜。先是賞賜「正使潘輝泳、范芝香各賞勤勞可錄大金盤，副使劉亮、阮惟、武文俊各賞是盤中項，在賜各人御製詩一道」〔註 16〕。阮述 1880 年出使之時，「述臨行，帝製詩並遠行歌御書以賜之」〔註 17〕。潘清簡充如西正使去法國交涉賠款割地事宜，臨行時帝制御製詩賜行勉之。二是親友臣僚餞送詩。越南使節北使前親友餞送詩文眾多，甚至被編錄成冊，如《越南漢喃文獻提要》「北使詩文」條目中收《馮使君餞詩並景物詠》一書，內容即爲越南文人陳成思、范雲碧、阮瑞軒等人餞送馮使君出使中國的餞贈詩集。越南如清使個人文集中也收錄有眾多與親友唱和之作。其二，如清使成爲越南文人交遊唱和的聯繫中心。一方面，他們主動成立文學活動中心，如鄭懷德與友人結有平陽詩社，名曰「嘉定山會」，還常與吳仁靜、黎光定相唱和，匯成《嘉定三家詩集》。另一方面，他們又與諸多文人文學往來頻繁。現存越南漢文學作品中有評點

〔註 16〕〔越〕阮朝國史館，大南實錄正編第四紀，卷 13〔M〕，東京：慶應義塾大學語學研究所，昭和五十四年〔1979〕。

〔註 17〕〔越〕阮朝國史館，大南實錄正編第四紀，卷 63〔M〕，東京：慶應義塾大學語學研究所，昭和五十五年〔1980〕。

的詩文集，大多是如清使留存。如後黎朝阮宗窐《使華叢詠集》中《君山晴望》詩下有墨評稱其七八句中「桃花流水杳然非人間」總批其「一唱三歎，如賦如騷」，《洞庭閒吟》中有詩頸聯兩句「地闢人間銀海國，天開世界水晶圖」墨批「水天一色，舟泛波中，眞是水晶宮裏。夜來深遊樂哉」〔註 18〕。越南如清使多有文學之名，其中一些人甚至爲越南文學名家，還引發一些文學後進與如清使的文學交淳。他們或投贈自己詩文以求點評，或爲其詩文集求序跋之作以提高文名。

越南如清使及其漢文學創作帶動了越南其他文體創作的繁榮。越南如清使及其漢文學創作引發越南文人無限的想像。「北使」成爲越南漢文小說的關注點由來已久，如被學界認爲現留存最早的越南漢文小說《嶺南摭怪》中《何烏雷傳》中就載有北使使臣的故事：鄧士瀛擔任北使出使中國期間，當地的麻羅神精變成鄧士瀛的模樣，回到家中對妻子謊稱使命取消，由此夜夜來與鄧妻苟合。一年後，鄧士瀛北使回，發現妻子已懷孕，遂鬧上公堂。麻羅神在夢裏向越南國王稟告了眞相，於是國王遂判鄧妻仍歸本夫，所生之子何烏雷歸麻羅神〔註 19〕。甚至於出現專門以北使爲題材的筆記小說集《北使佳話》。如清使更是小說中經常描寫的人物，如黎貴惇、鄧廷相先祖均家貧乞討，鄧祖母乞討時去世，土蟻封墳成天葬吉地；黎祖公至一鄉乞討，得該村吉地爲葬。其後兩家得發科甲。然越南漢文小說中數量眾多的使臣小說中，越南文人關注重點並不在北使使臣筆下的異域風光，而在乎其中所因緣際會發生的種種故事，關於如清使的故事主要集中於朝貢中的想像，歸納而言主要有以下幾類：

其一，越南漢文小說中「北使鬥勝」想像。「北使」題材在越南漢文小說中亦常可見，如《公餘捷記》中「阮公登記」條、「阮登縞記」條〔註 20〕等，常以誇耀北使之才，折服北人爲套路。越南小說中「使節鬥勝」傳說由來已久，甚至於被正史屢有記載，如《大越史記全書・黎大行紀》記：丁亥八年（宋雍熙四年），宋復遣李覺來，至柵江寺，帝遣法師名順，假爲江令迎之。

〔註 18〕〔越〕阮宗窐，使華叢詠集//越南漢文燕行文獻集成（越南所藏編），第十四冊〔M〕，上海：復旦大學出版社，2010：200～201。

〔註 19〕孫遜、鄭克孟、陳益源//越南漢文小說集成（第 3 冊）〔Z〕，上海：上海古籍出版社，2011：72。

〔註 20〕孫遜、鄭克孟、陳益源，公餘捷記//越南漢文小說集成（第 9 冊）〔Z〕，上海：上海古籍出版社，2011：150～151。

覺甚善文談，時會有兩鵝浮水面中，覺喜吟云：「鵝鵝鵝，兩鵝鵝，仰面向天涯。」法師把棹次韻示之，曰：「白毛鋪綠水，紅棹擺青波。」覺益奇之。然此詩明顯出自駱賓王七歲所作《詠鵝》詩：「鵝、鵝、鵝，曲項向天歌。白毛浮綠水，紅掌撥青波。」作爲中國文人的李覺不可能不知道這首詩。及《大越史記》中又載李覺回國前又作詩給順爲別：「幸遇明時贊盛猷，一身二度使交州。東都兩別心尤戀，南越千重望未休。馬踏煙雲穿浪石，車辭青嶂泛長流。天外有天應遠照，溪潭波靜見蟾秋。」順以詩獻，帝召僧吳匡越觀之。匡越曰：「此詩尊陛下與其主無異。」〔註21〕此則傳說中越南文士才屈中國使節，以及所云「尊陛下與其主無異」都是爲了強調「南」與「北」是平起平坐的兩個國家。越南如清使智勝中國文人也是其在中越宗藩關係之下強調自己民族獨立平等的外在表現。

其二，越南漢文北使故事中的「洞庭」想像。越南民間對「洞庭」便有著別一種情結，「我國前輩，多爲內地之神，亦多在洞庭者」〔註22〕。《越雋佳談前編》載范公廷爲「五湖神」：「及鎮海軍日，有幾個北客具銀禮入謁。公問：『來有何干？』眾對曰：『某等湘北人，見公面貌酷似五湖神像，公必是神后身，爲此特來拜謁。』公還其禮，囑回以此修整廟宇神像。且公是時，於肩上有癬一處，現方敷治，數月後乃愈。及客人再來，對云：『近日重塑神像，見肩上一處，爲屋漏雨水所滴，其漆頓毀，蒸已裝完了。』計之則漆工完日，以體瘡愈之日也。」〔註23〕然爲內地神最多的還是北使使臣，如陳文煥「奉命爲副使經一山，乘閒遊覽，見山上有祠，祠中有碑，碑列人將，首潘派公名，而公名亦在其列。蓋潘派公乃我國名將也。公見碑列如此怪之，歸語正使公，正使公雖不言而點會其意，知公爲此山祠神。使回過此，公得病遂道卒焉。」〔註24〕《桑滄偶錄》載阮仲璫嘗夢美人與之約「洞庭芙蓉驛相見」，又夢一少年授《太乙數》約洞庭相還，當其奉北使舟泛洞庭時，滾然沒水中，翌日沒於舟。《登科錄搜講》中亦載阮仲常自讀書時即見有美人來相

〔註21〕〔越〕吳士連，陳荊和校，大越史記全書〔M〕，東京：東京大學東洋文化研究所，1985。

〔註22〕〔越〕范廷琥，雨中隨筆，卷下//越南漢文小說集成（第16冊）〔Z〕，上海：上海古籍出版社，2011：279。

〔註23〕〔越〕范廷琥，越雋佳談前編//越南漢文小說集成（第11冊）〔Z〕，上海：上海古籍出版社，2011：138。

〔註24〕〔越〕登科錄搜講〔Z〕，河内：越南國家圖書館藏抄本，藏書號R21：43。

伴，並約至巴陵相見。其後仲常「奉使道經巴陵，懷此女之言，問土人曰『此處有何名祠』土人曰：『此處有一廟，夫婦雙祀。昔日最著靈應，然自某年至茲，英靈減矣。』公始司宿姻，屈指計，則此祠減靈之年即己生之年也。知其延靈於此。乃盡出使資，命土人完整廟宇。使回過此，夢見此女來告曰：『南土之遊樂乎？室家無主，可以歸主矣。』公覺，遂得病道卒焉。」〔註25〕《雨中隨筆》又補錄，其後阮公同年奉北使將泛洞庭時，夜間阮公上前來勸阻云「爲神於此，來日湖中有小劫數，勸勿開船。」等。《雨中隨筆》又載黃平政爲洞庭湖君山上夙緣祠正氣神轉世：

> 黃平政嘗夢一美人，宮妝冶服，時來歎合，如人家夫婦。初疑其妖，後體益康強。夫人也常夢美人如妃主狀主持家事。歲癸卯，黃平政充任使臣北使，夫人夢美人登輿謂其從者：「此行相公當偕我留北，不復南來矣。」是夕，黃公宿嘉橋驛，忽然暴疾，三日不醒人事。及其略醒召其兄謂平生之夢雲夢人語「公前身爲洞庭湖扁山夙緣祠神，與妾有夙緣。降世以後，妾幽居煢獨，支用弗給，至命侍婢賣花以供脂粉。今國事不可爲矣，謫期已滿，公盍返其初乎？」公力辭以王事，美人允一年之期，並言翌日有饋鳥者，食之立愈。隨命公子設告於夙緣祠正氣神及公主位，次早有魯溪社民饋鳧鴨及黃雀鳥，公食後病體頓健。…甲辰南返，過扁山時，水漲風烈，舟不得泊。忽然暴風櫓折，船擱沙上，幾危而僅濟，乃換舟而行。…及至諒山夜夢美人賀，公復力請覆命。是夕病暴作，復瘳。

越南數量眾多關於北使故事甚至引起越南正史的記載，《敏軒說類》載「陳進士奉使」條載，進士陳公奉使，鄭王森密表求封「至洞庭，乃託疾不行，如二副使，謂曰：『我病甚，今只覓一死所耳，但袖中一事，獨關我身上，不可以付公等。歸啓鄭帥府，我病已亟，焚之矣。』遂仰藥而死」。據《欽定越史通鑒綱目》載景興三十九年（1778）擔任如清正使的武陳紹逝於洞庭湖，其實另有隱情：「森將有篡立之志。是年歲貢，森密表於清，言黎無賢子孫，囑陳紹以事入奏，而使內監與之行，獻賂求封。行至洞庭湖，託病，夜對使部將表焚之，因仰藥」〔註26〕。

〔註25〕〔越〕登科錄搜講〔Z〕，河內：越南國家圖書館藏抄本，藏書號R21：R21：38。

〔註26〕〔越〕潘清簡等，欽定越史通鑒綱目，正編，卷四十五//域外漢籍珍本文庫》（第三輯）〔Z〕，人民出版社，2012：595。

爲何越南北使故事裏眾多的情節都與「洞庭」相關呢？不僅北使，甚至於一些權貴大臣也與洞庭有所關涉，如《滄桑偶錄》載黎朝開國功臣阮廌的故事：黎公廌（原姓阮，因功賜國姓）因修屋與白蛇精結怨，其後因納一蛇精所化女子爲妾而獲刑。其後，光順間朝廷洗其冤屈，尋阮公遺子英武以歸。「奉使過洞庭湖，水中出一蛇，風濤大作。公請卒國事，風濤頓息。覲還，至洞庭，舟覆沒而歿。」〔註 27〕南成書於越南李、陳時期的《嶺南摭怪列傳》一書中收錄了嶺南地區的民間故事《鴻厖氏傳》中記云，「炎帝神農氏三世孫帝明，生帝宜，南巡狩至五嶺，得婺仙之女，納而歸，生祿續，容貌端正，聰明夙成。帝明奇之，使嗣位。祿續固辭，讓其兄。乃立宜爲嗣，以治北地；封祿續爲涇陽王，以治南方，號爲赤鬼國。涇陽王能行水府，娶洞庭君龍王女」〔註 28〕。在此則神話傳說中，涇陽王與洞庭女被奉爲「百越之祖」，甚至正史中將涇陽王列爲越南最早的君王，潘清簡於嗣德八年（1856）編撰《欽定越史通鑒綱目》稱「舊史國統起自涇陽」〔註 29〕，認爲越南國土邊界「北達洞庭」。唐傳奇《柳毅傳書》在越南文人中亦有一定的熟知度，如關於《鴻厖氏傳》中「涇陽王娶洞庭女」與《柳毅傳書》情節略合之事，吳士連於 1479 年奉命編修的《大越史記全書》中注云：「按唐紀，涇陽時有牧羊婦自謂洞庭君少女，嫁涇川次子，被黜。寄書與柳毅，奏洞庭君。則涇川、洞庭世爲婚姻，有自來矣」〔註 30〕。黎文休修《大越史記》「東際海，西抵巴蜀，北至洞庭湖，再接胡孫國」。由此可見越南文人關於北使與洞庭的想像亦「有自來矣」。

其三，越南漢文小說中的「北使奇遇」想像。《南史私記》載如清使范金鏡與中國安南使臣張秀子之間的因緣際遇：范金鏡擔任如清使期間，寄居燕京張秀才家中。張秀才夜觀天象預測到越南國王去世和范金鏡將遭免職。數年後，張秀才科舉及第又擔任使臣至越南，又令范金鏡復職。越南如清使北使奇遇故事常讓後人對其眞僞頗難斷定，如載於嗣德十二年重修的《春早尚書阮進士家譜》中題兩種阮公基北使之作的《使程日錄》，復旦大學編《越南

〔註 27〕〔越〕范廷琥、阮案，滄桑偶錄//越南漢文小説集成（第 12 冊）〔Z〕，上海：上海古籍出版社，2011：74。

〔註 28〕〔越〕陳世法等撰，嶺南摭怪（甲本）·卷一//越南漢文小説集成（第 1 冊）〔Z〕，上海：上海古籍出版社，2011：16。

〔註 29〕〔越〕潘清簡等，欽定越史通鑒綱目，正編，卷四十五//域外漢籍珍本文庫（第三輯）〔Z〕，北京：人民出版社，2012：292。

〔註 30〕〔越〕吳士連，陳荊和校，大越史記全書〔M〕，東京：東京大學東洋文化研究所，1985：97。

漢文燕行集成》第一冊中收錄時因其文中所提人物與中國實際人物完全不同，認爲其雖然有託僞成份，但又認爲其中細節若非當事人也並不能如此詳知，因此收入燕行集中。然《春早尚書阮進士家譜》中錄入時，就對此爲阮公基之作頗多疑議，認定其爲僞作。其分析的原因在於，文中所提見一小廟之事「如此唐突可乎？且此廟係嚴重之地，本國人尚有嚴禁不得擅入」，對於借廟住一宿之事：

> 按此俗傳之誤也。以堂堂國使，所至皆有文牒，過諸省城皆有使館，使部所至，某省謁其至吏，乃禮之常。及至京城，各有使館。使部至京，先謁相府，俟臣達而敢行陛見，其國書貢物，悉由政府檢查合約，然後陛見。此禮昭然耳目，人皆得知之。且柳昇之事未必至相公而其倘歟？清史載已詳之矣。何得妄爲誇詡，認爲相公之事耶？謂相公謂請住宿於廟，已屢無理，又有問其來路俟拜於路途。孺之見，達者笑之，以其不知體也。且以師生之際，凡能讀得一字，寫得一字，皆能識其業師之姓名。豈有明敘姓名、年貫而亦不詳耶？或又謂檢看其痣，實甚愚見。夫既聞其姓名，既見其額上紅痣，則愚蠢者亦能決之，既已決其爲業師…〔註 31〕

對於《越南漢文燕行文獻集成》中所云「非使臣本人難知細節」的問題實難立論，其原因在於：一是越南使臣常年出使諸多事宜已成定例，如《使程日錄》中所提阮公基「因拜廟宇而遇二大官」便與越南使臣出使期間沿途遇有廟祠處皆進行祭祀活動有一定關係。越南政權還給予如清使廟祭活動相關的支出以買辦祭祀品，如鬼門關祠「牛一隻（準古錢四貫）、粆一盤（準古錢二陌）、金銀香酒（準古錢二陌）」甚至直接由地方官提供祭品〔註 32〕。二是越南文人因現有文獻敷衍成故事。如越南文人筆下的如清使丁儒完少失怙恃，成家後與夫人情深意濃，常有唱歌唱和。因有使命不得面臨分離。夫人心多不捨，丁公卻不以爲意。一日至杭州見梁山泊與祝英臺二冢，心有感而題詩「手拂新苔認舊碑，吁嗟大義世間希。雪門受業堅交契，花下締盟約唱隨。任歷風波心不轉，若名教死但奚辭。香魂一對今何在？時見雙雙燕子飛。」至燕京因體質孱弱，兼以夙行晚歇，車馬勞碌病逝燕京。臨逝前召從人曰：「我

〔註 31〕〔越〕春早尚書阮進士家譜〔Z〕，河內：越南漢喃研究院藏抄本，藏書號 A.1481：62b～64。

〔註 32〕江振剛，清代安南使團在華禮遇活動研究〔J〕，暨南大學碩士論文，2015：16～17。

夢上帝如臣草一大筆，病必不起。我生科甲，死於使命，生死俱無恨，但以不能終王事爲嫌耳。」關於《使程日錄》中所記載嘉靖帝缺齒之事亦見於其他使臣記錄中，此細節亦容易被越南文人所捕捉。三是越南家譜中樂於收錄各種關於使臣的傳說。如《胡家合族譜記》載胡仕揚奉北使時「驛中夜睡，夢見一婦嫗抱子泣告，願公赦命。醒覺未及言，則護使官已宰一牛爲賀，不覺牛有孕。公知不食，自是不殺耕牛，囑子孫日後不得以牛爲祭」，又載「公使北國，應答如響，凡明（應爲清）人所試皆料之如神明。北燕天子封兩國宰相，又封食佛侯，嘗以佛呼之而不名，後每使來必問胡生佛安否。」〔註 33〕從中可知，這一類如清使奇遇故事僅是越南文人關於他們出使的一種想像。

越南文人漢文學作品中各類「北使」題材還引來如清使著文以證其僞。如後黎朝如清使黎貴惇作爲「北使」之一，他在《見聞小錄》中就引《說郛叢說》、《明儒記聞》、《酉陽雜俎》等各類典籍對越南文學作品中各類「北使妄說」加以駁斥。他指出越南文人所著的「北使故事」在情節模式上有明顯的因襲套路，且出現一些使臣故事完全相似。其中的一些情節故事亦可見於中國相關書籍。雖然有黎氏從自身深厚的學識素養出發，大力批駁流傳在越南文壇中各種關於北使奇遇之僞，但這類題材依然有廣泛流傳。即使到二十世紀，中越宗藩關係已經終結，越南文人仍對於北使及其創作津津樂道，如《南風雜誌》（漢文版）收錄阮思僩《石農詩集》（1917 年第 1 期）、《越華逸話：越南、中國使臣出使故事》（第 135 期）、《北使佳話》（第 139～143 期）。從中亦可見「北使」這一特殊身份引發越南文人的眾多創作已儼然成爲越南文壇中獨特的一道風景，值得去探討這一現象背後的成因及文人創作心態，越南文人對使臣智勝北人故事偏愛的心理也可值的玩味。

第二節　如清使文學活動的文化交流史價值

文化交流是不同國家之間相互理解的重要方式。使臣行走在兩國之間往往帶動著兩國文化的交流與傳播。越南如清使臣正是通過出使中國的機會爲中越文化之間架起一座溝通的橋樑。一方面，越南如清使將中國文化帶至越南，「使臣往來，常有文學之人，則往習學藝，遍買經傳諸書，並抄取禮儀官制、內外文武等職與其刑律制度，將回本國，一一仿行。因此，風俗文章、

〔註 33〕〔越〕胡家合族譜記〔Z〕，河內：越南漢喃研究院藏抄本，藏書號 A.3076。

字樣書寫、衣裳制度並科舉學校、官制朝儀、禮樂教化，翕然可觀」〔註 34〕，他們利用出使的時間積極學習並吸收中國的文化，並將其傳入越南；另一方面，越南如清使還將越南文化帶至中國，如他們出使期間積極將所帶越南文人文集送呈中國文人。在越南如清使諸多的文化交流活動中尤其值得注意的是文學與書籍的交流。

一、如清使文學活動帶動中越文學交流

越南如清使作爲文學之士，在出使中國期間對中國文學的感觀與中國文人的文學交流成了必不可少的方面。

（一）如清使出使期間的文學賞鑒活動

越南如清使作爲漢文學程度較高的群體，他們有較高的藝術修養。文學鑒賞、戲曲欣賞已成爲他們文人生活的一部分。他們在本國及出使中國期間也積極從事與之相關的活動，從他們漢文學著述中即可見一斑。越南如清使在中國的文學賞鑒活動也成爲中越之間文學交流的一部分。

其一，文學鑒賞。越南如清使在國內時期就讀有大量的中國書籍，如李文馥在青年時期所作的《學吟存草》裏就錄下他所讀的諸多書籍《讀南華經》、《讀性理大全》、《讀文選集成》、《讀少陵詩集》等。而出使擴大了越南如清使對中國文化的接觸面，他們可以接觸到中國文壇中「第一手」資料，正如阮思僩在《送乙副使翰林侍講學士阮和卿》詩中所云「馳驅使節八千里，誦讀葩詩三百篇。」〔註 35〕他們在出使過程中集中閱讀了大量中國文學作品，如潘清簡燕行集中有《讀古書》「靜觀山海圖，因窮氣形易。翳彼萬物初，言未啓槖籥。」吳時任燕行集中也提到他在 1795 年出使時閱讀歷史演義小說《異說反唐傳》:「內地有《白□坵遺事》記唐睿尊旦乃王，後□生反正后，斬武后及六郎之黨名曰《異說反唐傳》」《異說反唐傳》目前存世的有瑞文堂刊本，計十四卷一百四十回。書內目錄前題「新刻異說武則天反唐全傳」。「時乾隆癸酉（1753）仲冬之月如蓮居士題於似山居中」〔註 36〕。越南如清使甚至於

〔註 34〕（明）嚴從簡著，余思黎點校，殊域周諮錄，卷 6，安南〔M〕，北京：中華書局 1993：237。

〔註 35〕〔越〕阮思僩，阮洵叔詩集〔Z〕，河內：越南漢喃研究院藏抄本，藏書號 Vhv.32。

〔註 36〕〔越〕吳時任，皇華圖譜//越南漢文燕行文獻集成（越南所藏編），第九冊〔M〕，上海：復旦大學出版社，2010：141。

將在中國所閱讀的書籍改譯爲越南本民族語喃字六八體，如李文馥以出行廣東所見《二十四孝故事》爲藍本，喃譯爲《二十四孝演歌》故事；又據中國才子佳人小說《玉嬌梨》改成喃文本的《玉嬌梨新傳》。《大南正編列傳》載阮攸「自清使還，以《北行詩集》及《翠翹》行於世」〔註 37〕。阮攸在 1813 年出使期間應接觸到當時在中國有一定流傳度的才子佳人小說《金雲翹傳》、《小青傳》等書籍，這才令其創作了有泛影響的《金雲翹傳》。其實，阮攸在出使期間廣泛讀有中國書籍，在其燕行詩文中還有《題韋廬集後》一詩。無獨有偶十幾年之後，1841 年出使的李文馥也有《讀〈韋廬詩集〉》，中國詩集在越南如清使出使時閱讀中遙相呼應，個中原因不能不耐人尋味。中越文人之間的書籍品評也成爲他們使途中重要的文學鑒賞內容，如阮文超《方亭萬里集》讀中國文人的作品《舟別桂林兼旬風雨，讀〈鄭夢白家世又門詩集〉之作》。這些如清使也積極的將所接觸到的中國文學傳播到越南，成爲中越文學之間溝通的媒介。

其二，戲曲觀賞。復旦大學學者陳正宏曾就清代乾隆、道光、同治三朝越南使者入清宮聽戲的文字實錄，以及越南伶工入宮參與乾隆八十壽辰演出等相關的目擊實錄，並稱「聽戲乃是清代官方爲越南燕行使者在華期間安排的最主要的娛樂節目」〔註 38〕。在如清使筆下不僅描寫了他們在清宮中聽戲的場所及場面，還提到了所觀賞的各類中國劇目，如潘輝注在其燕行集《華軺吟錄》中記錄「是日戲《西遊》、《水滸》諸劇」〔註 39〕。越南如清使出使中國時期觀賞中國戲曲有兩種場合：一種與中國皇帝朝臣在清宮中觀戲。關於越南使臣清宮觀戲的記錄，陳正宏在其文中統計了十二個如清使團的觀戲文獻資料，其中觀戲次數最多的是乾隆五十五年（1790）以國王身份來華的阮光平（僞王）使團，在越南如清使潘輝益的燕行詩集《星槎紀行》中有詳細的觀戲記錄。其他如清使在出使過程中也有聽戲的記錄，如潘輝注在其《華軺吟錄》中有《奉侍看戲記事》與《看戲再奉賜珍膳恭紀》、張好合《奉賜進同樂宴聽戲恭紀》都記載陪侍乾隆帝觀戲的記錄。另一種與地方政府官員在

〔註 37〕〔越〕阮朝國史館，大南正編列傳二集，卷二十五，諸臣列傳十五〔M〕，東京：日本慶應義塾大學言語文化研究所複印本。

〔註 38〕陳正宏，越南燕行使者的清宮遊歷與戲曲觀賞，〔J〕，故宮博物院院刊，2012（5）：34。

〔註 39〕〔越〕潘輝注，華軺吟錄//越南漢文燕行文獻集成（越南所藏編），第十冊〔M〕，上海：復旦大學出版社，2010：248。

宴席中觀戲。越南如清使在地方觀戲的數量明顯要比前者在清宮中多。越南使臣所經各地招待官員都有筵宴及觀戲的規定，「向來安南使臣來京瞻覲，經過沿途省會，該督撫等例有筵宴演戲之事」〔註 40〕在某些因特殊使命，如告哀則會取消這一招待項目，如乾隆五十八年（1793），安南使團入京告哀時，乾隆即令地方應行停止，「曉諭該使臣，以伊等係爲赴京告哀，是以體恤私情，不便舉行筵宴、唱演戲劇」〔註 41〕。阮輝僅在燕行錄中載有地方觀戲的記錄：「酒至三旬，倡兒二十人，先祝一品當朝，次祝壽比南山，次祝連生貴子，戲演三齣，一天官賜福，二邦甲封王，三萬國來朝，禮極整肅」〔註 42〕，「次款宴席，每人一桌，酒三行，演戲三齣」〔註 43〕《清史》中也記越南使臣「所有經過沿途各省，該督撫等俱演劇筵宴，賞賜優厚。」〔註 44〕然而面對眾多的觀戲場景，越南如清使對戲曲的記錄僅有寥寥幾筆。

越南如清使在出使期間文學、戲曲上賞鑒活動不僅體現出他們作爲文人的文化修養，他們的這一文學活動還帶動了中越文化之間的交流與傳播。

（二）如清使與中國文人的文學筆談交流

筆談被研究者認爲是中越文學交流的重要形式〔註 45〕。由於中越語音的差異，中越文人之間借助於筆談進行交往。越南如清使出使中國期間與中國文人有廣泛的交流機會，他們借助於筆談這一特殊的交流方式完成相互之間的思想交流。

如清使與中國文人的筆談內容非常廣泛，涉及中越政治、歷史、風俗文化等方方面面。阮述在其所撰《往津日記》記錄多次他與清廷官員筆談之事，他在《贈湖南護送晴岩馬都轉敘》中提到與護送官之間的筆談「筆談間，維（惟）以外國山川風物相訪。以至人材教法、選舉兵刑、錢糧獄訟，無不詰

〔註 40〕清高宗實錄，卷一四二三「乾隆五十八年二月庚辰諭」〔M〕，北京：中華書局，1985：117、133、141。

〔註 41〕大清高宗純皇帝實錄，卷一四二三，乾隆五十八年二月下庚辰條〔M〕，臺北：臺灣華文書局，1970 年影印本。

〔註 42〕〔越〕阮輝僅，奉使燕京總歌並日記//越南漢文燕行文獻集成（越南所藏編），第五冊〔M〕，上海：復旦大學出版社，2010：65。

〔註 43〕〔越〕阮思僩，燕軺筆錄//越南漢文燕行文獻集成（越南所藏編），第十九冊〔M〕，上海：復旦大學出版社，2010：103。

〔註 44〕清高宗實錄，卷 1337「乾隆五十四年八月辛未〔M〕，北京：中華書局，1985。

〔註 45〕于向東、梁茂華，歷史上中越兩國人士的交流方式：筆談〔J〕，中國邊疆史地研究，2013（12）：108～116。

其利病，參其異同。吾輩有所詢訪，亦不憚辭屢。夜漏三鼓，寒氣侵人，猶呵筆相語，弗倦也。」〔註 46〕其中文學也是他們筆談中重要的一項內容，如孫衣言於光緒三年丁丑（1877）年二月調任江寧布政使時，越南如清使裴文禩、林宏、黎吉相在楊恩壽的伴送之下前去謁見，孫氏與裴、林、黎三人筆談良久。孫氏從三人字號官階問起，涉及科舉、官銜品級、衣冠服飾等，又言及曾爲裴氏與伴送官楊恩壽的詩文唱和集評點，裴氏答：「已經拜讀。」然遺撼的是現存楊恩壽坦園刊本中並未附入他的評點。詩文評品也是孫氏與裴氏等談論的重點，孫氏問：「侍郎平日喜看何人之詩，東坡、山谷詩好否？」裴答：「諸大家各樹旗鼓，後學不敢軒輊。惟鄙意古風則東坡極逸宕，山谷次之，律則杜工部爲法則，至陸劍南之詩，平易盡有味，令人咀嚼不厭。」孫云：「所論甚確，鄙人所見亦是如此。陸務觀平易有味，亦至論。平易而無味，則不足爲詩矣。」〔註 47〕

筆談爲中越文人之間的交流記錄了寶貴的資料。筆談資料中如清使與中國文人的文學交流即是體現出中越文人文化交流的重要一筆。

（三）如清使與中國文人之間的贈序題跋

文人之間贈序題跋是重要的一種交流手段。越南如清使出使中國期間請中國文人爲他們的個人文集，或是所攜帶的越南文人的詩文集上題序跋。其主要有兩種形式：

一是中國文人爲如清使燕行文集題寫序跋。據《越南燕行文獻集成（越南所藏編）》上所收 79 部中就有，就有眾多的中國文人所題之序，如阮宗窐所作《使華叢詠集》中，有中國金陵人張漢昭、淮陰人李半村所撰序文；黎貴惇在《北使通錄》提到清人秦朝釪、朱佩蓮曾爲其《群書考辨》《聖謨賢範錄》作序；吳仁靜所作《拾英堂詩集》中卷首依次有廣東陳濬遠、葵江阮迪吉以及裴楊瀝所撰序文；潘輝注《華程續吟》中有道光十二年潯州知府孫世昌序；阮攸《星軺隨筆》中有清翰林編修羅嘉福所作贈序；《華程續吟》中有道光十二年（1832）前史諫官知潯州府事樅江孫世昌序；潘輝泳《駰程隨筆》中收錄了李春暄所撰序文；《萬里行吟》廣西候補道倪懋禮、吏部主事龍文彬、湖北候補知府楊恩壽、湖南候補知府盛慶紱、廣西巡撫楊重雅；李文馥《粵

〔註 46〕〔越〕阮述，荷亭文抄〔Z〕，河内：越南漢喃研究院藏抄本，藏書號 VHv.2359。

〔註 47〕孫延釗撰，徐和雍 周立人整理，孫衣言孫詒讓父子年譜//溫州文獻叢書〔M〕上海：上海社會科學院出版社，2003：147。

行雜草》中的繆良、陳家璨、馮堯卿序；阮思僩《燕軺詩文集》中的李文田、吳仲嗣同治八年（1869）序；裴文禩《大珠使部唱酬》中的唐景崧、倪懋禮所序；范熙亮《北溟雛羽偶錄》書前有清鄂彊縣吏袁璞序；阮述《每懷吟草》中的光緒七年（1881）翰林院編修陳啓泰序。

二是中國文人因如清使之請爲眾多越南文人文集題序。越南文人詩文集中有大量中國文人的序跋之作，如《妙蓮集》中有光緒七年直隸州臨桂縣正堂秉銓序、光緒辛巳河間王應孚序、光緒九年梅璐韻山序、津門解元黃耀桂琴滄氏序；《如矽氏學語集》中有張鯤、阮恭、黎叔齋、鄧憑林、陳藹然序。這些詩文集往往是借助於如清使之手，如阮述在出使期間曾攜帶其師範富庶的《蔗園詩集》請中國文人作序，「光緒辛巳夏，越南貢使阮君述集吾鄉王祭酒先嫌邸第，出其師範君富庶《蔗園詩集》四卷屬余爲教。」這些序跋也顯示出中國作者封越南漢詩的瞭解，如張秉銓序在序中就稱「范蘭英、胡春香二人，越南閨秀能詩者」。

此外，也有一部分如清使爲中國文人文集題有序作。如李文馥爲楊燕石《越南紀略新編》、杜鑒湖《東行吟草集》作序等。這些眾多中國文人在越南如清使及越南文人文集中所題之序無疑最直接體現了中越文人的文學交流，如繆艮於道光十一年《西行詩紀》作序云：「昔少陵懷太白詩云『何辰一樽酒，重與細論文』，余雖才遜浣花，而君乃謫仙流亞」李文馥與李白同姓，因而以「謫仙流亞」給予其高度評價。楊瑜給李文馥《西行詩紀》作序云：「李君鄰芝爲粵南之翹楚，筆墨生涯，詩書性命……山川跋涉，風浪爲鄰，乃與萬死一生之中，不改挾冊沉詠之樂，亦可謂寵辱不驚，達觀能化者也。卒之入坎出險，履危而安。古人云『忠信涉波濤，不信然歟！』」〔註48〕其中所涉及的中越文人文學評論也是值的進一步深入研究的內容。

（四）如清使與中國使臣的詩文唱和

越南如清使不僅在出使期間與中國文人頻繁交遊，一些使臣還有在越南爲官時擔任中國使臣伴送官的經歷。使臣與伴送不同的身份之下，越南如清使與中國文人的詩文交流詩也有不同的表現。

從越南如清使文集中常可見他們與中國使臣文學交遊頻繁，如黎貴惇有《柬欽命冊使愼齋德保、密齋顧汝修二臺（二律）》，段濬有《和上正使侯補道

〔註48〕（清）楊瑜，《西行詩紀》序，西行詩紀〔Z〕，河内：越南漢喃研究院藏抄本，藏書號 VHc.2603。

成林》及《上副使太平府右堂王撫堂》。潘輝益在詩中提到「不知擁節三來客，認得詞家故套無」並注云與任冊封使的太平知府正堂王撫棠有舊「王知府於西時，兩度來封，與余有舊。今他又預封，故結語云。」〔註 49〕1663 年出使清朝的如清使同存澤曾擔任李仙根的接待事宜時，李仙根在《安南使事紀要》卷一中曰：「（康熙八年正月初八日），宿文淵州，同存澤呈詩一首。使人語云，王事在身，不暇私論詩文，俟成事後商論可也。」卷四曰：「（三月）十一日，起行，同存澤等途間屢呈詩求正，」「十九日，輿同存澤語，亟囑聽旨，毋輒生事為要，仍傍及詩文，同存澤等有留連不忍去之意。雨稍微，愴然而別。」

中越使臣出使與伴送官文學交遊有明顯的差異性，越南如清使燕行錄中大量與中國伴送官的交遊唱和，而中國使臣與越南伴送官卻文學交遊較少。其原因在於：一是中越使臣遴選標準不同。中國派遣至越南使臣多以政績而非文學名聲。雖然中國歷朝為宣揚國威而重視出使安南使臣的遴選，為維護「天朝」國體，出使者也多科舉及第，甚至包括狀元乃至大學士等當朝有文望的官員。但中國出使安南文獻留存寥寥，既使有吳光《奉使安南日記》、周燦《使交紀事》、李仙根《安南使事紀要》等，其在中國文學史中地位也微乎其微。然與中國使節在中國文壇卑微的地位相對應，他們在越南文壇卻引極大的反響與熱切的關注。二是中越出使使命的有別。越南如清使將「詩賦」作為外交手段之下，而中國使臣則以「正國體」為使命。《吳興叢書》收錄吳長庚《使交集》有康熙丁未年中序云，吳氏康熙三年奉使越南時，越南人「或以紙索乞留題，公拒之曰『職居奉使，與陪臣吟詠贈答，非所以示重，且越境無私交，謝弗與通」〔註 50〕。「使臣銜命而來，以身已許國矣」〔註 51〕認為外事無私交，此時的自己就是一種王權和中國文化的載體，維護正統國的威嚴。

正由於中越使臣的文學表現不同，還出現中國使臣在越南引起較大反響甚至是被過度評價，如綿寘對勞崇光的評價為「南邦勞公，清國欽使，中原第一流人也。四方藝苑聞者無異辭焉」〔註 52〕。勞崇光所作《南國風雅統編》及致嗣德帝的啓文在越南阮朝十餘種著作中皆錄有。然其在清代文壇卻知者

〔註 49〕〔越〕潘輝益，裕庵吟錄〔Z〕，河內：越南漢喃研究院藏抄本，藏書號 A.603。

〔註 50〕劉承幹輯，使交集//吳興叢書〔Z〕，劉氏嘉業堂刊本。

〔註 51〕（清）吳光，奉使安南記//吳興從書〔Z〕，劉氏嘉業堂刻本。

〔註 52〕〔越〕綿寘，《循陔別墅合集》序〔Z〕，河內：越南漢喃研究院藏抄本，藏書號 A.2985。

寥寥，所著《常惺惺齋詩文集》也已散佚。勞崇光被過度推崇「越南舉國上下對於漢文化的接受和尊崇，並積澱成一種集體無意識……是這種集體無意識放大了以後的一種外在表現」〔註 53〕。

二、如清使文學活動促進中越書籍交流

書籍是文化傳播的重要媒介，越南使臣在中越兩國書籍交流中成了重要的傳播者，正如劉玉珺在其《越南漢喃古籍的文獻學研究》一書中云：「國界成為漢籍傳播的阻礙，越南使臣在中越書籍交流中充當了極其重要的角色。」〔註 54〕他們不僅將大量中國書籍帶入越南，還將越南書籍帶入中國，由此還形成中越書籍之間環流。

（一）如清使帶動中越書籍環流

書籍環流是書籍傳播中一種相對特殊的流通方式，是一種「曲折的、錯綜的、多元的流動，而且這種流動還是無休止的」〔註 55〕。在越南如清使所參與的中越書籍傳播中，他們不僅作為書籍傳播中的媒介，還成為書籍傳播過程中實際的參與者。如清使在書籍傳播過程中對書籍閱讀接受並進行一定程度上的互動，由此形成中越書籍傳播中立體多向的循環。

1.「越—中—越」的書籍環流形式

越南如清使出使中國之前，一些越南文士使將自己詩文集交託給他們帶到中國，讓中國文士評點作序，再帶回越南，形成「越—中—越」之間的書籍傳播。

越南書籍通過使臣攜帶請中國文士評價幾乎變成一種風潮，甚至連皇帝本人的詩也參與其中。《大南實錄》中載明命帝曾在 1837 年李文馥如粵時讓其帶御製詩集請中國文人評價，待李文馥歸國後詢問「『汝前者如東，曾有帶領御製詩集，清人觀者以為如何？』對曰：『清士嘗言，北朝諸帝詩集，惟乾隆帝為多，然不如御製詩之平淡。』」〔註 56〕「平淡」一說是否為清人所言不得而知，然「平淡」作為詩詞中少辭藻、務求真的創作風格或許是文臣對聖

〔註 53〕劉玉珺，越南漢喃古籍的文獻學研究〔M〕，北京：中華書局，2007：349。

〔註 54〕劉玉珺，越南漢喃古籍的文獻學研究〔M〕，北京：中華書局，2007：25。

〔註 55〕張伯偉，書籍環流與東亞詩學——以《清脾錄》為例〔J〕，中國社會科學，2014（2）：165。

〔註 56〕〔越〕阮朝國史館，大南實錄正編第二紀，卷一百八十五〔M〕，東京：慶應義塾大學語學研究所，昭和三十八～四十三年〔1963～1968〕：4158。

上御製詩最好的評價之語。越南使臣帶御製詩文至中國並非阮朝時才出現，後黎洪德年間皇帝御製詩就曾入中國，孫衣言在 1877 年與裴文禩筆談時提到見明朝刻本「前在京師，曾見貴國御製詩刻本一部，現在貴朝諸王皆有御製集否？」並云「恐貴國已難得此本矣。」裴答：「是當下國黎洪德年號，詩甚佳，下國亦有選本。」〔註 57〕

一些越南皇族成員詩文集頻繁通過如清使帶往中國，在中國文人題序評點之後又帶回至本國。如郭則澐《清詞玉屑》卷五云：「攸縣余陸亭德藏有白毫子《鼓枻詞》一卷……咸豐四年（1854）三月，貢使過粵，攜椒園所著《倉冊詩抄》及是詞」〔註 58〕。阮綿審（1819～1870），號倉山、椒園，自號白毫子，明命帝第十皇子，四朝重臣張登桂的女婿。《大南列傳》稱其「學問淵博，辭意典雅，尤工於詩，與皇十一子綏理王齊名。翼宗英皇帝素簡眷，嘗命編輯《歷代詩選閱評》以進，故作者有『詩到從綏失盛唐』之句。」〔註 59〕《葦野合集》通過阮述如清期間請王先謙作序，他在《葦野詩文合抄序》中曰：「光緒七年（1881）越南阮君述來京師，以其國《葦野詩文合集》視余。葦野者，倉山之弟也。倉山工爲詩，中國見者靡不歎異。葦野詩至，見蒼山詩者咸驚，謂不亞蒼山。余尤喜重其文，如《黃鍾爲萬事根本論》、《春王正月辨》諸作。」龍啓瑞《漢南春柳詞》有《慶清朝》一詞，序云：「今年冬，越南貢使道出武昌，其副使王有光以彼國大臣詩集來獻，且求刪訂。余以試事有期，未之暇，略展閱數卷而封還之。其中有越國公綿審及潘並，詩筆之妙，不減唐人。如『茶江春水印山雲』、『畫屛圍枕看春山』，皆兩人集中佳句也。乃錄其數十首，並製此詞，以寓輶軒采風之意，因見我朝文教之遐敷焉。」〔註 60〕龍氏不僅頗爲賞識綿審及潘並的詩筆，還輯錄數十首入所編詞集中刊印。

越南皇族女性文集也被如清使帶往中國評點，如《妙蓮集》應阮文超攜帶往中國，請中國文士王應孚、唐景崧、梅璐、黃耀奎、邱伯馨等作序題詞。妙蓮，即爲阮福貞蜃（1826～1904）之號，明命帝第二十五女，字叔卿，封賴德公主。王應孚題序中稱：「荷亭侍郎以《妙蓮集》見示。展讀一過，風華

〔註 57〕孫延釗撰，徐和雍 周立人整理，孫衣言孫詒讓父子年譜//溫州文獻叢書〔M〕上海：上海社會科學院出版社，2003：147。

〔註 58〕郭則澐，清詞玉屑〔M〕，杭州：浙江古籍出版社，2014。

〔註 59〕〔越〕阮朝國史館，大南正編列傳二集，卷五〔M〕，東京：慶應義塾大學語學研究所，昭和五十六年〔1981〕：7666～7667。

〔註 60〕（清）龍啓瑞，漢南春柳詞//清名家詞〔M〕，上海：上海書店，1982。

掩映，秀韻天成，香茗風流，不得專美於前矣，集中如『遙知楊柳是門處』諸好句，已選入《篤靜堂詩話》中。警題數語，以識心賞。光緒辛巳年閏秋，河間王應孚識於湖東精舍」「『炊煙連屋白，凡影過窗昏』的是唐律。『兩三點雨大寒餘』卻是當海南歲辰記。故並摘入詩話。又記」中國文人所作越南皇族個人文集序中多為溢美之詞。

在越南文人向中國文人請序評點之下，越南書籍通過使臣達到在中越之間的環流的形式。然也有一些皇族文人不為所動，如阮棉雋有其《雅堂詩集》序中談及其詩集編成之時，有人勸其寄送清人索序，而他卻拒絕了，稱自己願學兄安郡王謙齋「學詩為己，不患人之不己知」。但從一個側面也說明了越南如清使攜帶本國文人尤其是皇族重臣的文集至中國評閱，又帶回中國已然成為當時「時尚」。

2. 「中—越—中」的書籍環流形式

在中越宗藩關係之下，歷代使臣出使都攜帶了大量中國書籍回國。他們中一部分人還通過閱抄錄、再刊形式將中國書籍傳播至越南，或是所讀中國書籍進行再創作的方式進行傳播。如後黎朝如清使阮輝僜所作《北輿輯覽》實為中國書籍《名勝全志》節抄本，阮攸的《金雲翹傳》對中國青心才人《金雲翹傳》進行改寫。這一部分書籍又傳播至中國，由此形成書籍傳播中「中—越—中」的一種環流。這其中尤其以阮攸《金雲翹傳》影響力最大。

阮攸何時讀到《金雲翹傳》因宥於資料無從詳細考證，因而其著作時間一直引起學界爭論，但普遍的認識是其出使中國期間才接觸到。《金雲翹傳》在越南廣泛傳播之後出現了一系列以《翹傳》為藍本的小說、戲曲的改寫與漢譯，如阮堅注釋並演為漢文的《王金傳國音》及《王金傳演字》，黎裕漢譯的《金雲翹漢字演音歌》、《金雲翹錄》，還出現其續作何淡軒撰的《桃花夢記》（又名《桃花夢》《蘭娘小傳》《桃花夢記續斷腸新聲》）等。不僅在於小說戲曲，還有關於翠翹身世的詩歌詞賦等，如《金雲翹賦》、如阮寶亭的《翠翹所遇景況詩》詠翠翹坎坷經歷及與金重團圓相逢的三十首詩、徐元漠譯《越南音金雲翹歌曲譯成漢字古詩七言律》、陳碧珊與朱孟貞所撰《清心才人詩集》依青心才人在《金雲翹傳》中的二十回次序依序排列詠翠翹身世詩二十首、壬午進士何權撰《會題翹詩》四十五首等等，並形成了後世研究中的「翹學」。

阮攸《金雲翹傳》於1958年由黃軼球譯介傳入中國。隨著阮攸《金雲翹傳》的流傳，青心才人原書《金雲翹傳》在越南也受到追捧。青心才人《金雲翹傳》何時流入越南亦無從可考，但現知文獻均在阮攸《金雲翹傳》流傳之後。越南漢喃學院存印本兩種中其一爲同慶三年（1888）重印於昭文堂的二十回印本，另有貫華堂金聖歎評論的抄本六種。然與《金雲翹傳》在越南引起的熱潮相對，中國「80 年代中期以前，國內幾乎所有的中國文學史、小說史著述皆看不到《金雲翹傳》的任何介紹」〔註 61〕。阮攸《金雲翹傳》在中國的流傳才令青心才人的《金雲翹傳》在中國文壇引起多方關注。此後至八十年代春風文藝出版社、浙江文藝出版社才陸續重新排印出版青心才人的《金雲翹傳》。青心才人《金雲翹傳》一書也由此聲名鵲起。在「中—越—中」的書籍環流中，中國書籍藉此得已獲得廣泛傳播。

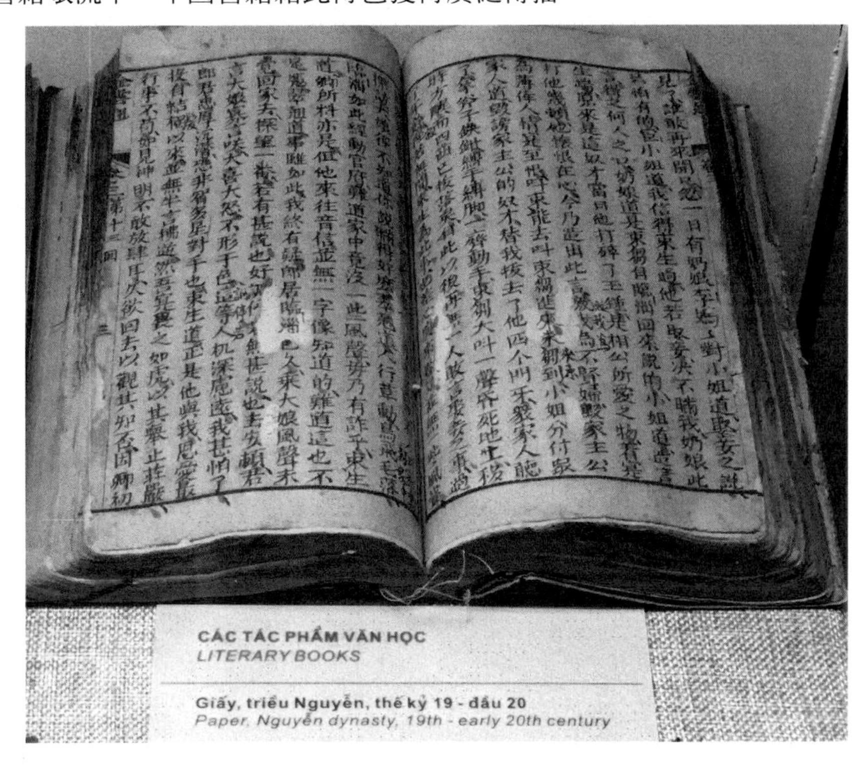

19～20 世紀青心才人《金雲翹傳》（越南國家歷史博物館藏）

（二）如清使促進中國書籍南播

正如一些研究者所指出越南使臣對中國書籍傳播至越南功不可沒，越南如清使更是其中表現最爲突出的一批使者。他們不僅在使程中帶回大量中國

〔註 61〕李志峰、龐希雲，從《金雲翹傳》的回返影響看當今中越文學文化的互動〔J〕廣西大學學報（哲學社會科學版），2008（12）：105。

書籍，如馬登先第二次擔任伴送官時所見越南如清使「書籍滿二十簏以歸」〔註62〕，還將所帶回的中國書籍在越南再版印刷，如陳文準「奉使如燕得《陳氏五類遺規》歸梓版行」〔註63〕。從現有記錄來看，越南如清使對中國書籍南傳的方式主要有以下幾類：

其一，官方頒賜。越南使臣出使時，中國朝廷官方頒賜書籍是常見的一種形式。一種是越南使臣受越南官方之託主動申請，如《大越史記全書・黎臥朝紀》載丁未十四年「黃成雅獻白犀於宋，乞大藏經文」，《李太祖紀》丁巳八年，「遣員外郎阮道清、范鶴如宋，乞三藏經」。另一種是中國官方主動賞賜的書籍。如後黎朝使臣范謙益於1726年出使清朝時，雍正帝以黎王好學崇儒賞《古文淵鑒》、《佩文韻府》、《淵鑒類函》等書，以褒獎獻詩稱賀之誠〔註64〕。

其二，書籍採購。因中國書籍物美價廉兼之品種多樣，越南官方常派人前往中國採購書籍，如廣南阮氏在重修天姥寺時「遣人如清，購《大藏經》與《律論》千餘部置寺院」〔註65〕。採購書籍亦是如清使命之一，阮聖祖明命帝指示如清使「不吝厚價」購買中國書籍。1877年，孫衣言與時任如清正使裴文禩筆談時問：「各種書籍有刻本否？抑或購自中華？」裴答：「五經、四書、《通鑒》《淵鑒》皆有刻本，余諸書皆購自中國讀之。」〔註66〕一是越南使臣替官方採購。如阮有慎1809年出使購《大清曆象考成》書進奉。二是越南使臣自行購書。越南使臣多有購書經驗，如阮述在《每懷吟草》中記光緒六年（1880）在廣西時云「獨喜街頭書價賤」〔註67〕，黎貴惇在《北使通錄》曾記乾隆二十六年（1761）北使時所見：「（黃州）書坊人載書到此，賣之頗賤」〔註68〕。黎貴惇還記錄了此行使團諸人被中國官府沒收的沿途採購

〔註62〕（清）馬先登，再送越南貢使日記〔Z〕，敦倫堂同治十一年（1872）刻本。

〔註63〕〔越〕阮朝國史館，大南正編列傳二集，卷三十八//大南實錄・二十〔M〕，東京：慶應義塾大學語學研究所，昭和五十六年〔1981〕：8041（453）。

〔註64〕〔越〕吳士連，陳荊和校，大越史記全書續編卷2，黎紀，〔M〕，東京：東京大學東洋文化研究所，1985：1060。

〔註65〕〔越〕阮朝國史館，大南實錄前編，卷八〔M〕，東京：慶應義塾大學語學研究所影印本，昭和三十六年〔1961〕：118（118）。

〔註66〕孫延釗撰，徐和雍 周立人整理，孫衣言孫詒讓父子年譜//溫州文獻叢書〔M〕上海：上海社會科學院出版社，2003：145～146。

〔註67〕〔越〕阮述，每懷吟草//越南漢文燕行文獻集成（越南所藏編），第二十三冊〔M〕，上海：復旦大學出版社，2010：33。

〔註68〕〔越〕黎貴惇，北使通錄//越南漢文燕行文獻集成（越南所藏編），第四冊〔M〕，上海：復旦大學出版社，2010：217。

來的中國通俗小說《千古奇聞》、《封神演義》、《山海經》、《貪歡報》、《列仙傳》等書籍。作爲越南文學世家成員的吳時位使華過程也購有書籍，他在回程中曾作詩《買書示家侄》感慨一番：「藏金不若廣藏書，顧我家無片紙儲。離亂況經三變後，散亡□復一貧餘。取從絲粧君恩內，補作箕裘殳業初，溫故但知今日事，吾兒未必□蛇魚。」〔註 70〕「藏金不若廣藏書」可謂是眾多如清使在中國文化浸淫下對書籍的共識，也正因爲此他們在出使中對「書價賤」的中國書籍多有採購。

其三，中國文人贈送。越南如清使出使過程中常收到中國文人贈書，如阮朝第一次出使使團中，阮嘉吉有詩《宿許州，進士許世圭惠送〈森圃存稿〉二冊，並詩二絕求和，因書以答（三首）》、鄭懷德有《贈河南督學政吳雪樵惠送詩集》、黎光定有《河南督學政吳雲樵惠詩箋因書以謝》。阮思僩也記「（清同治七年十二月）初三日早，護貢李道臺，送《好樹湖詩鈔》一部八卷（每人各一卷）」〔註 70〕。李文馥有《臨行於〈文章遊戲全編〉見送，口占謝之》、《讀香雪〈紅蝠山房詩鈔集〉書以贈之》，楊燕石也贈李文馥《玉人吟草》等。可見，中國文人贈書已然成爲越南如清使所獲中國書籍的途徑之一。孫衣言贈送裴文禩使團《永嘉叢書》及個人文集《遜學齋詩文集》時云「《永嘉集》諸先生均南宋理學名臣，其集久無刻本，奉贈以廣流傳……拙集中多狂直之言，攜在路上不必多示外人，歸國時，與諸同志共商榷其工拙可耳。」〔註 71〕可見中國文人贈送的書籍中既有稀見之書，亦有秘不外傳本，足見其價值所在。

其四，使臣私人記錄。越南如清使在北使期間廣泛閱讀中國典籍時常有記誦甚至抄錄行爲，如黎貴惇 1760 年出使中國期間多方搜集中國典籍，或是背誦，「感古訪今，到處題詠，爲詩多口占而成。見官廳對聯題扁，嘗默記，歸而寫之」。阮朝史館纂修裴樻友於 1856 年重刊《孔氏三出辯》作序云：「歲乙卯寺講學士武宅卿北使回錄一本。余讀之如獲拱璧，遂重新刻印。」〔註 72〕

〔註 69〕〔越〕吳時位，枚驛諏餘//越南漢文燕行文獻集成（越南所藏編），第九冊〔M〕，上海：復旦大學出版社，2010：281。

〔註 70〕〔越〕阮思僩，燕軺筆錄//越南漢文燕行文獻集成（越南所藏編），第十九冊〔M〕，上海：復旦大學出版社，2010：137。

〔註 71〕孫延釗撰，徐和雍 周立人整理，孫衣言孫詒讓父子年譜//溫州文獻叢書〔M〕上海：上海社會科學院出版社，2003：147。

〔註 72〕〔越〕裴樻友，重刊孔氏三出辯引，孔氏三出辯〔Z〕，河內：越南漢喃研究院藏，越阮朝嗣德丙辰年刻本。

雖然清朝時期，中國書籍傳播至越南的途徑還有通過商人、或是中國文人攜帶的方式，但由上文可知越南如清使已是其中最爲重要的渠道。他們所帶回越南的書籍對越南各方面都產生了重要影響，如阮有愼 1809 擔任如清正使，使回帶回大清曆象考成書以進，並云：「從前皆用明大統曆法，三百餘年未有改寧，愈久愈差。清康熙開始參西洋曆法匯成是編。其書步測精詳，比之大統愈密而三線八角之法又極其妙。請付欽天監令天文生考求其法則，天度齊而節侯正矣。」〔註 73〕

（三）如清使與越南書籍北傳

相較於中國書籍在越南的傳播，越南書籍流傳至中國不過九牛一毫。據劉玉珺在《越南漢喃古籍的文獻學研究》一書中統計中國各大公共圖書館中藏有越南漢喃典籍僅 47 種，然她亦指出越南使節的對外交流是越南古籍北傳的方式之一〔註 74〕。在中國館藏的 47 種越南古籍中就有 5 種出自越南如清使所編撰：潘清簡主編的《欽定越史通鑒綱目》五十三卷、潘輝注撰《皇越地輿志》二卷、阮翹與阮宗窐的燕行詩《阮浩軒阮舒軒唱和集》一卷、阮述與陳慶洊等人的《越南使臣詩稿》二卷，阮述的燕行錄《每懷吟草》〔註 75〕。在越南書籍北傳的過程中，如清使所參與的方式主要有以下三種：

其一，將個人詩稿文集贈送中國文人。從越南如清使個人文集中可見，他們在出使中國期間常將所作詩稿送呈給中國文人。一種是應中國文人相請，如阮宗窐《陝西縣寧夏趙之坦令錄呈詩稿》、潘輝注《黃州貢生張聯璧就見，求觀余詩草，袖歸閱評。次日攜紙筆來請詩。即書以贈》等，中國文人主動要求如清使呈送或自己帶回。將自己詩集贈送中國文人。

其二，將越南文人書籍贈送中國文人。晚清時期，張登桂的詩集通過越南使節傳播到了中國，1871 年馬先登擔任越南如清使團阮有立、范熙亮時就讀到張登桂的詩集；1883 年如清正使阮述出使中國，亦將張登桂詩文集贈送給中國士人；滂喜齋主潘祖蔭的藏書中也有「《張廣溪學餘文集》四卷一冊」〔註 76〕。

〔註 73〕〔越〕阮朝國史館，大南正編列傳初集，卷二十//大南實錄（四）〔M〕，東京：慶應義塾大學語學研究所影印，昭和三十八〔1963〕：1302（290）。
〔註 74〕劉玉珺，越南漢喃古籍的文獻學研究〔Z〕，北京：中華書局，2007：65。
〔註 75〕劉玉珺，越南漢喃古籍的文獻學研究〔Z〕，北京：中華書局，2007：42～64。
〔註 76〕參見劉玉珺《清藝文志誤收越南漢籍補正》（《四川文理學院學報》2014 第 3 期），潘祖蔭《滂喜齋藏書記》卷三（清末刻民國增修本）。

其三，在中國刊印個人書稿。越南使臣書稿在中國刊印之事較爲少見，今如清使中僅見有《雉舟酬唱集》。該集爲裴文禩於嗣德二十九年至三十年（1876～1877）擔任如清使期間與中國伴送官楊恩壽的酬唱集，由楊恩壽於光緒三年（1877）刊刻，內封有「長沙楊氏坦園藏板」牌記。楊恩壽（1835～1891），清代著名詩人及戲曲家，湖南長沙人。同治九年（1870）庚午科舉人。楊氏著有《坦園文錄》、《詩錄》、《坦園六種曲》、《詞餘叢話》等集。越南出使期間，其以鹽運使銜湖北候補道充湖北伴送官。從該書收錄有楊恩壽作於當年三月三日的自序中稱「光緒丁丑（1877）正月二十日，使臣裴侍郎文禩泊巴陵，始相見。岳陽樓下，東涉漢陽，遵陸北上，經大復山，遂與使臣別。是爲二月二十有三日也，計與使臣共晨夕甫一月耳。」〔註77〕可見裴、楊二人相見結束後，楊恩壽旋即刊刻二人唱和詩歌。楊氏急著刊刻的原因可能是想將該集趕在裴文禩出使回程時帶回。越南河內漢喃院藏有編號爲A.1218 的《雉舟酬唱集》一種，何時傳入無從推知，或許正是裴文禩使團回程時自行帶入越南。越南至中國公幹文人身居中國期間也有在中國書坊刊刻個人文集之事，如佛山書坊拾芥園就刊印鄧輝熺多部著作「余赴粵曾以《鄧黃中詩鈔》、《四十八孝詩畫》、《辭受要規》、《鄧惕齋言行錄》、《柏悅集》諸部書付梓。皆出惠存一人之手」〔註78〕。

越南如清使作爲中越兩國文化傳播的媒介，他們個人的文學賞鑒，與中國文人以各種形式的文學交流都帶動了兩國文化的傳播。而書籍作爲文化的重要載體，越南如清使大規模、長期的參與中越兩國書籍的傳播也不僅促進了中國文化在越南的傳播，另一方面也令越南文人之作在中國有一定的影響，這都爲中越文化互動交流作出重要貢獻。

第三節　如清使漢文文學史學價值

十七至十九世紀中越兩國都處於巨大的時代變遷。越南經歷了南北對峙、黎阮紛爭的特殊時期，在十九世紀中後期又遭受法國的侵略而淪爲殖民地。同時期的清朝也經歷了由獨立自主到西方列強瓜分蠶食的命運。越南如

〔註77〕（清）楊恩壽，雉舟酬唱集//越南漢文燕行文獻集成（越南所藏編），第二十二冊〔M〕，上海：復旦大學出版社，2010：199～200。

〔註78〕〔越〕鄧輝熺，東南盡美錄//越南漢文燕行文獻集成（越南所藏編），第十八冊〔M〕，上海：復旦大學出版社，2010：38。

清使在中越兩國之間行走，見證了這段時期獨特的歷史。他們中的許多人親歷越南後黎、西山、阮三個朝代的更迭，一些人又經歷越南淪爲法國殖民的過程，他們的漢文文學作品中也反映出他們所處時代的社會歷史眞實。如清使作爲域外文人，他們又以異域的視角記錄下中國的方方面面。可以說，如清使的漢文文學作品帶有鮮明的時代烙印，直觀深刻地反映出當時政治變幻與時代特徵，在政治、經濟、軍事、社會生活及國際關係史上都記載了當時社會的第一手資料，展示了當時的歷史細節。因而越南如清使漢文學作品不僅有著文學及文化史的地位，也具有著極大的史料價值。

一、中越政治經濟研究中的重要史料

（一）研究中國政治經濟的重要史料

越南如清使自 1663 年第一次如清朝貢至 1883 年最後一次來華進行外交會談，其前後歷兩百多年的時間。這些如清使前後經歷了清朝從繁榮到衰落的整個過程，在他們筆下展示出系列對中國的觀感。在他們筆下形象展示了清王朝由盛轉衰的脈絡軌跡，集中展示了康乾繁榮時期盛世景象與道嘉時期蕭條衰落境況。

1. 康乾盛世

康乾盛世是中國封建社會最後的輝煌時刻，也是中國古代封建王朝的最後一個盛世。在此時期，越南如清使筆下的中國社會經濟呈現出一派繁榮的氣息。

一方面，如清使筆下記錄了沿途所見的繁榮昌盛之景。1741 年擔任如清副使的阮宗窐在文中寫道：「歲暮舟泊南寧城，秉燭臺、遊覽，見府城壯麗，堂宇蟬聯，街坊比屋，艫舶迷津，乃一方大都會處。」「河兩岸延袤十餘里，古槐桐柳陰交通，商廛櫛比，百貨大聚，裘茸毳先山積」〔註 79〕1765 年擔任如清正使的阮輝僜所見：「九街三市，商貨大聚，瓦屋萬餘家」「其庯係十四省碼頭，人煙萬家，無貨不有」〔註 80〕。1790 年作爲陪臣出使的潘輝益記錄：「梧州城府，三江合流，舟舫湊集，商貨盈積，江中浮洲，是兩廣交界處，

〔註 79〕〔越〕阮宗窐，使華叢詠集//越南漢文燕行文獻集成（越南所藏編），第二冊〔M〕，上海：復旦大學出版社，2010：156、247。

〔註 80〕〔越〕阮輝僜，奉使燕京總歌並日記//越南漢文燕行文獻集成（越南所藏編），第五冊〔M〕，上海：復旦大學出版社，2010：46～61、93。

風物繁麗」〔註 81〕1771 年擔任如清副使的武輝珽多次記載中國商業的繁盛：「(桂林）三市六街，商賈萃聚，城外臨河有湛恩亭，使船到省必泊亭下，河津兩岸，舟舫璘集於巡司處，橫江泛舳艫五十餘隻，傍榷鐵索，上鋪平板，人馬通行……兩邊人煙湊集，洵是西南之一大都會也。」〕

另一方面，如清使又敏銳的捕捉到盛世中的衰音。他們見到了各種形式的貪污腐敗。清律規定鹽爲不許交易的違物物品〔註 82〕，但黎貴惇在《北使通錄》卻詳細記述了乾隆二十六出使途中所遇的販私鹽的情形。甚至於因販私鹽而出現耽誤越南使團出使行程之事，「風順，由舟人販鹽不行。」因人贓俱獲而不得行。他們也觀察到了這一時期中國境內的民風澆薄，如全州和永州「民宰豬槌軟吹滿，令肥大，米借脫粟以水漬，以重其斤兩」〔註 83〕，「自此至永州，多用惡錢不揀擇」用質料低劣的錢幣〔註 84〕。

2. 道嘉衰音

清朝自道光時期各地騷動不斷，西方列強這一時期也蠢蠢欲動，社會政治經濟也出現一片衰敗的氣息。這一切都在越南如清使筆下有集中展現：

其一，地方動亂。清朝中期以後，各地騷亂不斷，如清使在出使使程中親身經歷所經地方的動亂，因而在他們的燕行詩文中有詳細記錄，如 1813 年出使的阮攸在《阻兵行》中稱：

> 本地六月至九月，滑濬二縣齊稱兵。賊殺官吏十八九，滿城西風吹血腥。更有山東直隸遙，白蓮異術多神靈……河南一路皆振動，羽檄急發如飛星。滾滾塵埃蔽天日，步騎一縱復一橫。騎者彎角弓，長箭滿壺白羽翎。步者肩短架，新磨鐵刀懸朱纓。又有新點了壯之兵器。削竹爲槍皮尚青，大車載弓繳。小車裝尖釘，終日往來無暫停。數百里地遍戈甲，道路奎塞無人行。〔註 85〕

〔註 81〕〔越〕潘輝益，星槎紀行//越南漢文燕行文獻集成（越南所藏編），第六冊〔M〕，上海：復旦大學出版社，2010：208。

〔註 82〕欽定大清會典則例，卷九四，禮部・主客清吏司・朝貢下//文津閣四庫全書第二〇七冊〔M〕，北京：北京商務印書館，2005 年影印本。

〔註 83〕〔越〕黎貴惇，北使通錄//越南漢文燕行文獻集成（越南所藏編），第四冊〔M〕，上海：復旦大學出版社，2010：158。

〔註 84〕〔越〕黎貴惇，北使通錄//越南漢文燕行文獻集成（越南所藏編），第四冊〔M〕，上海：復旦大學出版社，2010：244。

〔註 85〕〔越〕阮攸，北行集錄//越南漢文燕行文獻集成（越南所藏編），第十冊〔M〕，上海：復旦大學出版社，2010：46～47。

在阮攸的筆下形象記錄了中國地方動亂的情形。不僅阮攸如此記錄，多位如清使的燕行文獻中都有關中國地方動亂的記述，如 1852 至 1855 年間越南歲貢與謝恩兩使團並進，因正值中國多事之秋，這兩個使團在中國滯留三年之久。武文俊在燕行詩注釋中對使程中路遇中國之亂記載頗詳，如《邕城即事》中載「咸豐三年春，使船泊邕江見招安丁壯與附郭回，鄉民互相械鬥，屍横江洲。其招安丁壯再往亭子墟掠財物燒家，屋火日夜不絕。城中官吏閉門不出。伊墟民數百口離此二三里登山顧望，環立對泣而死。」記載使程途中「路梗」之事，如《領方即事》中云「永淳縣土著戶三百餘村坊、莊寨與客戶廣東、福建人二十四散甲，以不納刑租，占爭田土，咸豐元年來茲決縣衙前，隔岸相械鬥。縣主亦不能制，轉成路梗。」在《煙火塘》中又記：「永淳縣與横州交界處，山水行屈又亦爲險要。永淳縣土人李文采占踞一路梗，州縣不能制。咸豐三年，使船至此，見轟發大礮甚烈，江山爲之震撼。伊以貢差事重發礮恭喜，也不留難。競委船護送入横州境。」〔註 86〕

其二，貪腐成風。清朝中晚期社會政治中的貪污腐敗現象嚴重，1868 年擔任如清副使的阮思僩在燕行文獻中記使程中所遇中國官員的貪腐問題，先是兵部不提供車輛「只給馬匹而已，車輛由使部自行雇辦」〔註 87〕「蓋兵部司先以不給車與伴送作難，以爲賣賂地步，伴送不肯齎費，故兵部嚴飭車店，不得與使部雇借。」阮思僩感歎道：「賄賂公行，不顧國體，以至於此，可歎也夫」〔註 88〕；隨後至良鄉縣如清使部又遇地方官索銀「良鄉縣知縣毛璋求索銀八十兩，方肯諮前路」，他們被迫無奈只得納銀；這之後「縣吏給車只有篷車六輛，駱駝三匹，裝載行禮」〔註 89〕，行隨人員因車輛不足只得徒步。從阮思僩的燕行錄中可以看出，晚清時期，從中央到地方上各部官員已不顧大國國體，公然向外邦使臣索賄。道光十七、十八年之間來華的范世忠在所撰《使清文錄》裏也記錄了中國的貪腐問題。他在北京收到道光皇帝的賜品裏存在質量問題。當時的賜品有「錦八疋，蟒綢緞八疋，蟒紗八疋」，但在這份「國禮」之中卻是「領

〔註 86〕〔越〕武文俊，周原學步集〔Z〕，河內：越南漢喃研究院藏抄本，藏書號 A.2934。
〔註 87〕〔越〕阮思僩，燕軺筆錄//越南漢文燕行文獻集成（越南所藏編），第十九冊〔M〕，上海：復旦大學出版社，2010：221。
〔註 88〕〔越〕阮思僩，燕軺筆錄//越南漢文燕行文獻集成（越南所藏編），第十九冊〔M〕，上海：復旦大學出版社，2010：231。
〔註 89〕〔越〕阮思僩，燕軺筆錄//越南漢文燕行文獻集成（越南所藏編），第十九冊〔M〕，上海：復旦大學出版社，2010：231～233。

賞國物項間有錦八疋，內六疋穿裂頗多。」他還記載了鄧廷楨察核地方官員考核時的貪污腐敗，「兩廣總督鄧廷楨移文，定於本年正月中旬，抵該省轄，察核官吏。廣西省向例，由該員自行考實勤休」。「至如前途騶從船艘供應，頗屬太廣。每州縣尋常照應，仿約三四千銀兩之外方得充需。不然，則摘出別事革削。以此州縣望風惶懼，或以病告，或以老告。撫院堂亦慮失察之咎，聽其告假」。

不僅是行政體制上的貪污腐敗，如清使還在詩文中記載了中國各地方官在生活作風上的腐化。如清使筆下記載了出使行程中的飲食的腐敗浪費，如嘉慶十八年（1813）年，阮攸出使清朝時這樣描述其飲食接待：「昨宵西河驛，供具何張皇？鹿筋雜魚翅，滿桌沉豬羊。」〔註 90〕1841 年任如清正使的李文馥記載地方官對安南使節的招待：「一路官款日二餐，肉品羅列，余雅不喜肥膏，久而習之，適於館席」〔註 91〕。地方官多以肉招待越南使臣在清代似成定例，如乾隆三十一年（1765），阮輝僜使團使華，桂林地方即曾對其進行宴請。據其記載：「六月初一日，賜宴，肉器共十六大碟，是謂大席。行隨分坐門外，鴨雞各一胔，豬肉二方，湯一碗，是謂滿席。」〔註 92〕然與官員的鋪張浪費相對應的是下層百姓窮苦的生活，阮攸在其《太平歌者》一詩中描繪了穿粗布衣的瞽師被小兒牽行賣歌乞錢的場景：「云是城外老乞子，賣歌乞錢供晨炊。……殫盡心力幾一更，所得銅錢僅五六。……只道中華盡溫飽，中華亦有如此人。」〔註 93〕

其三，民生凋弊。清朝中晚期，下層百姓因社會的動盪生計愈變的艱難。阮思僩《燕軺筆錄》記錄：「自關抵州（憑祥），一路荒山亂坡，土石相雜，土民多載松。上山下澗，泥淖遍路，無異行諒山道中。兵火之後，到處殘破官房民舍，以至諸塘汛，壞者未修，廢者未復。殊覺滿目荒涼。」甚至於使臣住宿之處都沒有，只好留宿船中「向例，每使部抵州，留宿公館，次日始登舟。辰兵後，公私廨舍，十存一二，故即船爲館辦所」〔註 94〕。阮攸《阻兵行》中記

〔註 90〕〔越〕阮攸，北行集錄//越南漢文燕行文獻集成（越南所藏編），第十冊〔M〕，上海：復旦大學出版社，2010：21、76。

〔註 91〕〔越〕李文馥，周原集詠草//越南漢文燕行文獻集成（越南所藏編），第十四冊〔M〕，上海：復旦大學出版社，2010：219。

〔註 92〕〔越〕阮輝僜，奉使燕京總歌並日記//越南漢文燕行文獻集成（越南所藏編），第五冊〔M〕，上海：復旦大學出版社，2010：65。

〔註 93〕〔越〕阮攸，北行集錄//越南漢文燕行文獻集成（越南所藏編），第十冊〔M〕，上海：復旦大學出版社，2010：21。

〔註 94〕〔越〕阮思僩，燕軺筆錄//越南漢文燕行文獻集成（越南所藏編），第十九冊〔M〕，上海：復旦大學出版社，2010：68。

載：「湖南河南久無雨，自春徂秋田不耕。大男小女頻饑色，糠粃爲食藜爲羹。眼見饑殍死當道，懷中棗子身邊傾。空屋壁上有查字，數百餘戶皆飄零。」〔註95〕不僅農民如此，商家也同樣生意凋弊，1870 年范熙亮的燕行日記《范魚堂北槎日記》裏記錄，他們從南一路往北，接近北京城時住的賓館「上漏下濕，無處可避，坐處架竹，蔽以蒲藩油紙。旅況如此，亦笑話也」。

其四，社會混亂。清朝中後期，由於社會上各種不安定因素而導致整個社會出現各種混亂狀態。范熙亮記錄了他們在使程中遭遇了「乙使官失盜」事件，遺失了冠服，不僅丟失了普通外交場合所穿的「常朝」，還被盜了正式覲見中國皇帝時穿的「大朝」。而越南如清使團一路除使臣二三人，還有書記、行人等，加上中國伴送官，常幾十乃至上百人，而在這樣的情形之下，作爲國外使節身份標誌的「服」和「冠」居然都被盜。當時社會混亂至何地步可見一斑。阮思僩在《燕軺筆錄》裏還記錄了北京城大朝時各官員在太和殿朝拜皇帝的情形，「方禮拜間，見觀者亦有擁擠行間，文員亦有混列右班」「朝會大禮如此不整，無人舉劾，亦一異也。」連外國使臣都對政治中如此混亂的場景都覺得匪夷所思了。

由越南如清使燕行文獻中可知清朝作爲中國最後一個封建王朝已經是日薄西山了，即使是康乾盛世也出現了種種社會問題，至道嘉之後社會矛盾集中出現，內受民間動亂，外臨各國滲透侵佔，已經末世哀音自上而下千瘡百孔了。越南如清使通過他者之眼反觀中國政治經濟中的得失，他們眞實的記錄爲中國史學文獻提供另一種重要的觀察標準。

（二）研究越南政治經濟的重要史料

清朝時期，越南經歷了後黎、西山、阮三個朝代。從康熙二年（1663）後黎朝正式遣使如清至 1788 年黎王奔清，這一時期越南獲清朝認可的正式政權一直是黎鄭政權。然黎鄭所據的國土僅爲越南中北部，居於越南中南部的廣南阮氏政權。黎鄭與阮氏對峙時期互有爭戰，但也有短暫的休兵的和平時期。廣南阮氏政權也如北方黎鄭政權推行科舉取士制度，以儒家思想作政治統治理念，但名儒秀士多集中於黎鄭集團中。西山時期非常短暫，從 1789 年建立正式政權至 1802 年被阮朝推翻，僅 13 年時間。這一時期西山朝文臣大多來自於後黎朝，如吳時任、潘輝益等。西山阮氏在文化政策上一反前朝作風，實行大

〔註95〕〔越〕阮攸，北行雜錄//越南漢文燕行文獻集成（越南所藏編），第十冊〔M〕，上海：復旦大學出版社，2010：47～48。

力推進喃字文學運動。阮朝自1802年建立政權遣使如清，至1883年阮述最後一次如清討論中、法、越三方關係，此一時期經歷嘉隆、明命、紹治、嗣德四朝，越南尚未淪爲法國殖民地，越南朝廷仍積極推行儒家治國思想，社會上雖有動盪但仍在一統南北後政治經濟有一定的發展。如清使作爲越南文人，他們大都經歷了戰火紛飛，大都飽受戰亂之苦，甚至家國之變，因而在他們的漢文作品中都反映了時代之音，並記錄了當時的時代巨變：戰爭頻仍、民生艱難，如阮攸《龍城琴者歌》中細膩描繪的歌妓可謂是當時民眾的寫照：

> 其人獨以阮琴聲擅場，頗能歌。作俳諧語，一坐盡顛倒。數賞以大白，輒盡。纏頭無算，金帛委積滿地。余時匿身暗中，不甚明白。後見之兄處。短身板臉，額凸面凹，不甚麗。肌白而體豐，善修飾，淡眉濃粉。衣以紅翠梢裳，綽綽然有餘韻。性善飲，喜淚譫……視其人，顏瘦神枯，面黑，色如鬼。衣服並粗布，敗灰色，多自補。默坐席末，不言亦不笑。其狀殆不堪者，不復知爲誰何。惟於琴聲中似曾相識，惻然於心。席散，質之樂人，即其人也。

西山朝被阮朝朝代更迭下帶來的人生變泰的感歎，「城郭推移人事改，幾處桑田變滄海。西山基業盡消亡，歌舞空遺一人在，瞬息百年能幾時」。

（三）研究18～19中越國際關係的史料參考

越南如清使不僅出使中國，還作爲國家邦交文獻的外交官書寫邦交文書，尤其是十九世紀阮朝時期的如清使，他們中許多人還出使至法國、東南亞等國，潘清簡、阮述等人還親自斡旋到具體的兩國甚至三國的外交談判中。他們在使程燕行文集及邦交文獻中都眞實的記錄了這些國家之間的關係，爲18～19世紀的國際關係提供了史料參考：

其一，研究18～19中國國際關係的史料參考。一方面體現在中越商業活躍和人員流動，如鄧文啓《藤江舟行記見》所見：「灘處榕墟塘，商鋪稠密，津次竹槎湊泊，上結房屋外，是廣東商客來者。」〔註96〕黎貴惇在《覩本國婦女漂泊內地有感次惠軒韻》詩題下注云：「本國女婦多漂居寧明州，見我使相率拜送」〔註97〕，可見越南女性遷徙至中越兩國邊境州縣中也成爲尋常事。

〔註96〕〔越〕鄧文啓，華程略記//越南漢文燕行文獻集成（越南所藏編），第十二冊〔M〕，上海：復旦大學出版社，2010：14。

〔註97〕〔越〕黎貴惇，桂堂詩匯選//越南漢文燕行文獻集成（越南所藏編），第三冊〔M〕，上海：復旦大學出版社，2010：107。

另外一方面體現中國海防所受西方國家的侵入，如阮文超在《方亭隨筆錄》中尤其注意中國海防問題，並分析了中國沿海形勢及歷代海防得失，他在「天下東南沿海形勢備錄」中提到葡萄牙侵佔澳門的形勢「自明萬曆利瑪竇來居澳門，西洋人至者日眾。順治初，以海氛偏界，凡沿海地皆棄不收稅。洋夷改歲課輸地租五百兩。遂於沿澳築河一帶爲限，置夷兵司夜禁察漏稅，將澳內屋地租與在澳商民，每歲輸租，其利甚倍。西及青州，多置別業，高建炮臺，隱然敵國。香港夷永爲粵海患者，由始此。」〔註 98〕

其二，研究 18～19 世紀越法關係的史料參考。十七世紀時期，法國傳教士就在越南進行四處傳教活動。對於西方教士「邪說」，黎氏政權只是偶而加以限制。然在越南南北紛爭中，廣南阮氏政權被西山起義軍推翻。阮氏政權無耐之中借助於法國傳教士百多祿的相助，借法軍立國。在這種政治形式之下，阮氏政權不得不與法國簽署了一系列有損越南主權的條約，如 1787 年法越簽訂的《越法凡爾賽條約》，在阮氏政權將要復國之際法越簽訂的《亞眠條約》〔註 99〕。其後法國不斷對越南進行邊境騷擾，一步步蠶食越南主權。越南如清使多爲當時當朝重臣，在他們筆下記錄了大量有關越法關係的史料，他們不僅記錄日常所知法軍擾境的細節，如阮文超在《海防節考》一文中云：「我大越嗣德初年，欽奉宸斷，罷如西禁與交易，而廣南之茶山嶼，洋夷雖屢求請設庯，禁絕不與，其彼大船偶來停於澳內，託取薪水，陰懷窺伺，而無隙可乘，尋亦駛去。蓋其所以防之者得其本也。」〔註 100〕一部分如清使還作爲與法國談判的外交大臣，如黎竣、潘清簡、李文馥等人，並留下《西浮日記》、《西行見聞紀略》、《西行詩記（紀）》等文章。相比於北使詩文，越南出使法國的使臣留下的文獻較少，阮文超曾云：「我國使程詩什，作於北行者爲多。若夫西浮之詩則蔗園范公一編之外，罕有傳者。」〔註 101〕

其三，研究 19 世紀越南與東南亞各國關係的史料參考。越南沒有哪個朝代像最後一個王朝阮朝那樣頻繁與東南亞各國交流。越南如清使作爲外交使臣，他們有著豐富的外交經驗，由此，阮朝時期其中一部分如清使頻繁作爲越南代表頻繁處理越南涉南洋事務，如潘清簡、李文馥、潘輝注、鄧文啓等。

〔註 98〕〔越〕阮文超，方亭隨筆錄〔Z〕，河內：越南漢喃研究院藏抄本，藏書號 A.187。
〔註 99〕〔英〕D·G·E·霍爾，東南亞史〔M〕，北京：商務印書館，1982：518。
〔註 100〕〔越〕阮文超，方亭隨筆錄〔Z〕，河內：越南漢喃研究院藏抄本，藏書號 A.187。
〔註 101〕〔越〕阮述，金江阮相公《西攄詩草》序，荷亭文抄〔Z〕，河內：越南漢喃研究院藏抄本，藏書號 VHv.2359。

他們亦記錄下豐富的各國情形，如鄧文啓《洋程詩集》對南洋人物的描寫「多有赤髮黃睛，白膚長鼻，以至飲食器用衣服，大抵與紅毛相類」；潘清簡前往東南亞公干時的記錄《巴陵草》中有多首關於新嘉波（新加坡）的描寫，並涉及溢素、江流波（雅加達）等國。如在《新嘉波開船從下僚港取溢素往江流波》中寫道：「嘉波風物遊觀飽，笑剪吧陵雞舌香」。他所謂「觀飽」的新加坡風物在其《新嘉波竹枝詞》中都有所體現：

嘉波嶼上鋪層層，嘉波嶼下水澄澄。
墨臉送來小蚪鬣，俱眞眞到及肥櫓。
肥櫓來貨更如何，若還要往江流波。
流波沙糖最輕賤，此處沙糖多暹羅。
暹羅清客滿前灘，黑蛭紅灰蚪鬣搬。
會使蚪鬣閣慁子，張帆笑傲輕波瀾。
波瀾叢裏挿巢窠，每日溪頭拜日華。
閣巴酋長腰圍闊，坐與紅毛新嘉波。
珠車白馬滿街衢，學户銀牆處處樓。
青睛剡鼻風流甚，親擁金眸夜出遊。〔註 102〕

「溢素，清人呼文掉」。其中還有一些涉及到下南洋的中國人，如《鳳山館詠美人蕉》詩下題注云：「館係福建商所建，奉清元眞君姓岑。」《謁明誠書院》下注云：「在觀音亭前，前有金德院，奉佛書院。清康熙年間甲必丹大林市老建。」以及歐洲人「船到港發炮，汎上把水即差小蚪舟往船問明來歷。洋人呼本國爲俱眞眞，呼船長爲及肥櫓，呼小舟爲蚪鬣及肥櫓。」「途間經歷，爲我濤頻殆者屢矣，卒乃保無恙以歸，皆是匪夷所思。」〔註 103〕可見當時的東南亞各國在 19 世紀時已是各國人員交匯之地。

二、中越社會風俗研究中的史料參考

越南如清使作爲當時文人文學成就較高的群體，在他們筆下有眾多關於越南本土的社會風情記錄。當出使中國時，他們又以「異域之眼」觀察出使路途中中國各地的地域風情，如記錄所見的中國人物「女風尚僕無嬌

〔註 102〕〔越〕潘清簡，梁溪詩草・巴陵草〔Z〕，河内：越南漢喃研究院藏抄本，藏書號 VHv.151。
〔註 103〕〔越〕李文馥，西行詩記引，西行詩記〔Z〕，河内：越南漢喃研究院藏抄本，藏書號 VHc.2603。

怯，夾道簪花看使臣」〔註 104〕，「土民多會南語，婦女椎髮黑齒，頗似我國風俗。」〔註 105〕所見的地方習俗「（揚州城）城西北平山堂，歐陽公所築，每夏月遣人折荷掛四壁，賢士遊覽不絕，為淮南名勝第一。」〔註 106〕在使程中，他們有時還需要親自祭拜道觀廟宇中不同的民間神祇，這更進一步加深他們對中國社會風俗的觀感。當中越兩個不同國度的社會風俗放在一起時，兩者既有毫無關聯的差異性，又存在著完全相同的一致性。從中即可看出中越兩國存在地域性文化的區別，又有著共同文化精神上的一脈相承。這些異同在他們的文學作品裏尤其集中體現在歲時節令與民間信仰兩個方面。

（一）體現傳統風化的節令民俗

節令民俗是人們在社會生活中長期而來所形成約定俗成的風俗習慣，是體現一個地域的民眾風俗文化的重要特徵。中越之間有許多共同節日，諸如春節（元日）、元宵節、清明節、寒食節、端午節、乞巧節、中秋節、重陽節等。這顯示出中國民間民俗在越南的傳播接受，一些越南本土節日還在中國文化的傳播之下消失變成了與中國相同的節日，如三月三原是越南京族潑水節，這一節日現在仍在我國廣西以及東南亞一帶繼續留存，但隨著中國儒家文化在越南的傳播，三月三被寒食節與清明節所取代。但在這些相同的節日時在，中越之間又展示有不同的民俗習慣。越南如清使作為深受中國文化影響的群體，在他們的漢文學作品中，這些節令民俗的異同有集中的體現。

一方面他們記載了出使途中所遇中越共同節日，所詳述了所見的中國節令風俗。如阮宗窐《客中除夕》詩題下注中國除夕夜的熱鬧場景：「是夜水陸張燈，照耀如同白日，通宵奏樂，振地驅儺。乃秉燭迎春，徵斟守歲一章以記」〔註 107〕，歲末驅儺是南方除夕夜獨特的風俗習慣，另一部分使臣又記述了在北方所遇除夕時完全不同的景象，如武輝珽在《北京除夕》中記載：「是

〔註 104〕〔越〕吳時位，枚驛諏餘//越南漢文燕行文獻集成（越南所藏編），第九冊〔M〕，上海：復旦大學出版社，2010：260。

〔註 105〕〔越〕武輝珽，華程詩//越南漢文燕行文獻集成（越南所藏編），第六冊〔M〕，上海：復旦大學出版社，2010：350。

〔註 106〕〔越〕阮輝僜等，燕軺日程//越南漢文燕行文獻集成（越南所藏編），第二十四冊〔M〕，上海：復旦大學出版社，2010：112。

〔註 107〕〔越〕阮宗窐，使華叢詠集//越南漢文燕行文獻集成（越南所藏編），第二冊〔M〕，上海：復旦大學出版社，2010：157。

日午後，因演禮在鴻臚寺，即就皇城邊三官廟，禪閣上宿憩，以便早朝。」〔註 108〕他們這一使團因需要在第二天參加清朝朝拜活動住宿在附近禪閣。除夕後的元宵佳節是他們在中國所遇又一場熱鬧場面，阮思僩記載使程中所見「元宵佳節，自欒城北至正定縣城市，村落處處懸燈結綵，迎神報賽，簫鼓闐喧。夜宿府城，月明如畫，燈光炮響終夜不絕。聞燕京此夕煙火之盛，尤倍於此。」〔註 109〕阮宗窐《客裏端陽》詩下注「是日駐東昌府城，人家湯餅饋送，宴笑歌呼。江間龍舟二三中競渡於津頭，宛然荊南風俗」〔註 110〕武輝珽在《客中端午》中記載：「時桂林省臨桂林縣，江邊舟次比俗，每逢端午，人多操舟竟渡，踏板長歌，節以笙鼓，不獨荊楚爲然。又凡節日，燕客必有吹打以侑杯斗。」〔註 111〕

另外一方面，他們所記載越南的歲時風俗與中國同中又有異。如中國傳統寒食、清明節有踏青習俗，在潘清簡詩中也有體現「閉門懶出過寒食，破屐羞將問踏青」(《採香草・清明》)，甚至於七夕乞巧傳統「多少針樓夢，乞巧向誰邊」(潘清簡《送星草・七夕詠牛女》)。但這些傳統節日中他們也記載了越南獨物的風俗習慣，如潘輝益戊午（1798）有詩《清明後柴山看會》:「山邨一帶奉高禪，迎賽春遊古俗傳。記籍人淳幾廿載，環觀法會始今年。笙弦士女參齋偈，旗戟兵官啓宴筵。試想僧靈奇福報，千秋岩野妙雲軿。」〔註 112〕記載柴山一帶清明法會的盛況。甲子（1804）年之後又題有觀柴山會之詩《觀柴山會偶得七言古風十六韻》題下序云：「李陳時，徐翁眞身奉安龕中。明永樂間，北人挈遣帨回燕京。另造沉香木像，手足骨節並有機巧，運動如人形，今尚存。」

如清使漢文學中關於中越民俗風情的記錄，節令民俗的歌詠，也正表現了中越文化在民間的融合。

〔註 108〕〔越〕武輝珽，華程詩//越南漢文燕行文獻集成（越南所藏編），第五冊〔M〕，上海：復旦大學出版社，2010：332。

〔註 109〕〔越〕阮思僩，燕軺筆錄//越南漢文燕行文獻集成（越南所藏編），第十九冊〔M〕，上海：復旦大學出版社，2010：164。

〔註 110〕〔越〕阮宗窐，使華叢詠集//越南漢文燕行文獻集成（越南所藏編），第二冊〔M〕，上海：復旦大學出版社，2010：266。

〔註 111〕〔越〕武輝珽，華程詩//越南漢文燕行文獻集成（越南所藏編），第五冊〔M〕，上海：復旦大學出版社，2010：282。

〔註 112〕〔越〕潘輝益，裕庵吟錄〔Z〕，河內：越南漢喃研究院藏抄本，藏書號 A.603。

（二）體現地域風俗的民間信仰

越南民間信仰風俗濃厚，許多信仰由原始宗教演化而來而在民眾中廣泛自發性的崇拜，如清使筆下也常常記述有越南民間的風俗信仰。他們在出使期間一路上常遇到體現中國民間信仰的廟宇，他們或登臨，或祭祀，由此還記述了廣泛體現中國地方風俗的民間信仰。

體現中國地域風俗的民間信仰。如越南如清使自廣西寧明州沿水路上京，因而在他們筆下記錄了沿途一系列的民間「水神」信仰：一是廣西以馬伏波水神。過五險灘時，「山上有伏波祠，過者必祭」〔註 113〕。二是湖廣洞庭神君。胡士棟的《花程遣興》中行至湖口，「發湘江阻風，仍駐，令行詣洞庭王廟祈風」〔註 114〕三是金龍神謝某。「就金龍廟，虔誠求風」「鋪有金龍四大王廟，扁安瀾効祉，（按金龍神姓謝，會稽人，宋末勤王，大戰於呂梁，見空中有神兵相助，夜夢天帝封爲四大瀆神，沿右岸半里，有封神廟。碑書敕封清和宣惠風伯之神」〔註 115〕。李文馥《南木大將軍》中還記載關於一段鐵木的民間崇拜：

> 伏波廟前津次見有木一段，長六尺許，已經斬代成質，有似棺木者。木最靈，雖江流湍激，不少動。惟潦漲時木亦隨而浮起，潦東仍臥故處。人有犯之者，立病不復救，船觸偶（偶觸）之，輒壞。舟船過，必燒香燒紙以禱。有好事者細認之，云是鐵林木。相傳木從本國高平轄來，江流轉徙至此而止，屢屢作祟，民人相率撐云之不起，地方官至扒兵推之亦不動，祟輒愈甚，人皆病之事，聞乾隆嘉靖（慶）間敕封南木大將軍，祟從此決，但立祠祀之，則其祟復作，故至今仍有江次焉。或云伏波南來時見木質堅好，命匠斬爲棺樣，以備身後之用。適以事北還，攜帶不便，不得已棄之。其木後乃遷轉北流，直至廟前津次乃定。其說近似，事屬無考，姑並存之。〔註 116〕

〔註 113〕〔越〕胡士棟，花程遣興//越南漢文燕行文獻集成（越南所藏編），第六冊〔M〕，上海：復旦大學出版社，2010：9。

〔註 114〕〔越〕胡士棟，花程遣興//越南漢文燕行文獻集成（越南所藏編），第六冊〔M〕，上海：復旦大學出版社，2010：18。

〔註 115〕〔越〕阮輝瑩，奉使燕京總歌並日記//越南漢文燕行文獻集成（越南所藏編），第五冊〔M〕，上海：復旦大學出版社，2010：116。

〔註 116〕〔越〕李文馥，周原雜草詠//越南漢文燕行文獻集成（越南所藏編），第十四冊〔M〕，上海：復旦大學出版社，2010：166。

體現越南地域風俗的民間信仰。如越南眞武信仰、文昌信仰，如清使多從科舉，他們對眞武夢讖常有記載，潘輝益作《與朋友祈夢眞武觀，連宵無所見，偶成二絕》其一云：「幻機顚倒故撩人，寧許坐寰早認眞。未蓋棺前眞定事，滔滔誰肯走紅塵。檀煙夜夜薦齋誠，一枕松風睡到明。人世浮漚都夢境，羞從茫昧驗身名。」此外還記述有體現地方民情的風俗，如阮思僩於嗣德十七年作《遊香跡山筆記》中記「辰（時）貞節有賽神會，盛陳歌舞百戲，鄉人聞其來，就船相請。食時皆抵亭所，觀象棋葉戲，棊子用童男女各十六人，盛服綴行。葉子以木版爲之。飛棚四列，各分曹賭勝，極遊觀之樂。」〔註 117〕

越南如清使文學作品中所體現的史料價值與他們史學書目編撰密不可分。他們因自身知識廣博、有文名而被選任國史館典籍的編撰工作，如潘清簡所擔任主編的《欽定越史綱要》，潘清簡又與潘輝泳、范芝香等多位如清使擔任《大南實錄》的編修。也有一些如清使個人獨自編撰，如潘輝注因進所著《歷朝憲章類志》，「賞紗衣一襲，銀三十兩。」〔註 118〕這部《歷朝憲章類志》在越南文獻中佔據重要地位，不僅記載了越南的各類政治制度，其所記載的越南文獻書目也集中反映了越南漢文學創作的繁榮和卓越成就。其全卷四十九卷十志，卷四十二至四十五爲「文籍志」分憲章、經史、詩文、傳記四大類，共 205 種，尤其是其中記載了大量已經佚文獻，在具有重要的文獻價值的同時愈見其史學功底。

〔註 117〕百僚詩文集〔Z〕，河內：越南漢喃研究院藏抄本，藏書號 A.553。

〔註 118〕〔越〕阮朝國史館，大南實錄正編第二紀，卷二〔M〕，東京：慶應義塾大學語學研究所，昭和四十六年〔1971〕：1549（131）。

結　語

越南如清使漢文學爲域外漢籍的一部分，不僅是越南文壇重要的一部分，也是漢文化圈中重要的組成部分。「威儀共秉姬家禮，學問同尊孔氏書」〔註1〕，這一部分域外漢籍彌足珍貴，從中可見中越兩國文化的同源性，中越思維方式的一致性。越南如清使作爲越南歷史上優秀文人，他們的漢文學正印證「文化同源、血濃於水」的兩國友好的歷史見證。

越南如清使漢文學體現著中越漢籍之間有著歷史文化的承接與聯繫。在越南以科舉取士的任官制度下，越南如清使是一群深受儒家思想影響的文人。他們秉承著儒家忠、義、孝等思想，又在道、佛思想影響之下有著「三教合一」的思想特徵。越南如清使出使中國創作了大量的北使文獻，其中既有著與中、朝文士的文學交流，也有著自己登臨懷古詩文中對歷史古蹟、個人情懷的書寫。更重要的是，越南如清使從他者之眼反觀中國，所留下的著作也成爲中國文獻的重要補充。

越南如清使及其漢文學在文學、史學、文化交流等方面都起到重要作用。越南如清使不僅是越南當時文壇上較有名氣的文臣擔任，他們所創作的漢文學對越南文壇也產生一系列的影響。在中越文化傳播中，越南如清使也起到重要的媒介作用，既促進了中越文人之間的文學交流，也帶動中越書籍的傳播，一定程度上也促使越南政治制度向中國借鑒模仿，由此越南如清使在歷史中扮演著重要的角色。越南如清使的漢文著作所記錄的中國政治、經濟、文化的內容也是重要的中國史料，此外他們還記錄了東亞乃至歐洲的歷史情

〔註1〕〔越〕阮公沆，往北使詩//越南漢文燕行文獻集成（越南所藏編），第二冊〔M〕，上海：復旦大學出版社，2010：29。

形，一直是史學研究中重要的參考內容。

然而必須指出的是越南漢文獻資料多以抄本存世，這一部分漢文文獻極需要保護與重視，它們正在以難以想像的迅速消失無存。現存文獻創作時間主要集中於十九世紀阮朝約八十年的時間，在黎崱《安南志略・歷代遣使》中有姓名記載的使臣有一百多位，未見一本文獻留存；吳士連《大越史記》中有姓名記載的三百多位使臣僅留存十幾部漢文燕行文獻。已佚文獻僅能從一些史籍、家譜、文人文集等文獻中零星得知一些線索，而更多的是從歷史上徹底湮滅。對越南漢籍的研究無疑是現知最好的保護方式。

參考文獻

一、古人著述

（一）史籍

1. 〔越〕黎崱撰，武尚清點校，安南志略〔M〕，北京：中華書局，1995。
2. 〔越〕黎文休，大越史記//域外漢籍珍本文庫（第四輯）〔Z〕，北京：人民出版社，2012。
3. 〔越〕吳士連，陳荊和校，大越史記全書〔M〕，東京：東京大學東洋文化研究所發行，1985。
4. 〔越〕潘清簡等，欽定越史通鑒綱目//域外漢籍珍本文庫（第三輯）〔Z〕，北京：人民出版社，2012。
5. 〔越〕佚名編撰，皇越地輿志//域外珍本文庫（第三輯），第25冊〔Z〕北京：人民出版社，2012。
6. 〔越〕潘叔直，國史遺編〔M〕，香港：香港中文大學新亞研究所，1965。
7. 〔越〕阮朝國史館，大南實錄〔M〕，東京：慶應義塾大學語學研究所，昭和三十六年至五十六年〔1961～1981〕。
8. （漢）司馬遷，史記〔M〕，北京：中華書局，1963。
9. （漢）班固，（唐）顏師古注，漢書〔M〕，北京：中華書局，1962。
10. （元）脫脫等，宋史〔M〕，北京：中華書局，1977。
11. （晉）陳壽，三國志〔M〕，北京：中華書局，1982。
12. （宋）李燾，續資治通鑒長編〔M〕，北京：中華書局，2004。
13. （明）嚴從簡著，余思黎點校，殊域周諮錄〔M〕北京：中華書局，1993。
14. （清）昆岡等，光緒會典事例〔A〕，續修四庫全書史部冊〔C〕，上海：上海古籍出版社，2002。

15. （清）昆岡等，欽定大清會典事例〔Z〕，清光緒二十五年（1899）。
16. 故宮博物院編，欽定安南紀略〔M〕，海口：海南出版社，2000。
17. 清實錄〔M〕，北京：中華書局，1985。
18. 趙爾巽等撰，清史稿，「越南傳」〔M〕，北京：中華書局，1976～1978。
19. 趙雄主編，嘉慶道光兩朝上諭檔（第 8 冊）〔M〕，桂林：廣西師範大學出版社，2000。
20. 近代中國史料叢刊三編，第 635 冊，〔M〕，臺北文海出版社，1991 年影印本。

（二）詩文詞賦等集及選集、詩文評

1. （唐）杜審言，杜審言詩注〔M〕，上海：上海古籍出版社，1982。
2. （唐）沈佺期、宋之問，沈佺期宋之問集校注〔M〕，北京：中華書局，2006。
3. （宋）陳鵠，西塘集耆舊續聞〔Z〕，北京：中華書局，1985。
4. （宋）張舜民，畫墁集〔M〕，北京：中華書局，1985。
5. （明）李攀龍編，（清）鄭德昌校，詩韻集要〔Z〕，河内：越南漢喃研究院藏抄本，藏書號 AC700。
6. （明）朱舜水，朱舜水集〔M〕，北京：中華書局，1981。
7. （明）袁宏道，瓶花齋雜錄//四庫全書存目叢書〔Z〕，濟南：齊魯書社，1995。
8. （清）吳喬，圍爐詩話〔M〕//叢書集成初編（2609）〔Z〕，北京：中華書局，1985。
9. （清）陳其元，庸閒齋筆記〔M〕，北京：中華書局，1989。
10. （清）楊恩壽，坦園全集〔Z〕，長沙：光緒間楊氏家刻本。
11. 郭則澐，清詞玉屑〔M〕，杭州：浙江古籍出版社，2014。
12. 故宮博物院編，清高宗御製詩〔M〕，海口：海南出版社，2000。
13. （清）趙吉士，寄園寄所寄〔M〕，安徽：黃山書社，2008。
14. （清）李仙根，安南使事紀要//四庫全書存目叢書，史部，第 56 冊，雜史類〔Z〕，濟南：齊魯書社，1996。
15. （清）周燦，使交紀事//四庫全書存目叢書，集部第 219 冊〔Z〕，濟南：齊魯書社，1996。
16. 梁啓超，飲冰室文集點校〔M〕，昆明：雲南教育出版社，2000。
17. 〔越〕吳時任，三千字解音〔Z〕，越南漢喃院所藏抄本。
18. 〔越〕吳時任，潘輝益，秋菊百詠集〔Z〕，河内：越南漢喃研究院藏抄本，藏書號 A.1554。

19. 〔越〕潘輝益，裕庵吟錄〔Z〕，河内：越南漢喃研究院藏抄本，藏書號 A.603。
20. 〔越〕潘輝益，裕庵文集〔Z〕，河内：越南漢喃研究院藏抄本，藏書號 A.604、VHv.1525。
21. 〔越〕丁翔甫，正軒詩集〔Z〕，河内：越南漢喃研究院藏抄本，藏書號 VHv.2149。
22. 〔越〕陳名案，寶齋（篆）詩集〔Z〕，河内：越南漢喃研究院藏抄本，藏書號 A.1376。
23. 〔越〕陳名案，散翁遺稿〔Z〕，河内：越南漢喃研究院藏抄本，藏書號 A.1797。
24. 〔越〕陳名案，芳渡烈操州詠〔Z〕，河内：越南漢喃研究院藏抄本，藏書號 A.2368。
25. 〔越〕鄭懷德，艮齋詩集〔Z〕，河内：越南漢喃研究院藏抄本，藏書號 A.780。
26. 〔越〕阮文超，方亭隨筆錄〔Z〕，河内：越南漢喃研究院藏抄本，藏書號 A.187。
27. 〔越〕阮文超，荷亭文抄〔Z〕，河内：越南漢喃研究院藏抄本，藏書號 VHv.2359。
28. 〔越〕阮文超，荷亭應制詩抄〔Z〕，河内：越南漢喃研究院藏抄本，藏書號 VHv.2238。
29. 〔越〕李文馥，西行詩紀〔Z〕，河内：越南國家圖書館藏抄本，藏書號 R，536。
30. 〔越〕李文馥，學吟存草〔Z〕，河内：越南漢喃研究院藏抄本，藏書號 A.302。
31. 〔越〕李文馥，李克齋粵行詩〔Z〕，河内：越南漢喃研究院藏抄本，藏書號 VHc，2603。
32. 〔越〕阮思僩，石農全集〔Z〕，河内：越南漢喃研究院藏抄本，藏書號 A.376。
33. 〔越〕阮思僩，石農文集〔Z〕，河内：越南漢喃研究院藏抄本，藏書號 Vhv.1389。
34. 〔越〕阮思僩，阮洵叔詩集〔Z〕，河内：越南漢喃研究院藏抄本，藏書號 Vhv.32。
35. 〔越〕潘清簡，梁溪詩草〔Z〕，河内：越南漢喃研究院藏抄本，藏書號 VHv.151。
36. 〔越〕潘清簡，潘梁溪歷史集〔Z〕，河内：越南漢喃研究院藏抄本，藏書號 A.3189，

37. 〔越〕裴文禩，遜菴詩集〔Z〕，河内：越南漢喃研究院藏抄本，藏書號 VHv.702。
38. 〔越〕裴文禩，遜菴詩抄〔Z〕，河内：越南漢喃研究院藏抄本，藏書號 A.196。
39. 〔越〕阮述，清化總督荷亭阮述詩抄〔Z〕，河内：越南漢喃研究院藏抄本，藏書號 VHv.48。
40. 〔越〕綿寊，循陔別墅合集〔Z〕，河内：越南漢喃研究院藏抄本，藏書號 A.2985。
41. 〔越〕成都子，宜春八景詠〔Z〕，河内：越南漢喃研究院藏抄本，藏書號 VHv.559。
42. 〔越〕劍湖十詠〔Z〕，河内：越南漢喃研究院藏抄本，藏書號 A.309。
43. 〔越〕阮德鄰，螺湖百詠〔Z〕，河内：越南漢喃研究院藏抄本，藏書號 VHv.450。
44. 〔越〕皇越詩選〔Z〕，河内：越南漢喃研究院藏抄本，藏書號 A.3162。
45. 〔越〕山堂慶壽集〔Z〕，河内：越南漢喃研究院藏抄本，藏書號 A.2697。
46. 〔越〕柴峰尚書致事慶集〔Z〕，河内：越南漢喃研究院藏抄本，藏書號 VHv.2347。
47. 〔越〕柴山尚書七十壽賀集〔Z〕，河内：越南漢喃研究院藏抄本，藏書號 VHv.2347。
48. 〔越〕百僚詩文集〔Z〕，河内：越南漢喃研究院藏抄本，藏書號 A.553。
49. 〔越〕名臣遺草〔Z〕，河内：越南漢喃研究院藏抄本，藏書號 A.463。
50. 〔越〕黎貴惇，見聞小錄〔Z〕，河内：越南漢喃研究院藏抄本，藏書號 VHv.1322。
51. 〔越〕侯恩光編輯，名賦合選〔Z〕河内：越南國家圖書館藏抄本，藏書號 R1997、3239。
52. 〔越〕阮懷永輯，范廷瓊校，賦則新選〔Z〕，香茶會文堂藏板明命十四年（1833）印本，河内：越南國家圖書館藏，藏書號 R36。
53. 〔越〕歷科會庭文選〔Z〕，郁文堂明命二十一（1840）年印本，河内：越南國家圖書館藏，藏書號 RH36。
54. 〔越〕鄭懷德，艮齋詩集〔M〕，香港：新亞研究所，1962。
55. 〔越〕吳家文派〔Z〕，河内：越南漢喃研究院藏抄本，藏書號 VHc，873～908。
56. 復旦大學文史研究院，越南漢喃研究院，越南漢文燕行文獻集成（越南所藏編）〔M〕，上海：復旦大學出版社，2010。

（三）小說、筆記、日記、雜記

1. （清）馬先登，護送越南貢使日記〔Z〕，敦倫堂同治八年（1869）刻本。
2. （清）馬先登，再送越南貢使日記〔Z〕，敦倫堂同治十一年（1872）刻本。
3. 〔越〕李文馥，玉嬌梨新傳〔Z〕，河內：越南漢喃研究院藏抄本，藏書號 VNb.76。
4. 〔越〕阮文超，方亭隨筆錄〔Z〕，河內：越南漢喃研究院藏抄本，藏書號 A.187。
5. 〔越〕潘輝注，梅峰遊西城野錄〔Z〕，河內：越南漢喃研究院藏抄本，藏書號 A.1136。
6. 孫遜、鄭克孟、陳益源，越南漢文小說集成〔M〕，上海：上海古籍出版社，2011。

（四）家譜、方志

1. （宋）范成大著，胡起望、覃光廣校注，桂海虞衡志輯佚校注〔M〕成都：四川民族出版社，1986。
2. （宋）周去非著，楊武泉校注，嶺外代答校注〔M〕北京：中華書局，1999。
3. （清）曹掄彬，（乾隆）雅州府志，卷十〔Z〕，清乾隆四年刊本。
4. 〔越〕吳族家譜〔Z〕，河內：越南漢喃研究院藏抄本，藏書號 A.925。
5. 〔越〕吳甲豆，吳家世譜〔Z〕，河內：越南河內漢喃研究院所藏，藏書號 VHv.134。
6. 〔越〕吳族追遠壇譜〔Z〕，河內：越南河內漢喃研究院所藏，藏書號 A.64。
7. 〔越〕美芝世譜〔Z〕，河內：越南漢喃研究院藏抄本，藏書號 A.654。
8. 〔越〕胡家合族譜記〔Z〕，河內：越南漢喃研究院藏抄本，藏書號 A.3076。
9. 〔越〕胡家世譜〔Z〕，河內：越南漢喃研究院藏抄本，藏書號 VHv.1387。
10. 〔越〕鄧家譜記續編〔Z〕，河內：越南漢喃研究院藏抄本，藏書號 A.633、VHc1111。
11. 〔越〕李氏家譜〔Z〕，河內：越南漢喃研究院藏抄本，藏書號 A.1057。
12. 〔越〕歡州宜仙阮家世譜〔Z〕，河內：越南漢喃研究院藏抄本，藏書號 VHc2866。
13. 〔越〕阮儼，阮族家譜仙田（又名《乂安宜春阮家世譜》）〔Z〕，河內：越南漢喃研究院藏抄本，藏書號 VHv.369。
14. 〔越〕阮思希，阮族家譜〔Z〕，河內：越南漢喃研究院藏抄本，藏書號 VHv.369。

15. 〔越〕潘輝湧，潘族公譜〔Z〕，河內：越南漢喃研究院藏抄本，藏書號 VHc.1406。
16. 〔越〕潘輝洞，潘家世祀錄〔Z〕，河內：越南漢喃研究院藏抄本，藏書號 A.2691。
17. 〔越〕春早尚書阮進士家譜〔Z〕，河內：越南漢喃研究院藏抄本，藏書號 A.1481。
18. 〔越〕武惟諧，武族科宦譜記〔Z〕，河內：越南漢喃研究院藏抄本，藏書號 VHc.356。
19. 〔越〕慕澤武族五支譜〔Z〕，河內：越南漢喃研究院藏抄本，藏書號 A.3132、659。
20. 〔越〕佚名，大南郡縣風土人物略志〔Z〕，河內：越南漢喃研究院藏抄本，藏書號 A.1905。

（四）其他

1. （清）陳作霖輯.金陵通傳〔Z〕.瑞華館，清光緒甲辰〔30 年，1904〕。
2. 〔越〕歷科名表〔Z〕.河內：越南國家圖書館藏，中國五雲樓明命十六年梓印本，編號 R.1933。
3. 〔越〕胡仕揚.胡尚書家禮國語問答〔Z〕.河內：越南漢喃研究院藏抄本，藏書號 A.279。
4. 〔越〕潘輝注.歷朝憲章類志〔Z〕.河內：越南漢喃研究院藏抄本，藏書號 A.50。
5. 〔越〕潘輝溫編輯、潘輝淡校正.山南歷朝登科考〔Z〕.河內：越南漢喃研究院藏抄本，藏書號 A.2176。
6. 〔越〕陳維.登科錄搜講〔Z〕.河內：越南國家圖書館藏印本，藏書號 R21。
7. 〔越〕潘和甫編輯、潘輝湙訂.天南歷朝登科備考（秋集中）〔Z〕.河內：越南漢喃研究院藏抄本，藏書號 VHv.2713。
8. 〔越〕禪苑集英〔Z〕.河內：越南國家圖書館藏，藏書號 VV891／12.
9. 〔越〕南北往來柬札〔Z〕.河內：越南漢喃研究院藏抄本，藏書號 A.276，VHc.2653。
10. 越南漢喃研究院主編.越南漢喃銘文拓片總集〔Z〕河內：越南文化通訊出版社，2005。
11. 劉剛主編.湖湘碑刻二（浯溪卷）〔M〕.長沙：湖南美術出版社，2009。
12. 〔越〕吳時任全集〔M〕.胡志明：胡志明市教育科學出版社，2004。

二、現代著述

（一）史學

1. 〔越〕越南社會科學委員會編著，北京大學東語系越南語教研室譯，越南歷史〔M〕北京：北京人民出版社，1977。
2. 〔英〕D·G·E·霍爾，東南亞史〔M〕，北京：商務印書館，1982。
3. 郭振鐸，越南通史〔M〕，北京：中國人民大學出版社，2001。
4. 〔越〕陳仲金，戴可來譯，越南通史（原書名：越南史略）〔M〕，北京：商務印書館，1992。
5. 邵循正等編，中法戰爭（七）〔M〕，上海：上海人民出版社：上海書店出版社，2000。
6. 許文堂、謝奇懿編，大南實錄清越關係史料彙編〔M〕，臺北：中央研究院東南亞區域研究計劃，2000。
7. 〔美〕蘭德利·沃麥克，中國與越南：不平等的兩個國家〔M〕，紐約：哥倫比亞大學出版社，2006，（Brantly Womack ，China and Vietnam：the politics of asymmetry〔M〕，New York：Cambridge University Press，2006。）
8. 古代中越關係史資料選編〔Z〕，北京：中國社會科學出版社，2011。

（二）文獻學

1. 〔韓〕朴容大等，增補文獻備考〔M〕漢城：東國文化社，1964。
2. 劉玉珺，越南漢喃古籍的文獻學研究〔Z〕，北京：中華書局，2007。
3. 陳益源，越南漢籍文獻述論〔Z〕，北京：中華書局，2011。
4. 劉春銀、王小盾、陳義，越南漢喃文獻目錄提要〔M〕，臺北：中央研究院中國文哲研究所，2003。
5. *DI SẢN HÁN NÔM VIỆT NAM THƯ MỤC ĐỀ YẾU*（《越南漢喃遺產目錄提要》）〔M〕，河內：越南社會科學出版社，1993。
6. *CÁC NHÀ KHOA BẢNG VIỆT NAM（1075～1919）*（《越南歷代科榜》）〔M〕，河內：越南文學出版社，1993。
7. *TÊN TỰ TÊN HIỆU CÁC TÁC GIA HÁN NÔM VIỆT NAM*（《越南漢喃作家字號名錄》）〔M〕，河內：越南社會科學出版社，2012。

（三）文學及文化學

1. 〔越〕陳文玾著，黃軼球譯述：《越南典籍考》，廣東國民大學文學院，1949 年版。
2. 〔法〕克勞婷，蘇爾夢編著，顏保等譯，中國傳統小說在亞洲〔M〕，北京：國際文化出版公司，1989。

3. 〔越〕武跳主編，古今儒教〔M〕，河內：越南社會科學出版社，1990。
4. 張秀民，中越關係史論文集〔M〕，臺北：臺北文史哲出版社，1992。
5. 王家祐，道教論稿〔M〕，成都：巴蜀書社，1987。
6. 孟昭毅，東方文學交流史（第二編）〔M〕，天津：天津人民出版社，2001。
7. 〔越〕裴維新，越南中古文學考論〔M〕，河內：國家大學出版社，2005。
8. 〔新〕尼古拉斯·塔林著，賀聖達，陳明華，等譯，劍橋東南亞史〔M〕，昆明：雲南人民出版社，2002。
9. 朱雲影，中國文化對日韓越的影響〔M〕，桂林：廣西師範大學出版社，2008。
10. 陸凌霄，越南漢文歷史小説研究〔M〕，北京：民族出版社，2008。
11. 任明華，越南漢文小説研究〔M〕，上海：上海古籍出版社，2010。
12. 劉志強，越南古典文學四大名著〔M〕，北京：世界圖書出版公司，2010。
13. 高利華、鄒賢堯、渠曉雲，越文學藝術論〔M〕，北京：人民出版社，2011。
14. 吳承學，中國古代文體形態研究〔M〕，北京：北京大學出版社，2013。
15. 潘務正，清代翰林院與文學研究〔M〕北京：人民出版社，2014。
16. 於在照，越南文學史〔M〕，廣州：世界圖書出版廣東有限公司，2014。
17. 陳益源、裴光雄，閩南與越南〔Z〕臺灣：樂學書局有限公司，2015。
18. 陳文，越南科舉制度研究〔M〕，商務印書館，2015。

（四）思想文化心態史

1. 余富兆，東方著名哲學家評傳·越南卷〔M〕，山東人民出版社，2000。
2. 何成軒，儒學南傳史〔M〕，北京：北京大學出版社，2000。

三、論文

（一）博碩士論文

1.博士論文

1. 〔越〕陳光輝，越南喃傳與中國小説關係之研究〔J〕，臺北：臺灣大學中文研究所博士論文，1973。
2. 〔美〕Liam C，Kelley，銅柱向何方？16～19 世紀的使臣詩與中越關係〔J〕，夏威夷大學博士學位論文，2001，（Liam C，Kelley，「Whither the Bronze Pillars？Envoy Poetry and the Sino-Vietnamese Relationship in the 16th to 19th Centuries」，PhD Dissertation，University of Hawaii，America，December 2001）。
3. 〔越〕孫士覺，古越漢詩史述及文本輯考〔J〕，武漢：華中師範大學博士論文，2006。

4. 〔越〕釋清決，越南禪宗史論〔J〕，北京：中國社會科學院博士論文，2001。
5. 〔越〕裴輝南，朝貢與冊封——1802～1885年間越南與中國關係研究〔J〕，上海：華東師範大學博士論文，2015。
6. 於在照，越南漢詩與中國古典詩歌之比較研究〔J〕，洛陽：中國人民解放軍外國語學院博士論文，2007。
7. 〔越〕潘秋雲，越南漢文賦對中國賦的借鑒與其創造〔J〕，上海：復旦大學博士論文，2010。
8. 〔越〕范氏義雲，越南唐律詩題材研究〔J〕，吉林：吉林大學博士論文，2013。
9. 朱潔，儒家視域下的漢文小說〔J〕，上海：上海師範大學博士論文，2013。

2.碩士論文

1. 楊大衛，越南使臣李文馥與19世紀初清越關係研究〔J〕，廣州暨南大學碩士論文，2014。
2. 石春柳，越南古代女性文學探討〔J〕，南寧：廣西民族大學碩士論文，2012。
3. 周亮，清代越南燕行文獻研究〔J〕，暨南大學碩士學位論文，2012。
4. 〔越〕韓紅葉，阮攸〈北行雜錄〉研究〔J〕北京：首都師範大學碩士論文，2007。
5. 汪泉，清朝與越南使節往來研究〔J〕，廣州：暨南大學碩士論文，2008。
6. 〔越〕黎文詩，19世紀越南詩歌的儒家文化透視〔J〕南寧：廣西大學碩士論文，2012。
7. 劉曉聰，清代越南使臣之「燕行」及其「詩文外交」研究——以《越南漢文燕行文獻集成》爲中心〔J〕，南寧：廣西民族大學碩士論文，2013。
8. 高烈，唐代安南文學研究〔J〕，杭州：浙江大學碩士論文，2013。
9. 江振剛，清代安南使團在華禮遇活動研究〔J〕，暨南大學碩士論文，2015。

（二）單篇論文

1. 羅時進，家族文學研巧的邏輯起點與問題視閾〔J〕，中國社會科學，2012（1）。
2. 徐善福，十七到十九世紀的越南南方華僑〔A〕，華僑史論文集（1）〔C〕，廣州：暨南大學華僑華人所，1981。
3. 史式、黄大受，重寫中華古史建議書〔J〕，文史雜誌，1999（2）。
4. 梁志明，論越南儒教的源流、特徵和影響〔J〕，北京大學學報（哲學社會科學版），1995（1）。

5. 張京華，「北南還是一家親」——湖南永州浯溪所見越南朝貢使節詩刻述考〔J〕，中南大學學報（社會科學版），2011（10）。
6. 嚴明，越南古代七律詩初探〔J〕，學術界，2012（9）。
7. 陳文，科舉取士與儒學在越南的傳播發展——以越南後黎朝爲中心〔J〕，世界歷史，2012（5）。
8. 龔敏，阮述《往津日記》引發的學術因緣——以香港大學饒宗頤學術館藏戴密微、饒宗頤往來書信爲中心〔J〕，社會科學論壇，2011（3）。
9. 吳肖丹，北宋熙豐名臣致仕文學研究〔J〕，華南師範大學學報（社會科學版），2011（2）。
10. 孫福軒，中國科舉制度的南傳與越南辭賦創作論〔J〕，浙江大學學報（人文社會科學版），2010（12）。
11. 陳文，安南後黎朝北使使臣的人員構成與社會地位〔J〕，中國邊疆史地研究，2012（6）。
12. 滕蘭花·清代以來越南境內的伏波信仰研究〔J〕·民族文學研究，2012（5）。
13. 陳正宏，越南燕行使者的清宮遊歷與戲曲觀賞，〔J〕，故宮博物院院刊，2012（5）。
14. 鄭幸，《默翁使集》中所見越南使臣丁儒完與清代文人之交往〔J〕，文獻，2013（3）。
15. 于向東、梁茂華，歷史上中越兩國人士的交流方式：筆談〔J〕，中國邊疆史地研究，2013（12）。
16. 蔣寅，科舉試詩對清代詩學的影響〔J〕，中國社會科學，2014（10）。
17. 陳益源，清代越南使節於中國廣東的文學活動——兼爲《越南漢文燕行文獻集成》進行補充//明清文學研究（《嶺南學報》復刊第六輯）〔Z〕上海：上海古籍出版社，2016。

附　錄

附錄一：越南如清使名錄

越南如清使臣名錄

朝代	出使時間	姓　名	籍　貫	出使官職	科　舉	如清使命	備註
後黎朝（1531～1789）	1663.6～1664.11	黎敦	乂安東城關中		1643年二甲進士	歲貢附謝恩及告神宗哀	
		楊澔	北寧嘉林樂道		1640年三甲同進士		
		同存澤	海陽至靈壟陽		1646年三甲同進士		
	1667.7～1669.2	阮潤	河內彰德芝泥		1637年三甲同進士出身	歲貢	阮潤、鄭時濟在返程去世
		鄭時濟					
		黎榮	清化東山安獲		1654年三甲同進士出身		
		阮國櫆	河內青池月盎		1659年一甲進士	謝恩	
		阮公璧	南定南眞康衢		1652年三甲同進士		

1673.3～1675.3	阮茂材	北寧嘉林金山		1646年三甲同進士	歲貢附告玄宗哀、奏事	
	胡仕揚	乂安瓊瑠還厚		1652年三甲同進士出身		祖浙江人
	武公道	海陽唐安慕澤		1659年三甲同進士		與武求誨三兄弟同科進士
	武惟諧	海陽唐安慕澤		1659年三甲同進士		
	陶公正	海陽永賴會庵		1661年進士（榜眼）		
1682.1～	申璿	安勇芳杜		1652年三甲同進士	歲貢附告哀、求封	
	鄧公瓆	北寧仙遊扶擁		1661年進士（狀元）		
1685.9～？	阮廷滾	乂安青漳碧潮		1676年三甲同進士	歲貢	返程去世
	黃公寘	興安天施土黃		1670年三甲同進士		
	阮進材	乂安青漳仁域		1664年三甲同進士		
	陳世榮	山西先豐楓州		1670年三甲同進士		
1690.5	阮名儒	北寧東岸詠橋		1670年三甲同進士	歲貢兼奏事	
	阮貴德	河內慈廉天姥		1676年二甲進士		
	阮廷（進）策					
	陳璹	海陽至靈滇池		1670年三甲同進士		
1697.1～1698.6	阮登道	北寧仙遊依抱		1683年進士（狀元）	歲貢兼奏事	
	阮世播					
	鄧瑞	河內彰德良舍		1670年三甲同進士		
	汝廷賢（原名進賢）	海陽唐安獲澤		1680年三甲同進士		

1702.7～	何宗穆	乂安天祿醒石		1688年三甲同進士	歲貢	
	阮珩	北寧文江華棣		1688年三甲同進士		
	阮公董	海陽青林桐溪		1685年三甲同進士		
	阮當褒					
1709.1	陳廷諫				歲貢	
	黎珂琮（瓊）	北寧嘉林珍棗（瓊）		1691年三甲同進士		
	陶國顯					
	阮名譽	山西丹鳳楊柳		1685年三甲同進士		
1715.1～1716.8	阮公基	河內慈廉明果	戶部左侍郎	1697年三甲同進士	歲貢	
	黎英俊	山西先豐青梅	太僕寺卿	1694年三甲同進士		
	丁儒完	乂安香山安邑	寺卿	1700年二甲進士		回京路上病故
	阮茂谥（盎）		吏部給事中			
1718.4～1719.9	阮公沆	北寧東岸扶軫	兵部右侍郎	1700年三甲同進士	告哀兼求封	
	阮伯宗	北寧東岸扶寧	奉天府尹	1706年三甲同進士		病故廣西南寧府
1721.3～	胡丕績	乂安瓊瑠還厚		1700年二甲進士	歲貢	
	蘇世輝	山西白鶴平登		1697年三甲同進士		
	杜令名	河內青池仁睦		1710年三甲同進士出身		

<table>
<tr><td rowspan="3">1723.10
～
1726.1</td><td>范謙益</td><td>嘉定寶篆、
北寧嘉平</td><td></td><td>1710年進士
（探花）</td><td>賀即位</td><td></td></tr>
<tr><td>阮輝潤
（原名
光潤）</td><td>嘉林富市</td><td></td><td>1703年進士</td><td rowspan="2">歲貢兼
謝恩</td><td></td></tr>
<tr><td>范廷鏡</td><td>海陽（天本）永賴</td><td></td><td>1710年三甲
同進士</td><td></td></tr>
<tr><td rowspan="3">1729</td><td>丁輔益</td><td>北寧超類</td><td></td><td>1713年三甲
同進士</td><td rowspan="3">歲貢兼
謝恩奏
事</td><td></td></tr>
<tr><td>段伯容</td><td></td><td></td><td></td><td></td></tr>
<tr><td>管名洋</td><td>北寧文江
華球</td><td></td><td>1710年三甲
同進士</td><td></td></tr>
<tr><td rowspan="2">1732</td><td>范公容</td><td></td><td></td><td></td><td rowspan="2">告哀</td><td></td></tr>
<tr><td>吳廷碩</td><td>河內青威
左青威</td><td></td><td>1721年三甲
同進士</td><td></td></tr>
<tr><td rowspan="3">1736</td><td>阮仲常</td><td>乂安青漳
忠勤</td><td></td><td>1713年三甲
同進士</td><td rowspan="3">歲貢告
哀</td><td>卒漢
口？</td></tr>
<tr><td>武暉</td><td>河內（壽昌）？報天</td><td></td><td>1713年三甲
同進士</td><td>去程
病故</td></tr>
<tr><td>武惟宰</td><td>山西安朗
珻貝</td><td></td><td>1718年進士
（探花）</td><td></td></tr>
<tr><td rowspan="2">1737.6
～</td><td>阮令儀</td><td></td><td></td><td></td><td rowspan="2">賀乾隆
即位</td><td></td></tr>
<tr><td>黎有喬</td><td>海陽唐豪
遼舍</td><td></td><td>1718年三甲
同進士</td><td></td></tr>
<tr><td rowspan="3">1742.12
～</td><td>阮翹</td><td>河內慈廉
富舍</td><td></td><td>1715年三甲
同進士出身</td><td rowspan="3">歲貢</td><td></td></tr>
<tr><td>阮宗窐</td><td>南定太平府御善福溪</td><td></td><td>1721年二甲
進士</td><td></td></tr>
<tr><td>鄧茂</td><td></td><td></td><td></td><td></td></tr>
<tr><td rowspan="3">1747.10
～
1750.8</td><td colspan="2">阮宗窐（再次出使）</td><td></td><td></td><td rowspan="3">歲貢</td><td></td></tr>
<tr><td>阮世立</td><td>北寧桂陽
蓬萊</td><td></td><td>1727年進士
（探花）</td><td></td></tr>
<tr><td>陳文煥</td><td></td><td></td><td></td><td>去程
病故</td></tr>
</table>

1753	武欽鄰				歲貢	
	武陳紹					
	陶春蘭	清化農貢河湄		1736年三甲同進士		
1759	陳輝淧				歲貢兼告哀求封	
	鄭春澍	北寧東岸花林		1748年二甲進士		
	黎貴惇	興安延河縣		1752年進士（榜眼）		
1765.10～	阮輝僅	乂安羅山縣		1748年進士（探花）	歲貢	
	黎允伸	北寧超類大卯		1748年三甲同進士		
	阮賞	北寧東岸雲恬		1754年三甲同進士		
1771.12～1774.4	段阮俶				歲貢兼奏事	
	武輝珽（錠）	海陽唐安慕澤		1754年三甲同進士		
	阮暚（瑤）					
1778	武陳紹（再次出使）				歲貢	去程卒於漢口
	胡仕棟	乂安瓊瑠還厚		1772年二甲進士		
	阮仲璫	乂安青漳忠勤		1762年三甲同進士		
1781	阮維宏				謝恩歲貢	維宏輝殉病故
	阮仲璫（再次出使）					
	杜輝珣	清化東山桐鄉		1775年三甲同進士		
1783	黃仲政	興安天施土黃		1775年三甲同進士	謝恩	
	黎有容	海陽唐豪遼舍		1775年三甲同進士		
	阮壋					

1783	范阮達				歲貢祝壽	
	吳希褚					
	阮香（廷�）	東安平民		景興三十年進士		
1788	黎惟亶	北寧安豐香羅		1775 年三甲同進士	請兵	
	黎侗	北寧超類大卯				
	陳名案			進士		
1789	阮光顯			無科甲功名	建交	國王侄子
	阮有晭					
	武輝瑨	海陽唐安慕澤		無科甲功名		
1789.1	阮宏匡				謝恩	國王世子
	宋名朗					
	黎梁愼					
	陳登天				歲貢	
	阮止信					
	阮偍	乂安宜春仙田		1783 年舉人		
1790	黎伯鐺				歲貢	
	吳爲貴					
1790	吳文楚					阮光平以國王名義覲見
	潘輝益	山西國威府瑞奎社安山邑	禮部尙書	1775 年三甲同進士		
	段濬	乂安瓊瑠海安	翰林待制	無科甲功名		
1791	阮文碘				謝恩	
	阮璡					
1792	陳玉視				歲貢謝恩	
	潘文典					
	黎輝愼					
	武永城				謝恩	
	阮璡					

	1793	吳時任	河內青威左青威		1775年三甲同進士	告哀求封	
		武輝瑨（再次出使）					
		潘輝益（再次出使）					
	1795	阮光裕				謝恩賀嘉慶即位	歸途病卒
		杜文功					
		阮偍（再次出使）					
阮朝（105年）	1802	鄭懷德	嘉定平陽	戶部尚書	1796年舉人	遣送海盜、求封	
		吳仁靜	嘉定平陽	兵部右參知	無科甲功名		
		黃玉蘊		刑部右參知			
		黎光定	京師承天府富榮	以兵部參知爲兵部尚書	1796年舉人	求封	
		黎正路	廣平豐登	吏部金事			
		阮嘉吉	北寧文江華林	東閣學士	1787年進士		
	1804	黎伯品	嘉定平陽	刑部右參知	無科甲功名	歲貢謝恩	
		陳明義					
		阮登第	香茶安和		無科甲功名		
	1809	阮有愼	京師承天海陵	吏部參知	無科甲功名	歲貢賀壽	
		黎得秦		廣平該薄			
		吳時位	河內青威左青威	吏部僉事	無科甲功名		
		武禎	北寧良才	侍中學士	領鄉薦		
		阮廷鷺		兵部僉事			
		阮文盛	河內永順安泰	工部僉事	1826年三甲同進士		
	1813	阮攸	乂安宜春仙田	廣平該薄爲勤政殿學士	無科甲功名	歲貢	
		陳雲岱		吏部僉事			
		阮文豐		吏部僉事			

1817	胡公順		廣南記錄 爲勤政殿學士		歲貢	
	阮輝禎		諒山參協			
	潘輝湜	山西威府瑞奎社安山邑	翰林院	無科甲功名		
1819	阮春晴	京師香茶	廣南記錄 爲勤政殿學士		歲貢賀壽	
	丁翻（翔甫）	乂安香山安邑	廣南督學爲東閣學士	無科甲功名		
	阮祐玶		南策知府爲翰林侍讀			
1820	吳時位（再次出使）		吏部右參知		告哀求封	行到南寧時去世
	陳伯堅		刑部僉事			
	黃文盛		翰林院侍讀學士			
1824	黃金煥	承天省香茶縣	禮部左參知		謝恩	
	潘輝注	山西國威府瑞奎社安山邑	吏部郎中爲鴻臚寺卿	1807 年秀才		
	陳震		戶部郎中爲太常寺少卿			
	黃文權		平定該薄爲翰林院直學士		歲貢	
	阮仲瑀		工部僉事爲翰林院侍讀學士			
	阮裕仁		順安知府爲詹事府少詹事			
1828	阮仲瑀（再次出使）		興化協鎭爲工部右侍郎		歲貢	
	阮廷賓	承天廣田	吏部郎中爲詹事府少詹事	1821 年舉人		
	鄧文啓	北寧文江弄亭	禮部員外郎爲太常寺少卿	1826 年三甲同進士		

1830	黃文亶		吏部左侍郎		歲貢賀壽	
	張好合	新隆新慶	廣安參協改授太常寺少卿	1819 年舉人		
	潘輝注（再次出使）		翰林編修升授侍講			
1832	陳文忠		乂安署布政爲禮部左侍郎		歲貢	
	潘清簡	永隆定遠府永平	承天署府丞爲鴻臚寺卿	1826 年三甲同進士		
	阮輝炤		內務府司務爲翰林院侍讀			
1836.11～1838.3	范世忠（歷）	南定膠水	平定布政改授禮部左侍郎	1839 年進士	歲貢	
	阮德活	廣治海陵	翰林院侍講學士	1825 年舉人		
	阮文讓		國子監司業改授光祿寺少卿			
1841	李文馥	河內永順	工部右參知爲禮部右參知	1819 年舉人	告哀求封附賀壽歲貢	
	阮德活（再次出使）		乂安布政院爲禮部右侍郎			
	裴輔豐		辦理兵部爲光祿寺卿			
1845	張好合（再次出使）		鴻肪寺卿辦理戶部事務補授禮部左侍郎		歲貢謝恩	
	范芝香	海陽安眉	翰林侍讀學士充史館編修改鴻臚寺卿	1828 年舉人		
	王有光		內閣侍讀升授侍講學士			
1847	裴樻	興安仙侶海天	刑部右參知	1829 年進士	告哀求封	
	王有光（再次出使）		禮部右侍郎			
	阮攸	清化農貢	光祿寺卿	1821 年舉人		

1849	潘靖	嘉定新隆	禮部侍郎	1831 年舉人	歲貢	
	阮文超	河內青池金縷	翰林院檢討	1830 年進士		
1852.9～1855.11	潘輝泳	山西國威府瑞奎安山邑	吏部左侍郎	1828 年舉人	歲貢謝恩	
	劉亮	廣平布澤	鴻臚寺卿	1835 年舉人		
	武文俊	北寧嘉林	翰林院侍讀	1843 年進士		
	范芝香（再次出使）		禮部左侍郎			
	阮有絢	承天海陵	侍讀學士	領鄉薦		使程病故
	阮惟		侍講學士			
1868	黎峻	乂安奇英	清化布政使授翰林院學士	1853 年進人	歲貢	
	阮思僩	北寧東岸榆林	鴻肪寺少卿辦理戶部	1844 年進士		
	黃竝	京師廣田	兵部郎中補升改授侍讀學士	舉人		
1870	阮有立	乂安青漳忠勤	工部右侍郎兼管翰林院	1862 年二甲進士	請求助剿匪	
	范熙亮	河內壽昌南魚	光祿寺少卿辦理刑部事務	1865 年進士		
	陳文準	廣平明政昇河	侍講領按察使	1862 年三甲同進士		
1873	潘仕椒	乂安青漳	廣義布政使改署禮部右侍郎	1849 年進士	歲貢	
	何文關	廣平豐祿	侍讀領河靜管道	1865 年貢士		
	阮修		員外郎領戶部郎中			
1876	裴文禩	河內里仁府金榜	光祿寺卿充辦閣裴殷年務加禮部右侍郎銜	1865 年進士	歲貢	
	林宏	廣治由靈	鴻臚寺卿	1868 年貢士		
	黎吉		侍講學士			

	1880	阮述	廣南	吏部右侍郎充辦閣務改授禮部	1868 年進士	歲貢求助剿匪	
		陳慶洊		侍讀學士充史館纂修改授鴻臚寺卿			
		阮懽		兵部郎中改授侍講學士			
	1883	阮述（再次出使）		侍郎加參知銜		中法越會談	
		范慎遹	寧平	刑部尚書充欽差大臣	1850 年舉人		

說明：1.資料來源：本表參見汪泉《清朝與越南使節往來研究》（暨南大學 2008 年碩士論文）並據《大越史記全書》、《欽定越史通鑒綱目》、《大南實錄》、《清實錄》、《大越歷朝登科錄》、《科榜標奇》各家譜等整理而成。2.越南不同時期存在地名不一致情況，本表籍貫欄按當時典籍中所載地名；3.對於原文字跡模糊難辨識者，本表採用斜體字字進行標識。

附錄二：越南阮朝至中國及東南亞公幹人員名錄

越南阮朝如清買辦及公幹人員名錄

序號	出行時間	出行人員	目的地	事由
1	嘉隆九年（1810）二月	張寶善、呂友定	廣東	採辦貨項
2	嘉隆十七年（1818）	陳振、阮祐仁	廣東	護送飄風船
3	嘉隆九年（1810）九月	陳振、阮浩	廣東	採辦貨項
4	明命元年（1820）三月	關永發	／	採買貨項
5	明命元年（1820）六月	陳永祐、潘克己、梁福仝、武有禮	／	採買貨項
6	明命三年（1822）	胡文奎、黎元亶、黃亞黑	廣東	採買貨項
7	明命四年（1823）	阮得帥、陳震	廣東	公幹
8	明命八年（1827）	黎元亶	廣東	公幹
9	明命十一年（1830）	黃炯、李文馥、汝伯仕	廣東	公幹
10	明命十二年（1831）	黎順靜、李文馥	廣東	護送飄風船
11	明命十三年（1832）	阮伯儀	／	公幹
12	明命十三年（1832）	陳秀穎	廣東	公幹
13	明命十五年（1834）	李文馥、黎博鄉	廣東	護送漂風船
14	明命十八年（1836）	黎光瓊	廣東	公幹
15	明命二十五年（1846）	張好合、阮文功、潘顯達	廣東	公幹
16	紹治元年（1841）	高必達、胡文告	廣東	採買貨項
17	紹治三年（1843）	范富庶	廣東	／
18	紹治四年（1844）	胡文午、段輝姚	廣東	護送漂風船
19	嗣德十六年（1863）七月	陳如山	廣東	採買貨項
20	嗣德十八年（1858）	阮增阭、鄧輝熔	廣東	探察遠情
21	嗣德二十二年（1862）五月	武惟貞	龍州	採買大米
22	嗣德二十三年（1863）	阮增阭、黎輝	香港／澳門	公幹
23	嗣德三十年（1877）	陳廷豐	龍州	公幹

越南阮朝如清使至東南亞公幹人員統計表

序號	出行時間	如清使姓名	目的地	事由	著作	資料來源
1	明命十一年（1830）	李文馥	新加坡、馬六甲、檳城、孟加拉、加爾各答	操演水師	《西行詩紀》《西行見聞紀略》	庚寅（1830）春，奉派駛奮鵬、定洋二大船，前往小西洋之英咭唎國明歌鎮洋分，操演水…途經新咖波、嗎粒呷、檳榔嶼等地方
2	明命十一年（1830）	鄧文啓	新加坡、雅加達	公務	《洋行詩集》	
3	明命十一年（1832）	潘清簡	新加坡、雅加達		《梁溪詩草・巴陵草》	
4	明命十一年（1833）	李文馥	菲律賓		《東行詩說草》	

附錄三：越南如清使與中朝文人詩文交往數量統計

越南如清使與中朝文人詩文交往數量統計

如清使	伴送官	詩文數量	地方官員	詩文數量	地方文人	詩文數量	朝鮮文人	詩文數量
陶公正	陳葉夢	1	周士龍	1				
	謝把總	1	賀祈陽縣正堂	1				
	張把總	1	丘縣令	1				
			新興縣正堂李超	1				
			兩廣官金光祀	1				
			祖澤清總鎮	1				
			廉城祁鑒	1				
			電白縣正堂劉朝宗	1				
			石城縣正堂李琰	1				
			石城縣四堂來民服	1				
			天朝守備護柘	1				
			廉州府參軍林有聲	1				
			合浦縣正堂金世爵	1				
			廉州府胡參將	1				
			岳州府正堂遲日豫	1				

阮公沆			總府趙壽	1	金華州峰人	1		
			江左靳道	1	浙江舉人	1		
			上總帥	1	蕭舉人	1		
			蒼梧縣正堂劉洪度	1	宰相王公子	1		
			衡山縣正堂葛名亮	1				
			靈川縣正堂樓儼次	1				
			眞定府署栢鄉	1				
			祁陽縣公	1				
			寧差官	1				
阮宗窐	文官伴送劉哲基	1	梧州府正堂	1	湖南秀才	1		
	武官伴送張文貴	1	廣西謝巡撫	2	楚江李標	1		
			廣西布政官	1	金陵張昭卓山	1		
			廣西按察憲	2	金陵高山仰	3		
			廣西鹽道官	1	淮陰監生李半村	4		
			湖北省城江夏縣令	1	全椒吳琅	1		
					廣東屈宗乾	1		
					刊江李本宣遂門氏	1		
					粵東花州居士	1		
					澳人陳二雲	4		
					王壺翔	1		
					李方韓	1		
					王允猷	11		

黎貴惇	護貢官阮表敦	1	太平知府儉堂查禮	5	金陵貢生沈鑒秋湖	1	朝鮮國使洪啓禧	
	伴送官岾齋	17	新大副將	1	南寧黎心田鍜坊人	1	朝鮮國使趙榮進	2
	山東護送席紹平	1	鹽道官	1			朝鮮國使李徽中	
	伴送官彭世勳羅登貴	1	柳州谷溪	1				
	伴送官羅登貴	1	湖南城贈布政使	1				
			吳太守	1				
			廣西學政官東江朱佩蓮	1				
			都督歐陽敏	1				
武輝珽	文伴王通判	1	曾州分府李鄴	1	淞江舉人趙思信	1		
	文伴送王步曾	1	蒼梧知縣歐陽新	1				
	武伴送楊世基	1						
胡士棟	廣西吳巡撫	1	巴陵縣正堂蔣態懋	1	江寧張見齊	1	朝鮮國使	1
	布政州	1	江南將軍輔國公	1	三山街陳姓	1		
	武伴送手下老將陳雄	1			海東李珖	1		
					海東鄭宇淳	1		
					三山街瑕坊哈姓	1		
潘輝益			廣東張臬臺	1			朝鮮徐判官	3
			吳兵部	1			朝鮮李校	1
							朝鮮書記朴齊家	1

武輝瑨	伴送李公月	1	寧明知州李關甫	1	楚澴彭秀才	1	朝鮮國使吏曹	1
	梁通事	1	東左江兵備道盛屬僚吳契	1	江西戴狀元	1	朝鮮副使李校理	1
	張伴送	1	恩府正堂汪公	1	樂亭縣書贈求詩者	1	朝鮮使行人	1
			衛輝府正堂德公	1				
			林穎縣尹廉公	1				
			司馬少保兵部諸公寵	1				
			眞祿縣知縣陳縞京	1				
			福爵閣部堂	1				
			海提督	1				
			孫部院	1				
			左江兵備道湯	1				
			右江王都督府	1				
			福爵閣部堂壽誕	1				
			河南順府梁大人	1				
			禮部主事吳進士	1				
			內閣中書徐君炳泰	1				
			舊送德順臺	1				
			東道臺吳臺公	1				

段濬			廣東按察使孫大人	1	吉水儒醫裴緗應	1	朝鮮判書徐翰林	1
			兩胡總督畢狀元	1	圓明殿人姓趙	1	朝鮮卞狀元	1
					江西戴狀元	1		
					武昌學館主	1		
吳時任	伴送短送李憲喬	1	縣尹王薌南	1	九江城館主貢生呂肇祥	1		
	長送二爺張忠	1	廣東張臬臺	1				
佚名	文短送蕭崇阿	1	廣西巡撫陳大人	1	季才左德脫	1		
	武短送毛克豐	1	定州知府郭守僕	1	秀才周霖	1		
阮偍	短送漢陽萬分府	1	經廳程老爺	1	孫秀才	1		
	舊護送原泗城府正堂朱大爺	1	柳州章參軍	1				
	劉都閫府	1	彰德陽分府	1				
	吳通事	1	湘陰縣正堂	1				
			梁通使	1				
			龍州分府和老爺	1			朝鮮國使臣	1
			宿州正堂陳大爺	1			朝鮮國副使禮曹判書李亨元	1
			鳳廬道刁大人	1				
			吉水正堂錢大爺	1				
			高唐州正堂西山陳太爺	1				

鄭懷德	粵城伴使蔡世高	1	虎門左翼總兵黃標	1	雲間姚建秀才	1		
	廣西省修職郎彭嵩齡	1	東莞縣正堂范文安	1	十三行主潘同文	1		
			臨桂縣正堂范來霈	1	浙江監生陸鳳梧丐	1		
			湘陰陸知縣	1	護送陸受豐知州幕賓徐體齋	1		
			長沙趙知縣	1	漢陽府縣二幕賓魏、金二記室	1		
			漢陽知府	1	安陽縣舉人王鐵崕	1		
			欽命提督全省學政吳芳培	1				
吳仁靜			河南督學政吳雪樵	1	陳濬遠、劉照、張稔溪	1		
			森圃	1	何平	1		
					黃奮南	1		
					劉三哥	1		
					符磻溪	1		
黎光定	長送艢縣營都閫府秦懷仁	1	廣西太平府正堂總理邊務王撫棠	1	徐師爺	1		
	南寧分府黃德明	1	臨桂縣范老爺	1	漢陽員外郎汪	1		
	短送河間分府李奉瑞	1	湘潭陸豫知縣	1	中州進士孫世封	1		
			通守長沙府唐景	1	王鐵崖	1		
			河南督學政吳雲樵	1				

阮嘉吉	南寧短送黃分府	1	太平王府堂	1	許州進士許世圭	1		
	邯鄲直隸短送李分府	1	河南督學使吳雲樵	1	梅霞□	2		
丁翔甫	長送衍太守	1					朝鮮國使	1
	湖北長送文	1						
潘輝注	短送汝光王道臺	1	江夏縣堂	1	黃州貢生張聯璧	1		
			順德城晚住，縣堂遣子	1	柳州茂材銀際昌	1		
			太平府李正堂	1				
			潯州知府孫世昌	1				
鄧文啓	短送協鎮駙那丹珠	1	漢陽縣正堂蔣祖暄	1				
	衡州短送尹佩棻	1	梁校貢	1				
張好合	長送朝儀大夫知潯州府事孫世昌	1	潯州知府孫世昌	1	蘄州優廩生張聯璧	1		
	長送直隸同業縣尉陶	1			桂林龔一貞	1		
	協鎮都督多羅額駙	1			漢陽舉人黃章廷	1		
					銀、龔、蔣三生	1		

					廣西桂林茂才龔一貞茂田	1		
李文馥	長送官	1	臨潁官縣令	1	李小芸兄弟	1		
	護送逸林郡堂進士	1	來子庚參軍	1	陳棨	1		
	伴送官	2	平定藩司頭陣民臺	1	王子香	1		
			高平臬司范拔卿	2	黃心齋	3		
			順安太守馮俊甫	1	許少鄂	1		
			演州太守黃思夫	1	聖裔孔君昭敬	1		
			演州太守黃思夫	1	張半酣居士	1		
			澳門分府馬士龍	1	黃連卿	1		
			香山縣丞金天澤	1	梁夏峰居士	1		
			吳屢豐司馬	1	羅信卿	1		
					劉墨池	1		
					繆蓮仙	1		
					劉伯陽	1		
					黎白齋	1		
					李雲山	1		
					陳任齋	1		
					關沛農	1		
					梁毅奄	6		
					陸雲波	1		
					陳實軒	1		
					杜鑒湖	1		
					譚子秋江	1		
					張致甫	1		

					裴珍甫	1		
					陳篘竹	1		
					黎瑤甫	1		
					胡養軒	1		
					伴送劉芸鄉子	1		
					馮俊甫	1		
					黃思甫			
黎光院	梧州短送潘麟軒	1	貴縣知土巨川	1				
	桂林短送武德騎尉李洪志	1	滕江縣知縣邱谷泉	1				
	短送唐昭	1	陽朔知縣李應春	1				
	廣西長送右江兵備道莫爾廣河	1	靈州知縣邵坦	1				
	長送義寧協鎮善成	1	興安知縣張運昌	1				
			靈陵知縣趙亨鈴	1				
			祁陽知縣王尚德	1				
			湖南衡永柳桂道臺張增	1				
			漢陽知縣賴以立	1				
			臨穎知縣孫化隆	1				
			淇縣知縣金彥班	1				

范芝香	長送泗城知府劉銘之（大烈）	2	懷慶太守汪孟慈	5	江州賈石堂	1	朝鮮書狀李學士裕元	1
	短送新寧知州月亭	1	思義府太守鄧用甫	1	張次徵舉人	8		
	長送平樂同知府周霽嵐	2	常德清軍府同知府李君寅庵	3	史館陳監生秉鈞	1		
			廣西撫臺勞公	1	巴陵武秀才	1		
			委員憑馮珊鄉	1	寧明舉人小鄭黎申產	1		
			彭亦香司馬	1	龔書舫先生	2		
			廣西集臺許公新衢	1	陳生那達	1		
阮收			欽使勞大人	1	梧州府城江次讚述士子	1		
阮文超	長送柳州太守問梅哈忠呵	1	勞崇光	1				
	短送河南太守黽生賈臻	1						
	問梅護使	1						
潘輝泳			廣西撫臺勞大人	1				
			廣西藩臺吳大人	1				
			太平府堂吳澹園	4				
阮思僩	湖南短送陳哲金三	1	臨桂縣尹趙準	1	滇西吳嗣仲春谷氏	1	朝鮮使臣金有淵	1
	湖北接貢伍繼勳	2	善化縣知縣麻維緒	1	寧明舉人黎申產	1	南廷順	1

	廣西護貢李和甫道臺	1	湖南都司田明山	2	蜀士楊燮臣	1	趙秉鎬	1
	湖南伴送田燮唐	4	應山知縣朱秋	1	湘潭覃荔仙	1		
	廣西護貢王少梅	1	李宮允文田	1	湘士曹岳森叔衡	1		
	伴送李和甫道臺	1	蘇林編修	1	長沙黃瑜子	1		
	湖南護貢陳鼎金	1	湖南委員吳春谷	1	寧鄉崔暕禹輿	1		
			廣西撫院	1	湘陰學生李輔燿	1		
			廣西按察監道	1	陳丹階	1		
			廣西學政	1	湘陰李輔燿	1		
			廣西布政使按察	1	齊安劉詠民	3		
			湖南撫院	1	次蓀	1		
			湖北督部堂	1	李次青	1		
			布按並鹽法督糧道臺	1	張力臣	1		
			李道臺	1	李楨介	1		
			湖南侯選訓導崔暕	1	長沙崔貞史	13		
			湖南善化知縣麻維緒	1				
			湖南永州知府滿洲廷桂	1				
			富陽知縣蘇成瑞	1				
總計	63	86	153	170	112	161	19	20

附錄四：越南如清使及其漢文學著述考——兼爲《越南漢喃文獻目錄提要》補正

越南漢籍現存文獻主要以手抄本形式保存，這導致同一作品以多種不同名稱的抄本存世，且常出現雜抄、漏抄、多抄等現象，令研究越南漢籍者頭痛不已。在具體的研究工作展開之前，釐清文獻工作實屬必要。2003 年出版的《越南漢喃文獻目錄提要》（下文稱《提要》）對越南漢喃文獻的整理功不可沒，成爲後世研究者尤其是中國學界參考的重要資料依據，但該書主要參照越南已出版的幾本目錄提要，如越南社會科學出版社 1993 年出版的《DI SẢN HÁN NÔM VIỆT NAM THƯ MỤC ĐỀ YẾU》（《越南漢喃遺產目錄提要》），很多文獻並未進行詳細考證因而出現很多錯訛。參與該文獻編修的學者劉玉珺也坦言其尚存在版本鑒定過於草率、書名訛誤、書籍的漏收與誤收、書籍單元的判定標準不統一等十個主要錯誤〔註 1〕。其後出版《越南漢喃文獻目錄提要補遺》一書主要側重於將《提要》中未收錄的鄉規俗例等新發現的漢籍，並未對《提要》中出現的錯誤予以糾正。鑒於《提要》在學界的重要地位與學界對越南使臣研究的熱潮，對《提要》中收錄錯訛補正也顯得非常重要。本文擬在梳理越南如清使漢文學創作的同時，據越南實地考察中所見文獻情況對《提要》中收錄之誤加以補正〔註 2〕：一類是作者錯訛，如將非如清使著述文獻收錄爲如清使所著，或是將如清使著述收錄到他人名下；一類爲文獻內容收錄之誤。此外本文也補充《提要》中未錄入的如清使漢文學文獻著述及其已佚作品。

一、後黎朝

1. 同存澤

後黎朝福泰四年，賜丙戌科第三甲進士出身，應制第一。同文教之孫，文教崇康十年丁丑科第三甲同進士出身，仕至承政使。存澤仕至參從戶部尚

〔註 1〕劉玉珺，《越南漢喃文獻目錄提要》商榷//越南漢喃古籍的文獻學研究〔M〕，北京：中華書局，2007：464～485。

〔註 2〕筆者糾正文獻主要據越南實地館藏情況，然《提要》中法國藏文獻版本情況因筆者未實地考察而不作討論。筆者曾多次至越南實地查閱文獻，但鑒於越南館藏中原本殘缺、涉及中越敏感外交、帶地圖文獻等均不外借，以及其本身保存中或遺失、或外借等原因，筆者未能全部經眼。未經眼部分均錄自《提要》一書，筆者將於文中進行交待。

書侯爵升少保。致仕加贈吏部尚書郡公。子同秉猶正和十二年，辛未科同進士出身。同存澤未見有文集留於世，其漢文學著作散見於各總集選集中。

據越南社會科學出版社 2002 年《TÊN TỰ TÊN HIỆU CÁC TÁC GIA HÁN NÔM VIỆT NAM》（《越南漢喃作家字號名錄》，下文簡稱《名錄》）載其作品有《范蠡遊五湖賦》、《澤林風景》、《家家考績》、《異聞記》。

2. 申璿

安勇芳杜人，1652 年登三甲同進士。其父申珪亦爲北使使臣，潘輝溫《科榜標奇》「翰墨傳香考」下之「芳杜申珪」條載其父申珪「學問該博，戊辰同進士，官至參政。陽和丁丑，奉往北使，死國事，贈工部右侍郎侯爵。」

3. 鄧公瓆

仙遊扶擁人，1661 年科舉登狀元。潘輝溫《科榜標奇》「國朝狀元考」下之「扶董鄧公」條載鄧公瓚，光紹庚同進士，官至兵部左侍郎、行承使，並稱「公篤學多聞，尤工於詞藻」。

4. 陳壽

至靈直池社人，黎中興景治八年庚戌科三甲進士。仕至光進慎天光祿寺鄉男爵，加贈特進金紫榮祿大夫，戶部左侍郎，芳池侯，賜謚忠謹。祖孫三代連登科甲，其子陳璟，永盛十四年，戊戌科三甲同進士出身；其孫陳璡，璡景興九年戊辰科三甲同進士出身。

5. 汝廷（進）賢

潘輝溫《科榜標奇》「翰墨傳香考」下之「穫澤汝進用」條載其父汝進用「景治甲辰同進士，官禮科給事中。公精於天文，每奉詢問，多奇中」，稱汝廷（進）賢「少而穎悟，年二十二，登熙宗永治庚申同進士，應制第一」。

6. 阮茂材

編修《金山家譜》。

7. 胡仕揚

乂安省瓊瑠縣還厚人。1652 年三甲同進士出身。

編《黎朝中興功業實錄》、《胡尚書家禮》與《胡尚書家禮國語問答》二本合印，有朱伯瑠序一篇。《胡尚書家禮國語問答》以問答形式闡述諸如喪、祭之類的禮儀之事。書中多有引述中國典籍如朱子之說、《山林廣記》、《清流廣集》、《說會集》、薤露歌等。

8. 武公道

海陽省唐安縣慕澤人，1659 年三甲同進士出身，陽德二年（1673）年任如清副使。

《北使詩集》收錄其與陶公正等人唱和詩作，《名錄》稱其還有《重刊治所碑》、《壺天寺后佛碑》。《公餘捷記》「尚書武公道記」中載：「（公道）自十八至八十六歲，遞年各有自述國語並唐律詩，矢口成章，人多傳誦。」〔註 3〕《南天珍異集》「武公道」條中載其：「在朝不避權要，有《諫鬥雞文》進奉，昭祖深嘉之。」〔註 4〕

9. 陶公正（1639～？）

海陽縣永賴縣會庵人。後黎朝永壽四年（1661）榜眼，歷官翰林侍讀、吏部右侍郎。陽德二年（1673）充如清副使，使回轉刑部右侍郎，又任吏部右侍郎。著作有《寶生延壽纂要》、《黎朝中興功業實錄》、《北使詩集》等。《北使詩集》存抄本一種，38 頁。《提要》稱其「收錄陶公正永治二年（1677）起出使中國時所作的詩篇，附有啓文一篇及他人所寫的和詩」，然該集實爲陽德二年（1673）年陶公正出使時所作，集中大部分內容爲唱和詩，一是與正使胡士棟、副使武惟諧、武公道兄弟的唱和詩作，二是與中國文人陳葉、祁鑒、林有聲、來民服等人的唱和詩。文首附有永治二年（1677）陶公正給黎熙宗的啓文一篇。

10. 黃公實

《大南實錄》載黃公實於 1683 與清使明圖、孫卓榮，越南武惟匡等詩相酬和，作《南交好音集》〔註 5〕。

11. 阮貴德

《詩珠集》、《華程詩集》（二集已佚）；《含龍寺碑記》。

12. 阮登道

《后神碑記》、《貴臺公留福碑》、《奉事范家碑記》。

〔註 3〕孫遜、鄭克孟、陳益源，公餘捷記//越南漢文小說集成（第 9 冊）〔Z〕，上海：上海古籍出版社，2011：41。

〔註 4〕孫遜、鄭克孟、陳益源，南天珍異集//越南漢文小說集成（第 10 冊）〔Z〕，上海：上海古籍出版社，2011：154。

〔註 5〕〔越〕阮朝國史館，大南正編列傳初集〔M〕，東京：慶應義塾大學語學研究所，昭和三十七〔1962〕：1013。

13. 鄧瑞（1649～1735）

字廷相，號祝翁，以字行於世。二十二歲中後黎朝景治八年進士，官陪從侍郎，改授武階鎮山南，還署府事參預朝政。子孫配王姬者四，再致仕，賜號國老，封應公。

（1）《零江營衛錄》

（2）《祝翁奉使集》、《術古規訓錄》（二集已佚）

《皇越詩選》（A.3162／2）下卷選錄鄧廷相《奉使集後》詩五首：《看旅舍壁上畫竹圖》、《過殷太師比干墓》、《立春日即事》、《題唐宗璟作梅花賦處》、《答豐城貢生任光禧》。

《名錄》中還載其作品有：《報恩碑記》、《正法殿石碑》、《杜家碑》、《含龍寺碑記》、《后神碑記》、《留恩遺愛之碑》、《奉事碑記》、《奉事後佛碑記》、《承祀碑》、《重興報恩寺碑記》、《重修功德碑記》、《永報碑》、《永報碑記》、《永福寺碑記》。

14. 阮當褒

慈廉西姥人。陽德二年進士，累官至尚書致仕。著述散佚，《皇越詩選》（A.3162／2）下卷選錄其詩《餞鄧公廷相奉命北使之乂安省親》1 首。

15. 阮公基（1676～1733）

本名錦，字公基，號杲軒，河內省慈廉縣明果人，以字行於世。後黎朝正和十八年（1697）三甲同進士同身，初授翰林院檢討，歷工部、戶部二部右侍郎。永盛十一年（1715）以奉如清正使，使回受封伯爵。保泰元年（1720）升兵部尚書兼東閣大學士，旋因同僚政見不合，於次年自除武職。著作有《黃華敘實記》、《武學叢記》等，皆已佚。

（1）《使程日錄》

該集原載於嗣德十二年重修的《春早尚書阮進士家譜》中，列爲阮公基北使時所作的使程文集。復旦大學編《越南漢文燕行集成》第一冊中在收錄時亦將作者題爲阮公基，其認爲該集雖然有託僞成份，但其中細節若非當事人也並不能如此詳知。在《春早尚書阮進士家譜》中錄入時，就對此爲阮公基之作頗多疑議，認定其爲僞作「以堂堂國使，所至皆有文牒，過諸省城，皆有使館，使部所至，某省謁其至吏，乃禮之常，及至京城，各有使館。使部至京，先謁相府，俟臣達而敢行陛見，其國書貢物，悉由政府檢查合約，然後陛見。此禮昭然耳目，人皆得知之。且柳昇之事未必至相公而其倘歟？清史載已詳之矣。何得妄爲誇詡，認爲相公之事耶？」〔註 6〕筆者認爲該集實爲以北使爲題材的小說。「北使」題材在越南漢文小說中亦常可見，如《公餘捷記》中「阮公登記」條、「阮登縞記」條等，常以誇耀北使之才，折服北人爲套路。《集成》收《北使佳話》亦是此類。由此，《使程日錄》作者極有可能不是阮公基之作，只能存疑。

（2）《黃華敘實記》、《武學叢記》（二本已佚）

《春早尚書阮進士家譜》中記「乙未年正永盛十一年，歲貢二部至期，奉差正使，准給民祿田祿如制。至拜謝辭行之日，王殿頒詩國音二首，丹墀賜宴，席啓二筵，江次再行於祖餞。鴻逹靡憚於關山，四牡馳驅，擁使旌而觀光上國……因循異渥之恩綸，特降公手著《黃華敘實記》」。

16. 黎英俊

《名錄》載其作品有《論辯讚頌箴文集》、《興功碑》、(《錦旋榮錄》)。

17. 丁儒完（1671～1716）

字存樸，號默翁，歡州香山安邑人。後黎朝正和庚辰科（1700）二甲進士出身。初奉差鎮高平，累官至尚寶寺卿、工部侍郎。永盛十一年（1715）奉如清副使，使程至北京時病卒。著作留存有《默翁使集》、《默翁止齋黎參詩文合編》:《默翁使集》今存抄本三種，從 60 至 72 頁。阮仲常（其婿）於永盛十五年（1719）編輯。收錄作者北使詩集，附載祭文、石磬銘文、誡子文等。其中《默翁止齋黎參詩文合編》，192 頁，爲《默翁使集》、《止齋文詩集》與《黎惟亶詩集》合抄。

18. 阮茂益（盎）

《名錄》載其作品有《后佛碑記》//《全越詩錄》。

19. 阮公沆（1679～1732）

字太清，號靜庵，北寧東岸扶軫人。後黎朝正和二十一年（1700）進士，累官參從尚書，有才氣，果於任事，以直言聞名。仁王甚委信。永盛十四年（1718）任如清正使，使回，保泰二年（1720）升兵部尚書。順王以事貶，賜自盡，至景興時期始追復名聲。

〔註 6〕〔越〕春早尚書阮進士家譜〔Z〕河內：越南漢喃研究所藏抄本，編號 A.1481：62b～64。

（1）《往北使詩》

存抄本一種，抄錄於陶公正《北使詩集》之後。收錄阮公沆永盛十四年（1788）出使中國時所作詩，並附御製漢文喃文詩各一首，阮公沆謝表。

（2）《皇越詩選》（A.3162／2）下卷選錄其北使詩 6 首：《過平樂題樂山亭》、《題岳武穆王廟》、《過靈渠題飛來石》、《挽應山楊忠烈公並序》、《簡朝鮮國使俞集》。《往北使詩》今存抄本一種，34 頁；

《名錄》載其作品還有《星槎詩集》、《表文集》、《翰閣叢談》、《范公家譜碑記》、《惠靈祠后神碑文》。

按：阮公沆被越南文人比作王安石。《神怪顯靈錄》中稱：「（阮）公夢見王安石入相，覺以語人：『今朝廷用人，必有大異，當靖以觀之。』未幾，改元保泰，覃惠百官，阮公沆以兵部侍郎超昇禮部尚書，參從遂一更張，紛亂諸事，無異安石所爲。」〔註 7〕《本國異聞錄》亦稱阮公沆出生時：「其父夢神人告曰：『君當灑掃門庭，當有王安石來。』已而生公。……公之爲政，頗存更張，性執而偏，大類王安石所爲。」〔註 8〕

20. 胡丕績

《提要》載胡丕績編撰於龍德二年（1733）有《窮達家訓》，其正文教家人守家業、勤儉、謙虛、勿驕奢、勿沉迷酒色等。附載清朝使臣與黎帝關於封王問題的往來文牘。

《胡家合族譜記》（A.3076）載胡丕績 1721 年奉歲貢正使出使時「著上國觀光祿（錄）序」。

21. 杜令名

青池仁睦舊人。永盛庚寅進士。累官刑部左侍郎，青池侯。升邢部尚書，青郡公致仕。《皇越詩選》（A.3162／2）下卷選錄其詩《致仕留簡同朝》1 首。

22. 范謙益

號敬齋。原姓阮，嘉林金山人。後黎朝裕宗永盛六年探花，東閣第一中格。累官入侍參從，吏部尚書。永祐末出爲清華留守，升太宰。阮公沆《往北使詩》集中收錄其出使時所作《兩曜合璧五星聯珠詩》一首。《皇越詩選》

〔註 7〕孫遜、鄭克孟、陳益源，神怪顯靈錄//越南漢文小說集成（第 10 冊）〔Z〕，上海：上海古籍出版社，2011：93。

〔註 8〕孫遜、鄭克孟、陳益源，本國異聞錄//越南漢文小說集成（第 10 冊）〔Z〕，上海：上海古籍出版社，2011：234。

（A.3162／2）下卷選錄其北使詩5首：《遊赤壁山》、《端陽小雨》、《謝兩廣總督孔公並序》二首、《恭誦雍正皇帝》。

23. 阮輝潤（原名光潤）

潘輝溫《科榜標奇》「翰墨傳香考」下之「富市阮光潤」條載其與堂弟輝滿、輝沭並中進士，其子中進士，其孫「少以文章名世，學問淵博」中會元。《敏軒說類》「鄭尚書遺事」條載「大司馬阮公輝潤未第日，文名大噪」。

24. 黎有喬

《名錄》載其作品有《北使效顰集》（已佚）、《國師大王廟宇碑記》、《黃甲黎公祠堂記》。

據黎貴惇《北使通錄》載其著有燕行錄《使北紀事》今已佚：「南國前輩奉使詩集甚多，惟紀事未有。永祐丁巳（1737），遜齋黎先生充賀登極副使，始述日程道里、應酬贈遺與所見聞風俗事蹟，爲《使北紀事》一卷。編敘簡潔，有風致。憶僕未第時，公曾出以相示，且語曰：『此吾奚囊中異草也。』子他日必膺皇華盛選，其推而廣之，以重事增華焉。」〔註9〕

25. 阮翹（1694～1771）

號浩軒，河內慈廉富舍人。後黎朝永盛十一年（1715）三甲同進士出身。景興三年（1742）任如清正使。著作有《乾隆甲子使華叢詠》（合著）、《浩軒詩集》（已佚）、《阮浩軒阮舒軒唱和集》、《周易國音歌》。

《名錄》載其作品有：《景治五年丁未科進士題名記》、《正和四年癸亥科進士題名記》、《正和十八年丁丑科進士題名記》、《奉事後佛（碑記）》、《張惠顯德之碑》、《永盛八年壬辰科進士題名記》//《史文摘錦》、《華程偶筆錄》、《壬戌課使程詩集》。

26. 阮宗窐（1693～1767）

號舒軒，太平府御善福溪人。後黎朝保泰二年（1721）二甲進士出身。官京北承使、宣光督同，升刑部左侍郎。景興三年（1742）、九年（1748）分別擔任如清副使、正使。

（1）《使華叢詠集》（《使程詩集》、《壬戌科使程詩集》、佚名《使華叢詠後集》（A.700，收錄於《華程後集》），《乾隆甲子使華叢詠》）

《壬戌科使程詩集》今存抄本一種，爲壬戌年（1742）阮宗奎隨正使阮

〔註9〕〔越〕黎貴惇，北使通錄//越南漢文燕行文獻集成（越南所藏編），第四冊〔M〕，上海：復旦大學出版社，2010：7。

翹出使求封所作。《壬戌科使程詩集》內容與《集成》所錄的三本內容皆有重合之處，其原因在於《集成》所錄三本亦是阮宗窐燕行詩文的不同抄本，然《壬戌科使程詩集》還有許多內容爲這三本未錄部分，主要爲兩類：其一爲與中國文人的交往之作，如《江南寶城人枚轂，乙未科翰林出身，學習儀禮畢。令而謁呈諸詩稿》、《到北京謝鴻臚寺正卿梅一律》、《陝西縣寧夏趙之坦令錄呈詩稿》、《到桂林餞鎮差鄭大人詩二首》、《餞伴送嵩崖陳先生詩一律》等。其二爲本國官吏唱和之作，如《我國吏部右侍郎陳謙齋和》、《我國監察使阮舒齋和》等。此外，該抄本中記行程如《先賢廟題詩勒石以垂不朽》亦可見越南文人對中國文化的態度與心理，在抄寫格式上其對阮宗窐（舒軒）、阮翹（浩軒）二人各自唱和內容標注十分清晰，對於未留存燕行文獻的阮翹而言，其價值自不待言。

《使華叢詠後集》（A.700）收錄於武輝瑨所作燕行詩文《華程後集》集中，收詩歌 79 首，未題撰寫人，有金陵張漢昭序言一篇。其內容大多收錄於阮宗窐《使華叢詠集》中的《使華叢詠後集》，其未被收錄部分，亦可見於其所作另兩種燕行集《乾隆甲子使華叢詠》、《使程詩集》。

阮宗窐《使華叢詠集》在幾本同種類抄本中抄寫最爲工整，從文前胡仕棟乾隆戊戌年（1778）序中言可知該本由其子阮居正所編撰「余得全稿，見舊紙多有補葺。因請壽之梨棗，居正言『吾志也』……阮廷棟舒軒，公故吏也，嘗隨公北使省。居正因將詩稿前後二集囑他鋟梓，且寓書託余寶訂僞舛立爲之序。」由「多有補葺」可見阮居正所據底本已非原本，因而該書才遺漏許多內容；《使程詩集》未題撰寫人，前後文已佚，詩集前半部分文首有點評，如點評《臨清旅次》爲「秀麗絕倫，幾可與屈宋作衙官」，文末附贈答諸律；《乾隆甲子使華叢詠》更側重於抄錄阮宗窐、阮翹唱和部分。對比這五個抄本，《壬戌科使程詩集》所收內容更全面，疑其更接近底本。

（2）《阮浩軒阮舒軒唱和集》

一卷，抄本一種。

《名錄》載其作品有《詠史詩》《五倫敘》、《重修驛廟碑記》。

27. 武欽鄰

《名錄》載其作品有《白雲庵程國公詩集》、《乾元御製詩集》、《周易國音歌》、《名臣名儒傳記》、《丹鄉劵例》、《翰苑流芳》《皇閣遺文》。

28. 鄭春澍

《使華學部詩集》（已佚）。

29. 黎貴惇（1726～1784）

字允厚，號桂堂，幼名黎名芳，太平延河人。其父富庶公登保泰甲辰科進士，貴惇登後黎朝景興十三年（1752）壬申科榜眼。初授翰林院侍書，景興二十年（1760）以翰林院侍讀任如清歲貢副使，使回升翰林承旨，轉海陽道督同。隨後以妻亡子幼上疏歸田，返鄉後杜門著書，授徒講學。景興二十八年（1767）被薦還朝，歷任戶部右侍郎兼僉都御史、吏部右侍郎等職。景興四十二年（1781）因讒被降，次年出鎮乂安。去世追贈工部尚書、穎郡公。黎氏學識淵博，著述繁多，據裴存庵《桂堂先生成服禮門生設奠祭文》載黎貴惇的著述有：《諸經論說》、《國史繼（續）編》、《皇越文海》、《邦交續集》等等，並云其著述之多，「無慮數十百篇」〔註10〕。現存可考者漢文文獻有：《易膚叢說》二卷、《芸臺類語》九卷、《群書考辨》二卷、《聖謨賢範》十二卷（又作《聖謨賢範錄》）、《見聞小錄》十二卷、《陰騭文注》二卷、《書經演義》三卷、《四書約解》（其中含有喃文）、《大越通史》（《黎朝通史》）、《北使通錄》、《桂堂詩集》、編錄《全越詩錄》。

（1）《易膚叢說》

二卷，存抄本四種。規格各異，厚 132 至 238 頁。四書後附內容各異。卷一對《易經》義理的評論及問答體的解釋；卷二爲《易經》先儒各家注。

（2）《書經演義》

三卷，存印本一種，284 頁。編撰於黎景興三十三年（1772）含李陳瑻景興三十九年（1778）跋。策文集，以策文形式對《尚書》作逐篇解答與注釋。

（3）《大越通史》

存抄本七種，篇幅規格各異。厚 144 至 606 頁。各本皆不全。有黎貴惇景興十年（1749）自序。黎氏自稱其書仿《魏書》、《晉書》、《隋書》體例，按照紀、傳、志的體例編寫，爲越南第一部紀傳體史書。

（4）《見聞小錄》

十二卷，黎貴惇所搜集的有關李陳和黎朝史料的一部筆記。內容涉及政治、人物品評、科舉、禮法等方面的典故並錄有若干詩詞、對聯、碑銘等。漢文間有喃字。

〔註10〕《皇越文選》卷四。

（5）《北使通錄》

記出使行程、所攜貢品、朝見禮儀等。並錄有與中朝官員唱和詩原文。內容包括奏文、詩文，所經之地的山川、道路、風俗等，其中有喃文散文一篇。

（6）《全越詩錄》

六卷。約存抄本十一種，惟兩種內容較全，一本 815 頁，一本 996 頁。收錄李、陳、胡、黎各朝的詩歌總集。共錄詩 173 家，詩 2303 首。受明都王鄭楹之命而編次，收錄自李朝迄黎襄翼帝時期 73 家共 897 首漢文詩，前有黎貴惇所撰《例言》。

（7）《黎朝功臣列傳》

存抄本一種，錄黎朝功臣黎石、黎來等十九人的小傳，附載黎太祖小傳。此抄本實爲黎氏《大越通史》列傳中的一部分摘抄。

（8）《桂堂詩集》（又名《桂堂詩匯選全集》）

存抄本兩種，310 頁與 232 頁。收錄兩類內容：一是北使期間與中朝文人唱和詩，一是題詠名勝古詩、題扇詩、集句詩等。

（9）《黎致士詩集》

存抄本一種，216 頁。《提要》稱該集爲詩文集合抄，收錄三部作品，一是《黎致士詩集》，收錄黎貴惇致仕後自作詩文，黎王與鄭主的賜聯及敕封，友人門生的祝文，黎貴惇墓誌銘；二是《黯章公詩集》，收錄黎貴惇吟詠酬唱之作；三是《香羅黎公詩集》收錄作者描寫黎鄭末期離亂的詩。

（10）《撫邊雜錄》

六卷，今存印本兩種，抄本六種，六冊。含黎貴惇景興三十年（1776）自序、吳時仕景興三十八年（1777）跋、目錄各一篇。黎貴惇於丙申十一年（1776 年）任順化協鎮撫時期所輯錄的資料，記順化和廣南處的地理歷史之書，涉及山川、城壘、道路、風俗、礦產等。書中收若干名士的詠詩。

（11）《聖謨賢範錄》

今存抄本兩種，494 本分四冊，646 頁本有目錄。摘自中國經傳史籍中的聖賢名言集，分爲忠、立孝、修道、間邪、連理、衛生、官守、從政、謙慎、酬接、尊誼、閫訓等十二章。未加評論，作者欲借先賢之楷模，宣揚修齊治平之道。

（12）《芸臺類語》

九卷，今存抄本九種，多爲殘本。有序兩篇，引及目錄各一篇。匯輯了有關哲學、文學、天文學、地理學等方面的知識，共有 9 目，各成一類，內容分理氣、形象、區宇、典匯、文藝、音字、書籍、士規、品物九章。

（13）《群書考辨》

四卷。此書匯輯了中國典籍中的一些歷史事件及理學家的觀點，評論了中國的 142 個歷史問題，也提到了宋朝學習越南李朝軍制之事。

（14）編輯《陰騭文注》

今存印本兩種，明命二十年（1839）據桂堂原本印行。黎貴惇編輯，其子黎貴醇、黎貴佐、黎貴儀及其門人阮貴弘校訂，有清沈德潛序、越南黎促庶後序、越南裴輝碧跋。中國書籍《陰騭文》的注文，徵引和注釋了中國的歷史事件。

（15）《諭祭勳臣》（與范貴適、丁時忠合撰）

《提要》稱該集爲黎貴惇與范貴適、丁時忠所撰祭文，所祭人物有北朝太守、興化陣亡將士、程狀元等，附載普勸文、祝壽文及對聯。

（16）校訂《四書約解》、《太乙易簡錄》、《黎貴惇家禮》

30. 阮輝□（1713～1789）

河靜羅山人。後黎朝景興九年（1748）探花，主科舉及國子監多年，官至吏部左侍郎，封都御史。景興二十六年（1765）任如清正使，使回受封伯爵。年七十致仕，贈工部尚書。

（1）《奉使燕京總歌並日記》（又名《奉使燕京總歌》）

今存抄本兩種，76、156 頁。由阮輝似（其子）抄錄。今存抄本兩種，76、156 頁。由阮輝似（其子）抄錄。阮輝僜撰於景興二十五年（1764），北使時的日記體詩歌，並收錄詩 136 首，多題詠唱和類。

（2）編輯《北輿輯覽》

今存抄本一種，68 頁。編輯於景興十年（1749）。內容實爲阮輝僜出使中國後據《名勝全志》的節抄本。

（3）《名錄》載其作品還有；《燕軺日程》、《初學指南》、《奉使燕臺總歌》、《碩亭遺稿》、《后神碑記》、《國史纂要》

31. 胡士棟（1739～1785）

字隆甫，號瑤亭、竹軒，乂安瓊瑠還厚人。後黎朝景興三十三年（1772）壬辰科進士。景興三十八年（1777）任如清副使，次年啓程。歷任戶部左侍郎、順化督同及武官都指揮使等隊員。卒贈工部尚書，封爵郡公。

《胡家合族譜記》（A.3076）載胡仕棟「至今談公之文章德業，莫不欣歆慕焉。所著有日程（國語）、使華集、西行錄、南行錄及諸雜詠，皆溫和平易，爲世師範模」。

《花程遣興》

32. 黎允伸

《名錄》載其作品還有《神碑記》。

33. 阮賞

《百僚詩文集》（A.553）收錄其詩 1 首。

34. 段阮俶

原名惟靖，瓊瑠海安人。《大越歷朝登科錄》載其祖文江大幸人，奉使兼統領西道，仕至副都臺央伯爵。阮俶登景興十三年正進士，累官署副都御史，瓊川伯，奉差乂安督視。性耿介，甲午乞歸田里。《皇越詩選》（A.3162／2）下卷選錄其北使詩 7 首：《南關晚渡》、《題伏波廟》、《過洞庭湖》、《赤壁懷古》、《題赤壁蘇東坡祠》、《濟黃河》、《餞朝鮮國使尹東昇、李致中》。

35. 武輝珽（1731～1789）

字溫奇，號頤軒，謚號文忠。海陽唐安縣慕澤人。後黎朝景興十五年（1754）甲戌科進士。景興三十三年（1772）奉如清副使，使回升任兵部侍郎兼國子監祭酒。

《華程詩集》，今存抄本一種，126 頁。收錄壬辰（1772）武輝珽出使中國時所作的 140 首詩，多爲使程題詠及與贈答唱和之作。由該書寧遜序云「專對之暇，觸興吟題，詩凡千百首，顏《華程學步集》」而該抄本內題《華程詩》，其子武輝瑨亦擔任如清使，效其父燕行集作《華原隨步集》，由此可推知武輝珽原集名《華原學步集》，該抄本實爲其節略本。

《皇越詩選》（A.3162／2）下卷選錄其詩 3 首：《奉賜鹿觳恭紀》、《藍京紀事》、《自課》。

36. 阮香

改名廷傃，又改樂善，復名香。字書甫，號復庵。東安平民人，景興三十年進士。累官僉都御史，兩鎮高平。《皇越詩選》（A.3162／2）下卷選錄其詩 5 首：《寄乂安協鎮裴存庵》、《癸卯除夕》、《元旦和存庵韻》、《愛慕津曉發》、《甲辰五月二十三日，使舟到烏紗，夾遇賀壽使回國，寄呈列位年家附呈諸親友》。

越南漢喃研究院今存《使紹吟錄》抄本一種，收錄詩文 60 篇。《提要》中題阮香編，稱其內容爲「阮廷素出使中國時所作的五十四首詠景詩，附有范喬年、陳輝照的餞贈詩」，然該集內容所收實爲武希蘇的燕行詩文，內容均可見於《華程學步集》。武希蘇與阮香於嘉隆三年（1804）共同出使中國。之所以誤收可能受該抄本題名下書「阮香號復庵，東安平民人。景興三十年（1769）進士」影響。相較於武希蘇的《華程學步集》，《使紹吟錄》中側重於記錄行程，並將前集詩歌標題進行簡化，以突出地名爲主，並刪除詩歌標題下的說明文字以及該集中涉及文人交往的 3 首詩歌。

37. 黎光院

《華程偶筆錄》，今存抄本一種，246 頁。收錄癸巳（1773）黎光院出使中國時所作的 515 首詩，並附阮宗窒、阮翹二人詩及序文 23 篇。

38. 黎惟亶

（1）編《南河捷錄》

五卷，存抄本兩種，河內藏 154 頁。錄阮朝帝王自阮淦至嘉隆的世系譜及阮主的詔表諭，阮主政策與拓疆行動。並錄阮朝忠臣小傳，暹羅、高蠻、西方外國的風俗，附若干鬼怪故事。

（2）《黎惟亶詩集》

存抄本一種，82 頁。收錄三類作品，一爲詠後黎史實的詩，共 42 首；二爲詠中越忠義人物的詩，共 30 首；三爲記錄出使中國的詩，共 30 首。

39. 陳名案

（1）《了庵散翁遺稿》（又名《散翁遺稿》、《了庵遺稿》、《了庵散文詩集》）

存抄本四種，篇幅規格各異，厚 38 至 162 頁不等。收錄陳名案詩、賦、書集等體裁作品，內容主要爲陳名案與黎侗等人隨後黎昭統帝來華求助時所作之詩文。

（2）《柳庵詩集》（又名《柳齋庵詩集》）、《陳柳庵詩集》

存抄本三種，47 至 110 頁不等。收錄詩歌一百首。《陳柳庵詩集》（VHv.108）47 頁，與黎侗《北行集》合抄。收 73 首作品，所錄內容主要是陳名案與黎侗等人隨後黎昭統帝來華求助時所作之詩文，如《僑居述懷》、《南寧病中示阮葆棠》、《呈南寧知府趙問病》、《題北國醫家》等。其中所錄內容在不題撰者的《逸夫詩集》及題陳名案撰的《寶篆陳黃甲詩文集》中多有重複。

（3）《散翁遺稿附雜錄》

存抄本一種，284 頁。收錄陳名案詩文聯 191 篇。含詩、祭文、碑文、賦、帳、表、序、對聯等。

（4）《寶齋詩集》（又名《寶篆陳黃甲詩文集》、《寶篆陳先生詩集》、《黃甲陳先生詩集》等）

存抄本五種，55～78 頁不等；收錄關於清軍進入越南一事的謝恩表，關於清帝准許其回國一事的謝恩表，戒色賦、和晴派侯詩，哭晴派侯文等。55 頁抄本與黎侗的《北行略編》合抄。存抄本一種，128 頁。收錄陳名案詠景、抒懷、詠史等詩及隨昭統逃亡詩若干篇。題《黃甲陳先生詩集》爲《百家詩題雜詠》（VHv.37）中所錄陳名案詩 132 首。

（5）《芳渡列操州詠》

今存抄本一種，22 頁。陳名案詠烈婦潘氏舜的 30 首詩，並附錄有其他文人題潘氏的 6 首和詩。潘氏，石河縣人，聞丈夫陳亡於翠愛河，便投此河自盡。後得封爲夫人，受當地民眾立祠奉祀。

二、西山朝

1. 武輝瑨

（1）《華原隨步集》

存抄本一種，128 頁。收錄作者己酉年（1789）出使中國所作詩 80 首，附載乾隆及中國文氏詩。

（2）《華程學步集》、《華程後集》

存抄本一種，一種 46 頁。收錄作者嘉隆三年（1804）出使中國時所作詩，附載越南文人餞送詩及序文各五篇。《華程後集》存抄本一種，一種 222 頁。不題撰寫人。書中實爲兩部北使集武輝瑨《華程學步集》與阮宗窐《使華叢詠後集》的合抄。一抄本題陳文著《華軺侯命集》，實雜抄武輝瑨《華原隨步集》與潘輝注《華程續吟》。今存抄本一種，無論是《提要》中的書寫，還是該抄本中所題撰寫者皆誤陳文著《華軺侯命集》，收錄詩文 103 篇。《提要》稱其「乃 1743 年進士陳文著出使中國時所作的詩文」。該集題名下書「先生姓陳諱文著，青沔慈烏人。景興四年（1743）正進士，景興辛巳（1761）冬奉命伴送使回程」。該集前 80 首內容皆可見武輝瑨《華原隨步集》，但將其詩歌題目進行簡化以突出行程，如《至芹營阻雨留住山村漫興》改爲《芹營阻雨》、《登母子窖山感成古風一首》改爲《登母子窖山》，甚至其中一些詩篇題目改動後與原意不符現象，如《琢州夜行回觀家尊詩稿有「涿州見雪」之作依韻書懷》改爲《涿州夜行見雪》；該集中間部分附錄 23 處詩中名跡的解釋說明，如梧州、洞庭湖、灘江、長沙、五險灘、飛來寺等；該集集末附錄爲潘輝注《華程續吟》集末的附錄，潯州知府孫世昌、新泰協鎭那丹珠、桂林紳員龔一貞三篇送行詩。

2. 阮偍

（1）《華程消遣集》

存抄本兩種，分前後二集，一種 168 頁，一種 130 頁。書中收錄 324 首使華詩，多爲詠途中風景及感懷贈和之作，以及與中國文人的唱和。

（2）《桂杆甲乙集》、《晚晴簃詩匯》

3. 潘輝益（1751～1822）

字謙受，號裕庵，原名潘公惠。景興三十六年（1775）進士。1777 年，擔任如清使一職。

（1）《菊堂百詠詩集》、《菊堂百詠集》（與吳時任合撰）

存抄本一種，173 頁。詩集合抄。潘輝益與吳時任的唱和詩集《菊堂百詠集》與《明良錦繡》《瓊苑九歌集》合抄。關於端陽節往來唱和詩一百首，內容涉及織布、鐘聲、戲月、賞花等。

（2）《裕庵吟錄》

六卷，存抄本三種，90 頁爲鄧維穩抄錄於 1963 年，存兩卷；480 頁，483 頁爲阮文質用新式紙抄錄。收錄潘輝益詩六百首，爲編年體詩集。卷一爲《逸詩略纂》「起庚寅（1770）季春，迄庚戌（1790）初夏。內頌一篇，七言律百十六首，小律二十六首，五言律十二，小律十首，詞一調。」卷二爲《星槎紀行》「起庚戌（1790）仲夏，迄季冬。內七言律七十六首，五言律二首，五言排律一首，五言古一首，贊一首，詞與曲十調。」卷三爲《逸詩略纂》「起辛亥（1792）孟春，迄丙辰（1796）季秋，內銘一首，五言排律一首，五言古一首，五言律一首，七言古二首，七言律八十九首，小律二十首。」卷四爲《南程續集》「起丙子（辰？）仲冬，迄丁巳（1797）孟冬。內七言律七十三首，小律十二首，七言古一首，歌一闕，五言律三首，五言排律一首，五言古二首。」卷五爲《逸詩略纂》「起戊午（1798）孟春，迄癸亥（1803）季冬。內七言律五十八首，小律六首，七言古三首，五言律排二首，五言古四首。」卷六爲《雲遊隨筆》「起甲子（1804）孟春，迄甲戌（1814）季冬。內賦一道，贊二道，歌一闕，五言律三首，五言排律二首，五言古七首，七言律八十首，小律四首，七言古六首。」

（3）《裕安文集》

八冊，存抄本一種，542 頁。收錄潘輝益散文，第一二冊爲表章，收錄文章 66 篇；第三四冊爲柬札，收錄文章 86 篇；第五冊爲制誥、記敘，收錄文章 84 篇；第六冊爲禱詞，收錄文章 73 篇；第七冊爲哀挽，收錄文章 75 篇；第八冊爲對聯雜著，收錄對聯 397 種。

（4）《裕安詩文集》

六卷，存抄本一種，704 頁。潘輝益詩文合集，卷一至卷四爲《裕安文集》，卷五至卷六爲《裕安吟錄》。

（5）《柴山進士潘公詩集》（A.2822 收入《日南風雅統編》）

今存抄本一種，收入《日南風雅統編》，12 頁。收錄潘輝益出使中國燕行詩。其中所錄一部分可見於潘輝益所作《星槎紀行》如《經五險灘》、《蒼梧江次》、《昭君墓》等，但其中亦有《集成》中未存部分，如《十七夜泊舟沿翠山下》、《晚泊洱河望昇龍城懷古》。該抄本雖然內容相對單薄，但因其爲供中國使越使臣勞崇光所閱讀「崇光初抵京館即求觀本國詩，乃命集諸皇親並諸臣名作者名爲《風雅統編》許觀，崇光深所歎賞」〔註 11〕。《日南風雅統編》集前還收勞崇光序一篇，因其可見中越文化交流。

4. 段阮俊

乂安省瓊瑠縣海安社。西山朝光中三年（1790）。著作有《海煙詩集》、《海翁詩集》、《海派詩集》、《段先生詩文集》（收入《日南風雅統編》）。

《海派詩集》今存抄本一種，書中題作者爲「裴玉櫃」著。然其內容實與《海翁詩集》基本相同，其作者應爲段阮俊。究其原因可能是抄錄詩集名稱時的筆誤，段阮俊（濬）被封爲「海派侯」，「海派」又爲裴樻（玉櫃）之

〔註 11〕〔越〕阮朝國史館，大南實錄正編·第四紀卷四，慶應義塾大學語學研究所，昭和五十四年〔1979〕：5775（105）。

號。《提要》中在收錄時已注意到此問題予以糾正。《海派詩集》與《海翁詩集》不同之處在詩集開頭收錄的幾首詩，《海派詩集》中多收錄出使前與親友的留別詩，如《仲冬中院得命北向侯奉貢使，留札富春京新舊契識》及吳時致、阮攸的和詩。《段先生詩文集》亦收入《日南風雅統編》，其燕行詩部分與《海翁詩集》內容略同。《提要》中稱其「收錄段阮俊使華之作一百四十一首詩，內容涉及寧明江道、翠山、蕭山寺等」，然其內容並非完全「使華之作」，後一部分實爲越南境內景物，如《那山》、《宿營梀有感》、《宿横山屯聞海濤聲》等。

5. 吳時任（1746～1803）

字希尹，號達軒。景興三十六年（1775）進士。1792 年，兼任國史署總裁，翌年以侍中大學士正使的身份出使清朝，報告阮惠之喪，請求冊封阮光纘爲新的安南國王。1797 年，奉命爲國史監修，整理刊行吳時仕的《越史標按》。1802 年，吳時任、潘輝益投降，被押至順化。翌年阮福映命令將吳時任、潘輝益等人押至北城文廟前當眾鞭笞。因吳時任與阮朝大臣鄧陳常有隙，鄧陳常命人將其打死。著作有《邦交集》、《華程家印詩集》、《海陽志略》、《二十一史撮要》、《四家說譜》等。

（1）《皇華圖譜》

存抄本一種，138 頁，含文、小引各一篇。收錄吳時任北使詩文集，主要內容爲題詠餞送之作，出使中國期間所做的詩歌 115 首，並附抄錄多篇使程中所記中國文獻。

（2）《春秋管見》

四集，存抄本一種，1010 頁，黎景興丙午年（1786）撰。論述《春秋》所載著作，以《公羊傳》和《穀梁傳》的注本爲依據。

（3）《燕臺秋詠》

存抄本一種，150 頁。《提要》稱其「收錄吳時任癸丑年（1793）的北使詩文集，主要內容爲題詠、感懷、贈答之詩，及與清帝、中國文人、朝鮮使臣唱和之作。」該集實是吳時任、潘輝益、段阮俊三人燕行文獻的合抄。

（4）《筆海叢談》

《吳家文派選》卷十至十三卷，存抄本一種。收詩 94 首。

（5）《金馬行輿》

《吳家文派選》卷十四卷，存抄本一種。收錄賦作 13 篇，記 16 篇，議 7

篇，啓 13 篇，告文、祭文、誄文等 22 篇，序 12 篇，書 6 篇，其他應用文體 9 篇。

《水雲閒詠》中收錄詩歌 56 首；

《翰閣英華》收錄詔書 15 篇，敕文 3 篇，表文 48 篇；

《號旻哀錄》收錄對聯 381 副，奠、告、祭等文 19 篇，行狀 1 篇；

《菊花詩陣》收錄其與潘輝益的唱和詩 50 首；

《秋觀颺言》主要收錄應制、贈答、唱和詩等 100 首；

《玉堂春嘯》收錄詩歌 75 首；

《錦堂閒話》收錄詩歌 62 首；

《邦交好話》收錄其所作與中國相交的外交公文 92 篇；

《海東志略》收人物傳記 6 篇。

（6）《希尹公遺草》

6. 佚名

內題爲阮朝潘清簡所撰的《使程詩集》（A.1123），《集成》中收入時因考所交遊的《贈廣西巡撫陳大人》、《贈定州知州郭守樸》二首中人物職位爲乾隆 1791～1795 時期，因而斷定該集應出自這一時段西山佚名使臣之手。就其詩作內容考察，其中有多首與 1795 年

三、阮朝

1. 鄭懷德（1765～1825）

幼名安，字止山，號艮齋。嘉定平陽人，明鄉人後裔，先世福州府長樂縣人。1789 阮福映收復嘉定時，應舉授翰林院制誥；1789 年任知新平縣田峻事，隨後任東宮侍講；1794 年任鎭定營記錄；1801 年任戶部參知；嘉隆元年（1802）阮朝立國被任爲戶部尙書，擔任如清正使；嘉隆十五年（1816）任嘉定城協總鎭；明命二年（1821）人行協辦大學士，仍領吏部尙書。明命三年（1822）進獻《歷代紀元》、《康濟錄》各一部，並被授兼領禮部尙書一職。他自幼篤志好學，工詩文，與友人結有平陽詩社，名曰「嘉定山會」，還常與吳仁靜、黎光定相唱和，匯成《嘉定三家詩集》。《歷代紀年》、《康濟錄》、《北使詩集》、《華程錄》、《嘉定三家詩集》、《艮齋詩集》和《嘉定城通志》。

2. 吳仁靜

《大南實錄》諸臣列傳八載其「有才學，工於詩……文學該博，好吟詠」。

（1）《拾英堂詩集》

存印本一種，70 頁。有陳濬遠、阮迪吉、裴楊瀝各作序文。收錄吳仁靜北使期間所作詩文。

《華原詩草》、《拾英堂文集》《嘉定三家詩集》、《汝山詩集》、《大越一統輿地志》。

3. 黃玉蘊

嘉定平陽人。戊申投軍補左軍營書記，辛亥科試中補國子監侍學，乂卯轉翰林侍學，甲寅充任如暹副使，嘉隆元年以刑部右參知身份充任如清乙副使。使回任北城刑曹，五年領乂安協鎮。因母憂去職，九年復領北城刑曹。丁丑年卒。

4. 黎光定

《大南實錄》諸臣列傳八載「少孤家甚貧，稍長穎悟好學...立平陽詩社，催揚風雅，四方文學多從遊焉」。

《華原詩草》。存印本一種，與吳仁靜《拾英堂文集》合刊。收錄黎光定出使時所作詩 75 首。

5. 黎正路

廣平豐登人。祖官至平康營記錄，父戊申科首選補翰林院，累官記錄。黎正路少以文學名，嘉隆元年（1802）與陳明義奉充諒山，關上侯命事中越兩國邦交。嘉隆四年（1805）任禮部右參知，十二年（1811）充乂安試場提調，又充嘉定場提調。十六年（1815）卒。

6. 阮嘉吉

北寧文江人。後黎朝丁未制科進士。嘉隆初（1802）授勤政殿學士辦北城詞章，尋充如清甲副使。使回遷禮部左參知。然因以詐冒封神敕下獄削籍，尋卒。

《華程詩集》，今存抄本一種，36 頁。題黎良慎、阮攸審校。收錄作者嘉隆乙丑年（1805）出使中國時所作詩 58 首。內容多題詠類。

《悲柔郡公芳績錄》、《勸學詩》。

7. 黎伯品

嘉定平陽人。祖籍廣平，父官至翰林院制誥。黎伯品天資敏悟，博獵文史。初任國子監侍學，歷任翰林院、廣南該簿。嘉隆三年（1804）以刑部右參知身份任如清正使，歲貢兼謝恩。翌年使回，又歷刑部僉事、嘉定兵曹、乂安協鎮、刑部尚書等職。明命四年卒，年七十五。

8. 阮登第

香茶縣安和社人。先世姓鄭，乂安天祿人，後遷居於香茶縣安和社。家世預科目者眾，有諺語云：「學同寅，試安和」。因帝甚寵異，賜姓阮，官至正營記錄，贈金紫榮祿大夫，與子阮居貞、侄阮登盛具爲重臣，三人均能詩。《大南列傳前編》中稱其：「溫雅莊正，文學贍博。」〔註 12〕

9. 阮有慎（1735～1813）

承天海陵人。初爲西山朝侍郎。阮朝立國後於嘉隆元年（1802）受任翰林院制誥，尋遷吏部僉事。七年（1807）出任廣義記錄。1809 年升吏部右參知奉如清正使。使回，以大清曆象考成書進奉。十年（1811）轉戶部右參知，翌年兼副管欽天監事務。十二年（1813）病卒，年七十有八。《意齋算法一得錄》、《三千字歷代文注》、《見佛成性》

10. 吳時位（？～1820）

河內青威人。出身文學世家，以文學知名。嘉隆初如授翰林院，尋遷吏部僉事，諒山協鎮。嘉隆八年（1809）充如清乙副使。十六年（1817）升禮部右參知，翌年充嘉定試場提調。明命元年（1820）復以吏部右參知充如清正使，入關至南寧卒。《大南正編列傳初集》稱：「位，學問該博，文章雅贍。嘉隆初誥冊多出其手。」〔註 13〕

（1）《梅驛諏餘文集》（《枚驛諏餘》）

今存抄本兩種，一本 68 頁，一本 78 頁。收錄吳時位 1820 年北使中國時所作的 93 首詩，一篇歌，十二篇賦文，內容多爲題詠唱和之作。《枚驛諏餘》（A.1280）內封題《枚驛諏餘文集》，正文卷端題《枚驛諏餘》，下題「吳家文派」四字小注，下署「吏部僉事吳時位使集」，正文文首題「上集該九十五首」，但是集僅

〔註 12〕〔越〕阮朝國史館，大南正編列傳前編，卷五//大南實錄（一）〔M〕，東京：慶應義塾大學語學研究所，昭和三十六年〔1961〕：251（251）。

〔註 13〕〔越〕阮朝國史館，大南正編列傳初集，卷二十//大南實錄（四）〔M〕，東京：慶應義塾大學語學研究所影印，昭和三十八〔1963〕：1226（214）。

錄76題91首（含歌、賦各一），全書常存在一至十幾字不等的殘缺之處，由此可知該抄本抄自《吳家文派》，其缺抄部分或原集或模糊難辨或已佚失無存存。

（2）**《禮溪文集》**

《吳家文派選》卷七與卷十八，存抄本一種。

（3）**《酬應金箋》**

《吳家文派選》卷九，存抄本一種。

（4）**《成甫公遺草》**

《吳家文派》，存抄本一種。

11. 武楨（1758～1828）

字維周，別號萊山，又號蘭池漁者。北寧良才人。祖希儀為後黎朝進士，官至兵部尚書陪從，父炤中後黎鄉貢，官至參議。武楨少年穎悟，讀書過目成誦。十七歲領鄉薦，初以祖廕補國威知府，時逢西山之亂，後黎朝國亡。阮朝建國後如授侍中學士，嘉隆六年（1807）充山西試場監試，八年（1809）充如清賀壽正使。明命九年（1828）以老病乞歸，抵家數日而卒，年七十。《大南正編列傳初集》稱：「楨，學問淵博，文章典麗。嘉隆初誥冊文辭多出其手。所著有《使燕詩集》、《宮怨詩集》、《見聞錄》行世。」〔註14〕然前兩種俱已佚。

《見聞錄》（又名《蘭池見聞錄》）。今存抄本五種，184頁，76頁分為二卷，217頁題《蘭池見聞錄》，76頁。各本均含目錄一篇。傳奇故事集。76頁本收錄33篇故事，217頁本收45篇故事。

12. 阮攸（1765～1820）

河靜宜春人。阮攸出身世家，父阮儼為黎春郡公，兄阮侃為參從。阮攸有文才，負氣節而不肯仕西山朝。嘉隆初授常信知府，尋以病辭。嘉隆五年（1806）徵授東閣學士，八年（1809）任廣平該簿，十二年（1813）升任勤政殿學士充如清歲貢正使。使回升禮部右參知。明命元年又奉充如清使，未及行尋卒。

（1）**《北行雜錄》（《使程諸作》）**

抄本一種，78頁。主要收錄阮攸1813年北使期間所作130首詩，亦包括一些寫於越南詩如《太平歌者》。

（2）**《清軒詩集》**

抄本一種，收錄阮攸所作詩歌78首。

〔註14〕〔越〕阮朝國史館，大南正編列傳初集，卷二十//大南實錄（四）〔M〕，東京：慶應義塾大學語學研究所影印，昭和三十八〔1963〕：1229（217）。

（3）《南中雜吟》

抄本一種，收錄阮攸所作詩歌 40 首。

13. 阮文豐

《名錄》載其作品有《占天文書》。

14. 潘輝湜（1778～1844）

字渭沚，號圭岳，謚莊亮。潘輝益第二子。嘉隆十年應召歷補部曹，歷任諒山協鎮，累遷禮部尚書，並任《大南實錄》叫裁兼管翰林院。嘉隆十六年（1817）充如燕副使。著有《華軺雜詠》、《琵琶行演音曲》、《人影間答詞餘》、《典禮奏議》等集。

（1）《使程雜詠》

今存嘉隆丁丑年（1817）抄本一種，《提要》中記其作者爲岳潘侯，稱「題圭岳潘侯所撰，其弟霖卿浩和表弟玄同子評論」，《集成》中收入時將改爲阮朝使臣潘輝湜。《大南實錄》載其「所著有《星軺紀行》、《華軺雜詠》等集」〔註 15〕，《使程雜詠》集子名稱或爲《華軺雜詠》。

15. 阮春晴

承天香茶人。初官任翰林，歷任吏部僉事、廣南營記錄。因其恬靜有文學名，在職清勤，奉公守法，於嘉隆十八年（1819），以勤政殿學士身份任如清正使，使回升太常寺卿參陪禮部事。明命元年卒。

16. 丁翔甫

（1）《古歡溪亭丁翔甫使程詩集》

今存抄本一種，與《寶篆黃甲陳公詩集》合訂。提要稱「丁翔甫撰，內容爲出使中國及後來隨黎昭統流亡中國時所作的詩。」

（2）《正軒詩集》

兩冊，存抄本一種，186 頁。正文含兩部作品：一爲《史詩題》，收錄歌詠歷史人物事件詩 364 首，題材上起兩漢，下訖兩宋；二爲《灌畦詩抄》，雜抄對聯、七言詩格律等。

（3）《北行偶筆》

〔註 15〕〔越〕阮朝國史館，大南正編列傳二集，卷十八//大南實錄（二十）〔M〕，東京：慶應義塾大學語學研究所，昭和五十六年〔1981〕：7799（211）。

17. 陳伯堅

《名錄》載其作品有《陳家詩譜存遺集》、《歷科鄉試文選》、《歷科四六》。

18. 黃金煥

承天香茶人。父光，有文學名，曾著《懷南曲》，傳此曲流傳入嘉定軍中，聽之至有淚下者。阮朝建國時，光已沒，金煥作爲其子受召賜官翰林，歷遷兵部僉事。明命元年轉廣平紀錄，奉駕幸龍編後，金煥充如清副使，俟命二年遷翰林掌院學士，尋充纂修《列聖實錄》。明命三年協理吏部事另兼奉纂修《列聖王譜》。明命六年升參知復充如清正使。明命七年貢士殿試奉充讀卷，又奉充尊譜總裁。《大南正編列傳二集》中稱其「以文學受知，典文衡、修國史，皆能舉職。兩度皇華，榮膺簡命，數蒙優遇，同列多推獎。」〔註16〕

《國朝文苑》（VHc.2605）收錄黃金煥明命元年製《聖德神功碑文》、《天授陵碑文》。

19. 潘輝注（1782～1840）

字霖卿，號梅峰。潘輝益第三子，於嘉隆六年（1807）和十八年（1819），兩次參加會試均未中。明命初年如補翰林院編修，明命二年（1821）因其所編纂的《歷朝憲章類志》受明命帝賞識而補授國子監翰林編修一職。明命六年（1825），擔任如清使。明命九年（1828）升任承天府府丞，明命十年（1829）補授廣南協鎮。明命十二年（1831），被任命爲侍讀，並再次擔任如清使副使一職出使中國。翌年因使團挾私貨而遭貶，於1833～1834年奉命出使荷屬東印度的首府巴達維亞（今雅加達）。歸國後，於1834年被起復，授工部司務。不久借足疾辭官退隱，回鄉教學直至明命二十一年（1840年）病逝，時年59歲。所著有《歷朝憲章類志》、《皇越輿地志》、《歷代典要通論》、《海程志略》、《華軺吟錄》、《華軺續吟》、《洋程記見》等。

（1）《輶軒叢筆》

《提要》中題爲裴文禩所撰，《集成》收錄時改爲阮朝潘輝注之作。

（2）《柴峰驅程隨筆》（又名《驅程隨筆》）

存抄本一種，136頁。收錄潘輝泳壬子年（1852）北使時所作的174首詩，主要爲寫景抒情、酬唱題詠等類。

〔註16〕〔越〕阮朝國史館，大南正編列傳二集，卷十八//大南實錄（二十）〔M〕，東京：慶應義塾大學語學研究所，昭和五十六年〔1981〕：7790（202）～7791（201）。

（3）《華軺吟錄》

存抄本一種，二卷，180 頁。有作者自序、巽甫（何宗權）序、跋、目錄各一篇。收錄作者丙戌年（1826）北使詩，上卷錄詩 161 首，賦三篇；下卷收詩 114，賦一篇，詞八首。

（4）《華程續吟》

存抄本一種，84 頁。有作者自序、跋、目錄各一篇。收錄作者壬辰年（1834）第二次北使詩集，錄詩 127 首，包括七律 62 首，五律 17 首，七絕 25 首，五絕 1 首，七言古詩 4 首，五言古詩 1 首，多為題詠贈答之作。

（4）《梅峰遊西城野錄》

存抄本一種，104 頁。內題《皇帝紹治萬萬年之肆梅峰遊西城野錄》。《提要》稱：「紹治四年（1844）抄錄。詩文集，收錄詠西湖風景詩八首及傳記體小品《梅松對話》，另附有他人作品若干。」

按：按《大南實錄》載潘輝注卒於明命末年（1840）「卒年五十有九」〔註 17〕。此本題寫時間為紹治四年（1844），不知孰是。

20. 鄧文啟

北寧文江人。明命七年進士。祖昭，前黎左庶子，授殿前都校點司。文啓初授翰林院編修，歷任延慶知府、禮部員外郎。明命九年，以太常寺卿之職為如清副使。明命十一年（1830）以譴落職被派至呂宋、新加坡公幹，有記錄行程的《洋行詩集》一部，後病卒。追奉授禮部員外郎。

（1）《華程略記》（《華程記詩畫集》）

今存抄本一種，80 頁。有明命十五年（1834）武宗潘、潘清簡序。收錄作者明命十五年（1834）北使時所作詩，多吟詠唱和之作。附出使呂宋的《洋行詩集》及吟詠餞贈詩集《愼亭鸚語》。

（2）《弄亭會元公詩集》

21. 張好合

字亮齋，號煙川。嘉定人。己卯科解元，累升太原參協，被革，未凡尋復職。

《夢梅亭詩草》。今存抄本一種，86 頁。收錄作者 170 首詩，多為中國題

〔註 17〕〔越〕阮朝國史館，大南正編列傳二集，卷十八//大南實錄（二十）〔M〕，東京：慶應義塾大學語學研究所，昭和五十六年〔1981〕：7799（211）～7800（212）。

詠唱和之作。

22. 李文馥（1785～1849？）

字鄰芝，號克齋，又號蘇川。河內永順人。明鄉人後裔，先世原籍中國福建。他在嘉隆十八年領鄉薦，明命初授翰林院編修充史館，累遷禮部僉事協理、廣義鎮務、廣南營參協等職，因坐事削職，被派往東南亞、澳門及廣東公幹。紹治元年，特授禮部右參知充如燕正使。嗣德元年遷郎中辦理禮部事務，翌年擢光祿寺卿，尋卒。著述有《西行見聞錄》、《閩行詩草》、《粵行詩草》、《粵行續吟》、《鏡海續吟》、《周原雜詠》等集。撰有《西行見聞紀略》、《閩行雜詠》、《二十四孝演音》等。現存漢文學著作如下：

（1）《使程志略草》（《使程雜詠》、《使程詩集》、《使程遺錄》、《皇華雜詠》）

存抄本五種，題名各異。52 頁本誤題潘輝詠《如清使部潘輝詠詩》實為李文馥《使程志略草》。《提要》中稱其內容為「紹治元年（1841）潘輝詠出使中國朝貢、為舊君告訃並為新君紹治帝求封時所作的日記體詩」，但對比李文馥《使程志略草》，該抄本內容與其基本相同，《集成》在收錄潘輝泳《駰程隨筆》時對此也指出潘輝泳僅在嗣德六年至八年時（1853～1855）出使過一次中國。之所以在抄寫過程中題名為《如清使部潘輝詠詩》的原因可能在於受該集文首所錄嗣德帝於嗣德八年所作賀潘詠回國詩作誤導所致。

（2）《粵行吟草》（又名《粵行吟》，《粵行詩話》、《粵行續吟》、《粵行吟草略抄》）

今存抄本五種，題名各異。篇幅從 56 至 212 頁不等。三卷，巽甫撰跋於明命十六年（1835）。收錄道光十三年（1833）李文馥出使廣東時所作的詩，多為與中國文人唱和之作。

（3）《粵行續吟集》（Vhv.1145）

此集與李文馥《三之粵雜草》合抄，82 頁。《粵行續吟集》（《粵行續吟》）為李文馥於 1843 年第二次到廣東時燕行文獻，該集與其記一、三兩次出使的《粵行吟草》、《三之粵雜草》合抄，亦可見於 A.2685、A.300 號抄本。該抄本卷前題繆蓮仙、楊燕石墨評，何巽甫原評，及李文馥所作於明命十五年的小引。其詩主要內容為與中國文人的往來唱和詩，如繆艮、梁毅菴、楊燕石等人；以及記敘行程及詠物之作。記行詩如《再抵虎門作》、《虎門遠眺》、《舟抵獵德江舊所安泊》等，詠物詩如《破裘》、《舊劍》、《殘畫》等。是集最大價值在於中越文人間的文化交流，如李文馥爲楊燕石《越南紀略新編》作序，楊燕石贈李文馥《玉人吟草》集等。其文末附楊燕石詠詠物詩 40 首，贈答詩 2 首。

（4）《三之粵雜艸》（《克齋三之粵詩》、《克齋粵行詩》）

存抄本四種，158 頁題《克齋三之粵詩》，156、34（藏於巴黎）、99。收錄明命十六年（1835）李文馥第三次至中國廣東時所作詩，共 130 篇詩、賦、祭文等。

（5）《仙城侶話》

存抄本一種，60 頁。收錄李文馥與陳秀穎、杜俊大於明命十六年（1835）出行廣東公干時所作詩 104 首。

（6）《克齋粵行詩》（又名《李克齋粵行詩》）

存抄本一種，176 頁。收李文馥三種詩集：紀廣東之行的《粵行吟錄》、紀英國之行的《西行詩紀》、與中國文人繆艮的唱和詩《東行詩說》。

（7）《閩行雜詠草》（又名《閩行詩話》、《閩行詩話集》）

今存抄本五種，篇幅從 56 至 130 頁。收錄作者明命十二年（1831）往閩粵送中國漂風船時所作詩，各本皆附抄其他資料：56 頁附《東行詩說》及《周原雜詠》，72 本附《西行詩紀》，102 附何宗權致明命帝《上會典撮要表》，103 頁間有林卿和思臺的評論，130 頁附清朝官員就越南送回漂風船的回信。

（8）《西行見聞紀略》

存抄本一種，101 頁。有序與目錄各一篇。收李文馥出國參觀時屬英國殖民地的新加坡海軍演習的見聞，書中記有新加城的種族、服裝、文字、風俗。

（9）《掇拾雜記》

存抄本一種，154 頁。內容爲包括傳記在內的多種文體雜抄，由五種圖書組成：一是三十篇越南人物的漢文小傳，二是越南人物的喃文傳，三是喃文散文，四是《二十四孝演歌》，五是《婦箴便覽》。

（10）《二十四孝演音》（又名《二十四孝詠》）

今存嗣德辛未年（1871）錦文堂印本一種。李文馥將中國《二十四孝故事》加以敷衍成文。

23. 潘清簡（1796～1867）

字靖伯，又字淡如，號梁溪，別號梅川。祖籍中國福建省漳州府。少有文名，明命七年（1826）科舉進士及第，被授爲翰林院編修，歷任廣平參協、乂安鎮務、承天府尹、刑部尙書充機密院大臣、協辦大學士領兵部尙書等職，並任總裁編修《欽定越史通鑒綱目》。潘清簡歷仕明命、紹治、嗣德三朝，屢任要職，還作爲外交官斡旋於越南與中國、新加坡、雅加達、法國等國的關係。潘清簡於明命十一年（1832）充如清副使出使中國，於嗣德十五年（1862年）以議和正使身份前往嘉定與法談判並答訂《壬戌和約》（第一次西貢條約）。法越戰爭後，潘清簡受命與法國談判及出使法國，試圖收回被割占的南圻三省。1867 年法軍吞併南圻全境後自殺殉國。潘清簡所著有《梁溪詩集》、《梁溪文集》、《文草補遺》、《臥遊集》、《約夫先生詩集》等，不僅編修有《欽定越史通鑒綱目》，還參與編修《大南正編列傳》和《大南實錄》。現留存著作如下：

（1）《約夫先生詩集》

存抄本一種，50 頁。收詩文 85 篇，有應制詩、和詩、誄文、祭文等。

（2）《潘梁谿歷史集》

存抄本一種，二冊，158 頁。葉伯御抄於保大己卯年（1936）。收錄潘清簡歷史著作，附錄潘清簡其母與其父潘文彥小傳，其子潘廉、潘尊在法國的奏文與日記，及其家書、詩歌等。

（3）《梁溪詩草》

存印本兩種，290 與 298 頁，雲水居嗣德丙子年（1876）印，後者多收詩二十首；抄本一種，264 頁。收詩 454 首，內容有詠景、記出使中國與法國的行程等。《金臺草》（卷十二）共收錄 119 首北使詩，其中越南境內詩歌 5 首，中國境內詩歌 114 首。其內容主要爲三種：一是紀行詠景詩，對使程途中所見景物景觀的描寫，如洞庭湖、黃鶴樓、邯鄲古觀、帝堯廟等。二是與贈答題詩，潘清簡不僅與廣西右江兵備道覺羅莫爾庚阿、廣西義寧調新太協鎮善成、短送湖南衡永彬桂兵備道張公惠官員有交往，還與遊歷文人劉夢蓮有來往，爲他所著《楚遊集》題詩三首。三是對中國歷史人物紀詠詩，包括有馬援、屈原、賈島、荊軻、張飛等歷史人物。

（4）《梁溪文草》

存雲水居嗣德丙子年（1876）印本。收錄表、疏、記、序、說、書、論、賦、箴、頌、行狀、碑銘等 39 篇。

（5）《西浮日記》

存抄本一種，140 頁。記錄與范富庶、魏克憻出使法國、西班牙時的記錄，涉及風景、風俗、接待禮儀等諸方面。

24. 阮文章

《名錄》載其作品有//《保根詩集》、《諸家文集》、《國都名表》、《南郊樂章》

25. 范世忠（1767～1851）

本名世歷，賜名世忠，自號止齋。南定膠水人。幼穎悟，明命十年擢進士第。初任翰林院縉修領思義知府，歷任禮部員外郎、吏部郎中、平定按察使、禮部左侍郎、刑部左侍郎、承天府尹、戶部右參知等職。1836 年充如燕正使，《大南正編列傳二集》稱其「至北京遇萬壽節，上《祝嘏詩》蒙厚加賞」〔註 18〕。嗣德五年卒，年八十四。所著有《使清文錄》、《使華卷》等集。

（1）《使清文錄》

（2）《使華卷》

26. 范芝香

字士南。海陽唐安人。曾祖登黎鄉薦，仕至參從。芝香明命九年領鄉薦，初任廣義右通判，補慕德知縣。歷任戶部司主事、吏部郎中、翰林院侍讀學士充史館編修、鴻臚寺卿、山西安察使、工部右侍郎等職

（1）《郿川使程詩集》

（2）《志庵東溪詩集》

27. 阮有絢

承天海陵人。阮有慎子。領鄉薦，官至禮部郎中。嗣德五年（1852）充如清乙副使，使程回路受阻卒於梧州。贈太僕寺卿。

28. 阮德活

廣治（初承天）海陵人。明命六年領鄉薦，九年補翰林院檢討充內閣行走，升任翰林院學士參辦內務，尋充如清甲副使出使中國，使回任兵部中，隨升乂安布政使。紹治元年復以禮部右侍郎身份充如清甲副使，使回升吏部左參知。

〔註 18〕〔越〕阮朝國史館，大南正編列傳二集，大南正編列傳二集，卷二十九//大南實錄（二十）〔M〕，東京：慶應義塾大學語學研究所，昭和五十六年〔1981〕：7923（335）。

29. 裴櫃（1795～1860）

字友竹。興安仙侶人。祖榮愼登黎鄉貢。櫃明命十年擢進士第，後任翰林院編修，歷任工部員外郎、廣治按察使、工部右侍郎、禮部右參知、吏部右參知等職。嗣德元年（1847）充如燕正使。嗣德十四年卒於官，年六十六。所著有《燕臺嬰話》。

（1）《燕臺嬰語》、《使程要話曲》、《燕臺嬰話》（收入《有竹先生詩集》）、裴櫃《燕行總載》、《燕行曲》

收錄紹治七年（1847）裴櫃北使時所作歌行，幾本書實爲據同一底本的不同抄本。

《燕行總裁》

收錄紹治七年（1847）裴櫃北使時所作歌行，還在文首多收錄紹翼宗命裴氏等人告哀上諭及出使前親朋友人的餞別詩文。《提要》稱其爲裴櫃等撰，「紹治七年（1847）裴玉櫃、阮伯儀、尊室合、武範啓的北使詩文集，書中收錄有詞曲、詩文及有關的旨論，間有注釋」。實際上「阮伯儀、尊室合、武範啓」等人並沒有出使，書中收錄的是他們在裴櫃出使前的餞送詩。

《燕臺嬰語》作者題名爲阮登選，作者實爲裴櫃。《集成》本在選入時已進行更正，指出阮登選應爲其喃文演音的作者。這 6 種抄本內容都是裴櫃（玉櫃）於嗣德元年（1848）出使中國時所作的燕行長詩，正文內容除在字句上的改動外，基本相同。兩本題名爲《燕臺嬰語》的抄本，僅在抄錄格式上存在差異，未刊本採用上喃文下漢文，而《集成》本採取上漢文下喃文。相較於《集成》本字跡相對潦草，未刊本每句七言形成排律形式，排版整齊、字跡清晰工整，並在篇末題杜俊大硃評、范芝香墨評，但遺憾的是並未見有任何點評抄錄。相比《燕臺嬰語》兩抄本內容，其他四種抄本在收錄其長詩的正文之後都有解釋說明文字。其中《燕行總載》除長詩部分，還在文首多收錄紹翼宗命裴氏等人告哀上論及出使前親朋友人的餞別詩文，《使程要話曲》在後半部分亦附有眾人餞別詩，但比前者的數量要少，且其文末雜抄入勞崇光《日南風雅統編》序與嗣德二年欽命魏公侯呈給勞崇光所閱的吟詠詩 12 首。就幾部抄本具體內容對勘，《燕臺嬰語》用語簡樸、描述形象，應更接近原本，如「古樓村落知何處，一胡罪惡書青史。銅柱茫茫無問津，紛紛記載成疑似。」在其他幾本題作「古樓貼浪今何處，前胡後莫污留史。銅柱茫茫無問津，百年何日伸疆事。」在其題下說明有「季嫠命黃晦鄉以古樓五十九村還之沒隸廣西……莫氏簒黎稱藩內附於明，嘉靖十九年亦割安、廣二州……黎末黃公舒倡亂於興化，其子公替丙投雲南，誇安西十州民半附於清，置爲六猛各寨」；《燕臺嬰語》中「踏盡良鄉三石橋，神京咫尺瞻依邇。」在其他抄本題爲「踏盡良鄉三百橋，戒我車徒言戾止。」等等。疑《燕臺嬰語》即爲底本，其他幾種抄本中正文長詩部分應在其基礎之上潤色修改加說明文字而成。

（2）裴樻《有竹先生詩集》（VHc.419）

今存抄本一種，340 頁。書中抄錄燕行詩文兩種，其一爲裴樻《燕行嬰話》，與其所作《燕行曲》除個別字句有異，基本相同；其二爲誤抄阮思僩《燕軺詩文集》中燕行詩文，從《己巳歲貢使部蒙升鴻臚寺卿充甲副使瀕行范竹堂尚書招同人設祖於私第，詩以告別兼呈諸公》到《和參政武公端午日見贈詩韻》共 245 首。

（3）《大南地輿正編》

阮仲合爲阮文超《大越地輿全編》序中稱「太史友竹裴公，則輯本朝分轄統治，自京師至各直省版圖，分上、下二卷，爲《大南地輿正編》」〔註 19〕

30. 阮攸（～）

初名保，字定甫。清化農貢人。曾祖儆、祖俒俱爲黎進士，皆官至參從。攸明命二年領鄉薦，初授清河縣遷荊門知府，因坐事降爲禮部司務，累遷至郎中。歷任海陽按罕使、翰林院侍讀充史館編修、光祿寺卿、戶部左侍郎、慶和布政使等職。子僩、弟仁、從孫偉皆知名。紹治八年卒於官，年五十七。所著有《史要寰宇》、《紀聞史局類編》、《國史記編》、《典禮略考》、《荊門府志》、《清河縣志》、《鳳山祠志略》、《石題夢說》、《星軺隨筆》、《使程雜記》、《鸚鵡學言》、《駢儷雜文》、《集句詩草》凡十四集，但多散佚無存。

31. 潘靖

初名永定。嘉定新隆人。明命十二年領鄉薦。歷任禮部侍郎、廣南布政使、興化巡撫、戶部右參知等職。《大南正編列傳二集》稱「靖素有名望，帝深軫之」〔註 20〕。1849 年充如清正使。

〔註 19〕阮仲合，大越地輿全編·序〔Z〕，越南國家圖書館藏，成泰庚子年印本，R259 號抄本。

〔註 20〕〔越〕阮朝國史館，大南正編列傳二集，卷二十八//大南實錄（二十）〔M〕，東京：慶應義塾大學語學研究所，昭和五十六年〔1981〕：7913（325）。

32. 阮文超（1799～1872）

字遜班，號方亭，又號壽昌居士。河內省壽昌縣。明命十九年進士，初授翰林院檢討，歷任禮部員外郎、內閣承旨、侍講學士。嗣德二年奉如清副使，使回補集賢院歷河靜、興安按察使。七十四卒。他和松善王阮福綿審，綏理王阮福綿寊、高伯適在阮朝文人中最負盛名，爲此，嗣德帝曾稱讚他們：「文如超、適無前漢，詩到松、綏失盛唐」。曾作爲越南使臣來華，終年 73 歲。著有《諸經考約》、《諸史考約》、《四書摘講》、隨筆錄六卷、詩集四卷、文集五鄭、地志類五卷。《方亭隨筆錄》、《大越輿地全編》等。

（1）《方亭萬里集》、《使程萬里集》、《壁垣藻鑒》

一本誤題張登櫃《使程萬里集》（A.2769）今存抄本一種，70 頁，收錄 173 首詩。《提要》題爲張登桂於嗣德四年（1851）年的北使詩集。然比對其內容，實爲阮文超《方亭萬里集》的不同抄本。兩者內容皆一致。

《壁垣藻鑒》今存抄本一種，158 頁。吳陽亭評品，書中收錄 257 首詩，主要是嗣德二年（1849）出使清朝所作的作品。考其內容，書中所記出使內容與在越南所作詩歌雜抄一處，出使作品也沒有按照出使順序抄錄。其出使部分大部分可見於阮文亭北使詩文集《方亭萬里集》，但該本所錄燕行詩也有少量《方亭萬里集》未收部分，主要爲與中國文人及伴送官的贈答唱和之作，如與長送柳州太守問梅、伴送向武知州王石、廣東文人遊子廖掄英等，還記錄了讀中國文人的作品（《舟別桂林兼旬風雨，讀〈鄭夢白家世又門詩集〉之作》）。這對於瞭解越南使臣與中國文人之間的交往不無補充。

（2）《籌擬河防事宜疏》

抄本一種，40 頁。內容涉及河堤情況，護堤計劃和防洪方略收表、制、敕、箋若干篇。

（3）《朱允緻行狀》

存抄本一種，41 頁。阮文超撰於嗣德十一年（1858）。正文爲朱允緻行狀及其人挽文，附載朱允緻作其父朱允勵行狀，四言韻尊師重道勤學修身教材，及賦、偈各一篇，詩二十首。

（4）《方亭詩類》

四卷，存印本九種，較全者四種，580 頁；抄本三種。收錄四種作品：卷一爲燕行集《方亭萬里集》，卷二爲《方亭嚶言詩集》，卷三爲作者順京時作品《方亭詩類流覽集》，卷四爲《方亭謾興集》。一些版本另附《方亭文類》

或《方亭隨筆錄》。

（5）《方亭隨筆錄》

六卷，存印本九種，抄本一種。篇幅多者爲 800 頁。其弟子武汝檢校訂於嗣德三十五年（1882）。收錄考論性作品約三百篇，如對四書考證、中國歷代封孔子及其父母追封的爵號，《論語》、《大學》裏的義及地球上各國形勢及位置等。

（6）《方亭文類》

五卷，存印本十一種，較全者十種。篇幅多者爲 900 頁。其弟子武汝檢校訂。卷一爲詔表銘誄，卷二爲製表啓（包括奉制作品），卷三爲論、辨、書、說、序、跋、賦、引，卷四爲慶弔、行狀，卷五爲慶弔別錄、續集。

33. 潘輝泳（1778～1844）

字涵甫。明命九年（1828）領鄉薦，授兵部主事轉員外郎。紹治二年遷廣平按察使以憂去職。公除補廣義按察如回拜侍讀學士，充史館編修尋擢光祿寺卿辦理禮部事務。嗣德初署本部右侍郎，歷廣南、廣義、南定布政使。嗣德六年（1852）以吏部左侍郎充如清正使，時逢中國有寇警，滯留三年乃回。使回除刑部右參知，進禮部尚書充育德堂講肄兼充國史館總載。著述有《駰程隨筆》、《如清使部潘輝詠詩》

《柴峰駰程隨筆》（又名《駰程隨筆》）。存抄本一種，136 頁。收錄潘輝泳壬子年（1852）北使時所作的 174 首詩，主要爲寫景抒情、酬唱題詠等類。

34. 劉亮

字寅（上有角絲）侯，亭亭玉立布澤人。明命十六年領鄉薦。紹治初領安樂知縣，歷任順安知府、監察御史、清化按察使、鴻盧寺卿、吏部左參知等職。嗣德五年充如清副使，使回升戶部左侍郎兼管通政司印篆。

35. 武文俊

北寧嘉林人。紹治三年（1843）進士，初授翰林院編修，歷任河中知府、史館編修、興化按察使等職。嗣德五年（1852）以翰林院侍身份讀充如清副使，三年始回升翰林院侍講學士。所著有燕行文集《周原學步集》。

36. 黎峻（？～1874）

河靜英奇人。嗣德六年（1853）進士，初授翰林院修撰補義興知府，歷任監察御史、戶部掌印給事中、光祿寺少卿、南定按察使、清化布政使等職。

嗣德二十一年（1868）任如清正使，使回除兵部侍郎轉刑部參知進署尚書，二十六年充如西正使往嘉定與法國元帥遊悲離議事，二十七年卒，授尚書贈協辦大學士。今存《如清日記》（合著）。存抄本一種，210 頁。編輯於嗣德二十二年（1869），內容爲嗣德二十一年（1868）使團出使清朝的出使日記，涉及呈遞國書、上進貢品、回國路程等事。

37. 阮思僩

字恂叔。北寧東岸人。先祖國寔登黎中興進士，官太宰，封蘭郡公。祖案、父志完俱領鄉薦。思僩弱冠就有文名，紹治四年擢進士第。初任翰林院修撰，歷任集賢院侍讀、翰林院侍講學士等職，並考閱《越史綱要》一書。所著有《石農詩文集》、《燕軺詩草》、《燕始文草》、《中州瓊瑤集》、《小雪山房集》、《古錄》、《石農叢話》、《海防奏議》等。

（1）《燕軺詩文集》、《燕軺詩草》、《燕軺詩集》、《湘山行軍草錄》

作者誤題爲阮公基《湘山行軍草錄》，實爲阮思僩，今存抄本一種，《提要》已注意到此問題並已置疑更正。其內容與阮思僩《燕軺詩文集》基本相同，但遺漏卷首詩文，部分還存在抄寫混亂的問題，如將《燕軺詩文集》卷前記述行程的《三疊山夜望》、《珥河曉發》、《自北芹赴仙麗驛記見》幾首詩抄至南寧津次之後。但其亦有與《燕軺詩文集》相互參考之價值，後者文字常有筆誤，如題《花梨塘舟中即景》參見前者知實爲廣西境內的花山塘。此外，阮思僩《燕軺詩草》（VHv.1436）、《燕軺集》（VHv.1389）後一部分、《燕軺詩集》（A.1221）燕行部分內容亦與《燕軺詩文集》同，亦可相互參見。

（2）《如清日記》（與黃竝合著）

存抄本一種，210 頁。編輯於嗣德二十二年（1869）。內容爲嗣德二十一年（1868）使團出使清朝的出使日記，涉及呈遞國書、上進貢品、回國路程等事。

（3）《石農詩集》

存抄本三種，厚 105 至 200 頁。阮思僩詩歌選錄，多爲吟詠之作。附有阮文桃詠古螺城詩。

（4）《石農文集》

存抄本一種，365 頁。收錄兩部作品：一爲《石農文集》，收錄有書信、碑記、記、表、序跋等；二爲燕行集《燕軺集》。

（5）《阮洵叔詩集》

存抄本一種，175 頁。收錄四部作品：一爲《關河集》，收詩 60 首；二爲

《東征集》錄詩 19 首，三爲《小雪山房集》收詩 79 首，四爲燕行集《燕軺詩草》收詩 92 首，附阮文桃詠柴山寺詩。

（6）《史論》

今存抄本一種，108 頁。內容取材於經傳、史籍，對中國歷代帝業的評論，涉及遼代三帝、金代九帝、明代十帝。

（7）《石農詩文集》、《燕軺筆錄》、《史林紀要》

38. 阮有立

字儒夫，號少蘇，乂安清漳縣人。嗣德十五年（1862）進士。其父汝軒明命初登鄉薦歷監察御史、青波知縣等職；叔文交爲嗣德六年進士，任翰林院侍講學士參辦內閣事務，著有《蘇林詩草》、《讀莊詩草》、《師說答賓戲文》等集。阮有立初補永祥知府，歷任山西按察使、兵部參知充機密院大臣等職。1870 年充如清正使，回升戶部參知充藏書樓董理典例。《大南實錄》中稱其著有《南關紀功碑》、《使程類編》、《試法則例》諸集〔註 21〕，現俱未見。《大南實錄》諸臣列傳八稱其：「以文學受知，其作文自成一家」。現部分燕行詩文留存於中國護送官馬先登所輯《護送越南貢使日記》中，其中錄寫給馬先登的書信 7 篇，詩 2 首，《登黃鶴樓記》、《少蘇號說》各一篇〔註 22〕。

39. 黃竝

《如清日記》（與阮思僩合著）。

存抄本一種，210 頁。編輯於嗣德二十二年（1869）。內容爲嗣德二十一年（1868）使團出使清朝的出使日記，涉及呈遞國書、上進貢品、回國路程等事。

40. 范熙亮

字晦叔，河內壽昌人。少有文名，嗣德十五年會試中乙科，初授翰林檢討充集賢院起名注，二十年受任戶部員外郎遷郎中，二十三年任光祿寺少卿辦理刑部事務，該年充如清副使，三十六年任受任寧平按察使。建福元年引疾，歸卒。

《北溟雛羽偶錄》「中朝江南袁瓚為之序」。

兩抄本在內容上雖大體相同，但仍有出入之處，表現在兩點：一是其中

〔註 21〕〔越〕阮朝國史館，大南正編列傳二集，卷三十八//大南實錄・二十〔M〕，東京：慶應義塾大學語學研究所，昭和五十六年〔1981〕：8037（449）。

〔註 22〕（清）馬先登，護送越南貢使日記〔Z〕，敦倫堂同治八年（1869）刻本。

有些詩歌《集成》本並不見錄入，其中不乏有一定價值之處，如其與中國伴官及朝鮮使臣李容肅的詩歌唱和之作；二是其中一些詩歌與《集成》本也存在差異。在詩歌內容上的差異，如《奉命進覲留東都城諸友》中「塞笳餘響未全休，瓊玖興歌重報酬。錫貢事珠雖遡舊，濟師人至如經秋。朔風楊柳關南笛，晴雪江山薊北樓。鄭重香橋今日別，敢將裘馬侈斯遊。」在詩歌標題上的差異，如《口占贈菊人》、《詠雪次菊人韻》、《柬朝鮮李菊人》，而《集成》本爲《口占贈朝鮮李宗肅》。此外，該抄本有有竹堂范教之評點，如其對《奉命進覲留東都城諸友》的點評是「西崑嗣響」，還有「清新」、「是長吉錦囊中語」亦可見越南文人詩文觀念。

41. 陳文準

字直之，廣平宣政人。嗣德十五年（1862）擢進士第，初授集賢院編修補太平知府。嗣德二十三年（1870）充如清副使，使回授翰林侍讀學士參辦內閣事務，二十七年充廣平欽派，二十九年領興安巡撫，三十三年任工部尚書管理商舶事務，建福元年假鴻臚寺卿充廣平營田，後復兵部右侍郎加參知銜。

42. 潘仕俶

乂安清漳人。嗣德二年擢進士第，初任職於翰林院，歷任建瑞知府，集賢院侍讀、吏部郎中、鴻臚寺卿、廣義布政使等職，成泰初授光祿寺少卿領乂安督學卒於官，年七十。1873 任如清正使。《大南實錄》載其所「著有《駒程述賦》、《駒程詩集》、《酬世詩文》等集」〔註 23〕，俱已散佚。

43. 何文關

字子石，廣平豐祿人。曾祖鸞任黎朝騎尉，祖鵲阮朝初授內侍，父閒明命秀才。何文關少有文名，嗣德十八年會試中副榜，初授內閣檢討領嘉祿縣轉平江知府，歷升翰林侍讀、河靜管道。嗣德二十六年升翰林侍講學士充如清副使，使回授鴻臚寺卿辦理兵部事宜，三十一年升兵部右侍郎充南定場主考。建福元年領海安總督，三年署刑部尚書充機密院大臣，尋卒於官，年六十二。《大南實錄》稱其「所著有《燕行牙語詩稿》」〔註 24〕，今已佚。

〔註 23〕〔越〕阮朝國史館，大南正編列傳二集，卷三十七//大南實錄·二十〔M〕，東京：慶應義塾大學語學研究所，昭和五十六年〔1981〕：8018（430）～8019（431）。

〔註 24〕〔越〕阮朝國史館，大南正編列傳二集，卷三十九//大南實錄·二十〔M〕，東京：慶應義塾大學語學研究所，昭和五十六年〔1981〕：8048（460）。

44. 裴文禩

（1）《中州酬應集》、《大珠使部唱酬》

今存抄本一種，158頁。《提要》中稱《大珠使部唱酬》爲「丙子年（1876）裴文禩出使清朝時與越南名人和中國名人唱和詩集，有中國唐景菘、倪懋禮所撰寫的序文」，《中州酬應集》爲「裴文禩使華時與若干中國友人唱和詩集，書中收錄即事、詠景、感作、勸誡待類詩一百九十首」。然而兩本內容除個別字跡因抄寫有異之外，所錄內容完全一致，對此《集成》本在錄入《中州酬應集》時也予以指出。至於兩本題名差異，筆者認爲「中州」指中國，「中州酬應」即爲在中國的應酬，其主語稱謂爲裴文禩本人；而「大珠」爲裴文禩的號，「大珠使部唱酬」應爲他人所重抄錄本，故《中州酬應集》之題名更接近於原作之名。

（2）《珠球進士裴文禩公詩抄》（收錄於《國朝名人墨痕》）

存抄本一種。收錄於《國朝名人墨痕》第31至42頁，收詩12首。

（3）《遜庵詩抄》

存印本三種，四卷，186頁，抄本一種，166頁。裴文禩詩集合抄。抄本另附其《輶軒詩草》。

（4）《輶軒詩草》（又名《輶軒詩序》、《輶軒詩》）

存印本五種，抄本一種，有68頁，150頁本，前者爲多見。收裴文禩詩集。150頁本另抄朱夢貞詩文聯集《竹雲文集》一種。

（5）《萬里行吟》

存印本四種，版式各異，從158至179頁。收錄嗣德丙子年（1876）的北使詩文集，收錄約170首。

（6）《雉舟酬唱集》

存中國光緒年（1877）印本一種，62種；抄本一種，71頁。收錄嗣德三十年（1877）裴文禩與中國文人楊恩壽序文。

（7）《燕槎詩草》（收入《詩歌雜編》）

存抄本一種，《詩歌雜編》194頁。收裴文禩北使詩，多爲題詠之作。與其他詩歌一起雜抄入《詩歌雜編》（收詩207篇）。

45. 林宏

初名準，廣治由靈人。嗣德二十一年會試中副榜，補金城知縣攝寧江府務，二十五年受任國子監司業擢吏部辦理、乂安按察使，三十一年充如清副使，使回授廣義布政使，三十四年授工部右侍郎，三十六年充順安海防副練，時適法國軍船來攻而戰死。建福初追贈工部尚書。

46. 阮述

（1）《往使天津日記》、《建福元年如清日程》

《往使天津日記》與《往津日記》爲同一底本不同抄本。阮述《往津日記》爲法國學者戴密微所獲得抄本，其題爲「荷亭公往津日記集」，有葦野老人（阮綿寘）序。饒宗頤先生見而悅之，戴密微教授慷慨相贈，1980 年陳荊和先生又整理出版〔註 25〕。《往使天津日記》是與《集成》本內容上相同的不同抄本，而《往津日記》則比《集成》本有一定的差異性，不僅多了綿寘序言，內容上也更爲詳細，前者記述 375 天之事，後者僅記事 246 天。

（2）《荷亭應制詩抄》

存抄本一種，96 頁。內容爲阮述應制詩，多有嗣德帝的評點，附《荷亭詩草摘抄》80 篇。

（3）《荷亭文集》（又題《荷亭文集對聯類》）

存印本兩種，94 頁，黎完、阮經印於維新四年（1910）。收 244 副對聯，用於賀登第、祝壽、升遷、封贈、致仕及祠寺、城隍廟等場合。

（4）《荷亭文抄》

存抄本一種，90 頁。收表、疏、論、序、記、讚等文。

（5）《清化總督何亭阮述詩抄》

存抄本兩種，其一收錄於《國朝名人墨痕》第 1 至 12 頁，收詩 11 首；另一單行本（VHv.48）收詩 9 首，

（6）《每懷吟草》

存抄本四種，篇幅規格不同，84 至 166 頁。收錄陵述燕行詩近三百首，內容多爲使程途中登臨詠史及與中國文人贈答唱和之作。

47. 范慎遹

（1）《往使天津日記》（合著）

存抄本一種，112 頁。爲范愼遹、阮述 1882 年使團出使天津時所撰的日記，書中附記法國侵略越南、嗣德駕崩、歐洲科技及中朝政治軍事事件等。

〔註 25〕龔敏：《阮述〈往津日記〉引發的學術因緣——以香港大學饒宗頤學術館藏戴密微、饒宗頤往來書信爲中心》，《社會科學論壇》，2011 年第 3 期，第 43～49 頁。

（2）《觀成文集》、《本縣祠志》、《安謨山川人物碑誌》

綜上述可見，越南如清使臣漢文文獻主要集中於文學詩文集，並有部分哲學、史學甚至旁及至天文、數學類著述，可見越南如清使的知識面之廣博。鑒於本文主要據越南所藏漢文獻，雖然越南爲漢文文獻的主要收藏地，但仍有一部分越南漢文文獻藏於法國，以及少量存於日本、美國等國家，這一部分文獻還有待進一步梳理。由於漢文燕行文獻的抄本訛誤及混亂，可能還有新的越南如清使文獻待整理發現。